中央戏剧学院教材丛书

电影剧作教程

何可可　李铭韬　等著

中国电影出版社
2013 · 北京

主　编　刘立滨
副主编　路海波

编委会

本书作者 （以姓氏笔画为序）
王 楠 何可可 吴 楠
李 波 饶 晖 倪 骏
顾 峥

统 稿 李 波

内容提要

本书是在全面考察了我国的教育体制基础上，吸纳总结了近年来国内外剧作教学的经验成果后，经过充分论证，由数名教师集体撰写的。其编写基本思路是，一个电影剧本从构思到完成的整个创作流程中，创作者的情怀是怎样跟着剧本一起向前流动的。全书深入浅出地剖析了剧作中各个主要的构成元素，将每个元素置于剧作整体结构中予以考察分析，并以近年来获奖影片为范例，注重知识更新。本书适合作大学二、三年级影视剧作教材，对广大的电影剧作爱好者也有极大参考价值。

总序

中央戏剧学院副院长
院教材委员会主任　刘立滨

艺术世界是美妙的，它给人一种情感上的满足，之后使人的心灵得以净化和提升。21世纪是信息、科技高速发展，知识不断更新的时代，艺术教育必须融入新世纪时代的激流，满足人们对艺术及艺术教育的需要与渴求。随着我国现代化建设事业不断推进，落实科教兴国战略，把教育放在优先发展的地位，实施全面素质教育，艺术教育日益受到社会的重视。人们认识到，艺术教育不仅对人的自身发展，提高人的自身素质有着重要的作用，而且还可以通过艺术经验更大地丰富人生和焕发出人性中的激情。从古到今，在人类的历史进程中艺术始终都发挥着积极的作用，给人以希望和力量，人的才智得以充分地发挥和展现，心灵得以充分地交流与沟通。艺术对人的成长有着特殊的意义。艺术不仅能够表达人的情感，展现人的创造性的才能，而且还能够在创造性的活动中培养和提高人的观察力、理解力、感应力、表现力、交流能力以及解决问题的能力。在艺术的世界里，人们能够学习到其他领域学不到的东西，从而不断地完善自己。艺术世界是一个开阔的空间，艺术的内涵总是不断地得以丰富和扩展的，艺术发展潜力是无限的。所以，人们认识到艺术教育的意义不只是或者说不再是停留在传统上的艺术技法的教育，也不能以为获得和掌握某一技法就能提高自身的艺术素养，在获得和掌握技法的基础上，还必须熟悉艺术发展的历史与了解现当代艺术发展的进程和特点，培养和提高自己欣赏艺术的能力、趣味和评价的思辨力。而这些能力的获得对于每一个人，都需要美学、艺术心理学、艺术社会学等方面的知识与素养。尤其是专门学习艺术和从事艺术创作的人，就更应具备这样的知识和素养。艺术教育是一个开发智慧与培养创造性能力的复杂的系统工程。

艺术教育不同于一般的教育。专业艺术教育更是如此。在艺术教育的过程中，教育与受教育两者始终是以艺术为媒体作为共同参与艺术活动的中心内容，并受艺术本性影响与制约。艺术教育在知识、理想等方面对人产生深刻的影响，在推动社会的文明和进步等方面产生积极有效的作用。艺术教育可以通过审美功能，即通过审美关照满足审美需要引起审美的快乐。并在这个过程中可以培养、锻炼与提高人们自由把握和创造形式的能力，对意象的感悟与评价的能力，感受和体验审美的快乐，得到陶冶、提升与塑造，逐渐获得自由与和谐、全面的发展。总之，艺术教育对于一个人或者一个民族的发展，是至关重要的。

面对新时期专业艺术教育快速发展提出的要

求，作为专门的艺术院校，必须与时俱进，根据时代所赋予的使命和社会发展的需要，深化教育教学改革，实施21世纪课程体系和教学内容改革计划。对学科现存情况进行全面审视与深入的思考，总结办学经验，不断创新，拓展办学规模，全面发展和进行建设。在改变原来只注重纯技法教学或者是只注重由技入道式的教育模式的同时，重视和加强学科的理论建设与创新，重视科研活动的开展和所取得的成果。从而使艺术院校的教育教学水平达到更高水准。这就要求在全面总结教育教学经验的基础上，不断扩大视野，熟悉与了解世界现当代艺术教育教学的状况，并将其取得的科研成果运用到教学中去，推动教学与科研工作。这种工作的有效形式恰恰表现为教材的生产与建设。我们大家知道，教材(教科书)的建设是教育教学关键环节。它不仅会促进和活跃教学，而且会促使教学向更加良性方面发展。教材是学科具体化的标志，它的科学性、思想性和效用性对学科的建设与发展有着极为重要的作用。对学生它是学习的主要材料和读物，进一步扩充所学专业科学知识的基础；对教师的教学它是所提供的基本材料及完成教学任务的基本条件。这是教学保持科学性的基本保证。

中央戏剧学院是教育部直属院校，是中国戏剧艺术教育的最高学府之一，是戏剧影视艺术教学和科研的中心与训练和实践的重要基地。半个多世纪，中央戏剧学院为国家培养造就了许许多多优秀的艺术人才，作出了突出的贡献。五十多年来，中央戏剧学院在坚持现实主义艺术原则的基础上，深入研究本民族艺术的美学精神并广泛吸收西方现代戏剧中一切有价值的成果。在教学与实践中积累了深厚的艺术教育经验，形成自己的办学风格和教育教学体系。在原有的办学规模基础上，又新设立了电视艺术系、艺术管理系，成立了成人教育学院和影视艺术职业学院。中央戏剧学院教育教学事业继往开来，兴旺发达，前程美好。

中央戏剧学院系列教学丛书的出版，是对新时期艺术教育快速发展提出要求的举措。这套丛书充分反映和体现出表演专业、导演专业、戏剧文学专业、舞台美术专业、影视艺术专业和艺术管理专业以及研究生教育教学规律与特点。这里面既有几十年教育教学经验的总结，又体现出对现当代艺术教育教学探索的思考与科研的成果。这里面凝结着中央戏剧学院教师的心血和智慧，他们的辛勤耕耘将会结出艺术教育的累累硕果，绽放出绚丽之花。

在此，请允许我代表受他们惠顾的所有人向他们致以最崇高的敬意和感谢。

2003年12月10日

序

中央戏剧学院电视艺术系
教授、博士生导师、主任　路海波

读者现在看到的这套共15本书的教材，是中央戏剧学院系列教材中的一种，主要面向中央戏剧学院影视专业本科和专科的学生。

2002年12月初冬的一个晚上，我和中国电影出版社副总编辑李梦学先生在京城北太平庄的一家餐馆相聚。已经不大记得那天菜肴的味道，只记得分别的时候，我们意犹未尽，或说谈兴未尽。我们带着一套共同商量好的想法互相告别，这是这套教材最初的由来。

中央戏剧学院是一所已有五十多年历史的艺术院校。它曾经为我国培养了一大批很有影响的戏剧、影视艺术家。戏剧是中央戏剧学院的传统优势学科，而且戏剧对影视艺术的潜在影响在世界范围内也是有目共睹的。但是另一方面，在一个艺术媒体多元并进的时代，以与时俱进的态度，既强化传统优势，又善于利用传统优势谋求全方位发展，也是摆在我们面前的严峻现实。1999年，中央戏剧学院终于迈出了正式建设影视学科的重要一步。至今，我们这个年轻的新系已经先后招收了影视编导、影视制片管理、广播电视节目主持和影视广告导演四个专业的本专科学生共约300人。2004年将向社会输送第一批毕业生。影视艺术尽管与戏剧有这样那样的联系,但它们毕竟各是独立的艺术,有各自的规律。在戏剧学院开设影视专业,需要完整系统科学的影视学科课程设置。而一套具有系统性、规范性、科学性和深入浅出便于学生掌握领会的教材,对于我们按照教学大纲和既定的培养规格培养合格的影视专业高等专门人才,其重要性显然是不言而喻的。

这套教材所涉及的课程内容包括视听语言、电影编剧、电影导演、影视画面造型、电影录音、影视制片管理、电影市场营销、中外电影史、类型电视剧研究、“电影作者”、纪录片创作、世界摄影大师与经典电影、电影文化的演变、新时期中国电影等,使读者对影视艺术创作规律及与其相关的一系列重要的基本问题进行全面接触。教材的作者都是我系的中青年教学骨干,都具有实际的教学或相关创作经验。他们分别毕业于中央戏剧学院、北京电影学院和北京广播学院,部分教师并游学海外或曾参加过各类国际电影节,他们视野开阔,思维活跃,长期与科研、创作实际和学生接触,对艺术本体和学生都很熟悉,读者见到的文字均是他们多年参与创作实际和教学相长的结晶,所以他们撰写的教材言之有物,深入浅出,形象与理性交融,经典与现实共鸣。如果稍加仔细推敲,则这批教材大致可分五类:一、史论修养(如视听语言、中外电影史与电影文化研究);二、创作技巧与方法(如电影剧作、电影导演概论、纪录片创作);

三、形式与风格（如“电影作者”、类型电视剧研究）；四、影视技术与艺术（如摄影画面造型与录音）；五、影视制片管理和影视产品市场营销。这五部分共同构筑了一个较完整的用于培养影视专业高等专门人才的知识系统和必要的操作技能。按照我们的设计和已被我们的教学所证明，以这套教材为蓝图，结合读者（无论是教师和学生）的具体实际情况，这套教材所涵盖的内容和训练方法，应能满足培养影视艺术相关专业高级人才的需要，也可作为对影视艺术感兴趣者的自学材料。

这套影视教材的出版离不开中央戏剧学院和中国电影出版社双方领导的大力支持。中国电影出版社的编辑高伟先生更是付出了许多具体的劳动，在此谨致诚挚谢意。

21世纪是影像的时代。技术已经为这个时代向人类生活的全方位渗透提供了日新月异的支持。更多的人将与影像结下不解之缘。当社会生活越来越富裕，更多人不仅有欲望，也有物质条件来用影像表达自己对于这个世界的感受的时候，无疑，我们希望这种表达更有质量。在此意义上，我衷心希望这套教材能与更多的年轻人成为朋友。

2003年12月10日

目　录

第一章
电影的主题——兼谈纪实风格电影剧作

在简述纪实风格电影剧作之前，先谈谈电影的主题。《电影艺术词典》的解释是：电影剧本的主题——电影剧作在剧本中通过人物塑造和对生活的描绘所体现出的中心思想……主题思想发掘越深作品越深刻，主题肤浅则只能产生平庸的作品。主题的好坏很大程度上决定一个电影剧本质量。

第一节　三个关于主题的问题

如何确定电影剧本主题的好坏，一种可行的方法是：一个影剧作者在剧本写作前必须问自己三个问题。

一、我为什么要写这个故事？

作为一个剧作者，是否必须讲述这个故事？为什么我要花上近一个月的时间，用至少三万多字来讲述这个故事？如果心中无法回答这个问题，那就放弃这个剧本的写作。

二、世界在剧作者心中是什么?

生活在这个世界中,我作为这个世界的一分子,究竟对这个世界有什么看法? 我对整个世界的看法是悲观的还是乐观的,在这个世界中,什么才是我认为最重要的事情? 笔者在构思一个剧本之前,总是愿意和朋友交流一些对剧本构思的最原始的想法。我记得我的一个好朋友、一个 30 多岁的愤怒青年,对任何一部中国电影的评论只有一句话:"这根本就不是现在中国最主要的问题。"至于什么是"现在中国最主要的问题",他从来就没有告诉过我。以后在构思剧本时,总是会想一想"中国最主要的问题",于是大部分构思就被否定了。

三、电影是什么?

列宁:电影是我们最有力的宣传工具,或者说是某种意识形态的喉舌。

电影是一种娱乐工具,一种可能创造最大利润的商品,就像我们看到的大多数的好莱坞和香港电影一样;电影是一种机械工具,一种能够比较真实纪录客观世界的机械工具;电影是一种情感的表达方式,一种表达爱(非爱)的方式。

以上所说的四种对电影的看法并不是绝对的,比如《战舰波将金号》可被看做是苏联早期最好的电影作品,导演爱森斯坦如果没有对初生的社会主义祖国的热爱,没有对共产主义的信仰,是不可能拍摄出这部苏联最杰出的电影作品的。《教父》系列可能是好莱坞电影有史以来最成功的作品了,虽然距今已经有二三十年时间,但直到今天它的音像制品还在创造可观的收益。

之所以提出辨析电影剧本的主题优劣的方法,是因为电影剧本其实是通过文字来联系电影与世界的一种工具。主题对于一个电影剧本中的人物、情节、细节、对白、结构等等因素的走向是起决定性作用的，所以在一个剧本完成之后再谈论主题是没有意义的，对主题的判断应该是写作之前的工作。

“我为什么要写这个故事”的问题其实是，剧作者是否真的有激情去完成这个不得不说的故事。“世界在你的心中是什么”的问题是帮助判断所要讲述的故事是否符合对世界（社会、道德）的看法。很难想象，一个作者能够将一个与自己的道德观和价值观相违背的故事写好。“电影是什么”是判断你对电影最根本的看法。对电影的看法并没有高下之分，但这是一个判断你写作方式的好办法。对电影的不同的看法是产生完全不同电影的原因。

上面提出的三个问题，是我认为在剧本写作之前必须要解决的问题。如果作者对于电影的了解和判断并不局限于最基本的价值判断，而是具有更多的电影史知识以及大量的观片经验，我想对于剧本创作是会有帮助的。就电影史中电影按照世界观的方法或是按照具体的方法来划分，可以分为以好莱坞电影为代表的造型风格和以欧洲电影为代表的纪实风格。世界上最早的两部电影《火车进站》和《水浇园丁》，虽然都只有两三分钟，但已可透析到人类对于电影完全不同的理解。《火车进站》记录了一列火车进入站台后人们上下车的过程，表达了人们对于电影对活动影像记录可能性的承认。而《水浇园丁》则是一个小型的打闹喜剧，一个孩子在园丁浇水时，顽皮地踩住了水管，当园丁对着水管口检查水管时，孩子松开了脚，水浇了园丁一身，园丁发现这是孩子在戏弄自己，开始追打孩子。这段情节一开始就是经过排演来完成的，而且具有喜剧性。

以后的电影发展史呈现了人们对电影的两种理解的无限发挥，也形成了完全不同风格的电影，或者说完全不同的电影。

首先谈谈中外纪实风格电影的历史，这对认识纪实风格电影的特点会有一定的帮助。

就像上面所提到的电影史上最早的两部作品具有两种完全不同的美学取向一样，纪实风格和造型风格的电影从诞生之初就同时存在,可是在此后二三十年间造型风格电影得到非常大的发展,因为在当时看来,造型风格具有更多商业操作上的可能性,于是好莱坞电影得到最大程度的发展,以至人们一直认为这就是电影最大的特性。纪实风格电影在这一时期也有一定程度的发展,大批的纪录片被生产。由于技术上的原因,当时的电影都是无声电影,所以电影在上世纪二三十年代可说是假定性非常强的传媒,纪实风格电影没有进入叙事领域也是可以理解的。

在30年代的故事片领域,最早尝试纪实风格的电影是法国的几位导演。最著名的作品是让·雷诺阿的《游戏的规则》《大幻灭》等,他的作品中触及了一些难以解答的人类命题,在拍摄的方式上也与当时最普遍的好莱坞方式有很大的区别,因此被称为“诗意现实主义”。

二战时期,欧洲电影业基本停顿。战后,意大利作为战场之一,摄影棚受到非常严重的破坏,而且当时的技术条件只能满足在白天拍摄街景(这点可以解释《偷自行车的人》为什么是没有夜景的)。意大利新现实主义产生后,它的许多特点也是以后纪实风格电影的基本原则:注意反映本国当代社会生活现实;通过普通人的真实生活境遇来反映当代社会问题;在拍摄方法上注重真实感,尽量在实景中拍摄并运用自然光;反对好莱坞的明星制度,尽量使用非职业演员。

1958年法国兴起的新浪潮电影运动,进一步明确了纪实风格电影的许多美学取向。用场面调度来代替蒙太奇规则,用随意的移动摄影来代替景对景的拍摄,追求直接的真实,但不像“真实电影”那样去展示客观条件的自然进程。在影片中表现主观意识,但不任意打乱和歪曲生活的原貌。

新现实主义和新浪潮电影运动基本上确立了纪实风格电影的美学取向和拍摄制作方式,使之成为相对造型风格的另一大风格,此后对美国新好莱坞电影、德国新电影都具有相当的影响力。

影戏观念是中国对电影的主流观念,认为电影是把一些戏剧性的情节拍摄下来的媒介。虽然中国也拍摄出了优秀的纪录片,可是纪录片运动从来没有对叙事电影产生重要的影响,所以纪实风格在中国电影很长的一段时期中没占主流地位。有关理论直到上世纪 80 年代初期还在探讨电影与戏剧的关系问题。直到上世纪 90 年代初，随着西方电影观念在中国的逐渐渗透，以及中国新纪录片运动的展开，中国才渐渐出现纪实风格的美学取向的电影。

第二节　纪实风格电影剧作的特点，以及与好莱坞剧作模式的区别

1. 主题的选择——与社会现实的紧密相联，具有新闻性的特点。

《阿基米德后宫的茶》故事梗概：

马吉德是一个生活在法国贫民区中的阿拉伯裔少年，他和他的法国哥儿们雷尔等人是一群整天泡吧的无恶不作的小青年。他们在学业上不思进取，踏上社会以后，也是游手好闲。为了贪图享乐，他们尽干些偷鸡摸狗的勾当，偷车、烧车、拉皮条、打架斗殴、惹是生非。马吉德看着每天向麦加朝拜的母亲，想真正融入法国社会，可他发现自己的努力是没有希望的。一次他们偷了一辆奔驰开往海滩嬉戏。警车开来，马吉德看着远处的大海，已经没有了逃跑的欲望。马吉德在警车上睡着了，雷尔在路边挥手示意警车停下，他要和马吉德一起被捕……

一些现实存在而很难解决的社会问题是纪实风格电影所热衷的主题，其中的原因是纪实风格在这种电影的制作中最能发挥出优势。对现实社会问题的敏感，始终是纪实风格电影的剧作者应该具备的素质。社会问题总是具有一定复杂性、敏感性的话题，总是几种意识形态或是社会道德力量的交叉点，如何将编剧的观点在其中阐释，并且保持对社会问题多义性的解释并不是一件简单的事情。这里我觉得有一个个人观点必须表达，就是电影在改变社会舆论方面究竟有多大功能？这是一个剧作者必须认识和表态的问题。电影作为大众传媒有没有改变社会的能量？我认为这种能量在大多数情况下是很

小的，而且是可以忽略不计的。那么，一个剧作者如果有意写作一个有关社会问题的剧本时，应该采取什么立场讲述一个故事？我以为保持一种客观的态度是比较好的方式，因为电影并不是社会改造的工具，但它很有可能是一种呈现社会现实的工具，只要引起舆论的关注也就完成了电影的社会功能了。

《阿基米德后宫的茶》就是这样一部关注社会问题的电影。一个剧作者始终是一个处于世界和社会中的人，不可能对所讲述的故事采取一种冷漠的态度，剧作者在剧本中一定会体现出对事件和人物的态度。关键是这种态度以一种什么样的方式出现？你在与观众交流他认为非常感人的故事时，又是采取什么样的态度？

《阿基米德后宫的茶》谈论的根本问题其实是社会与问题少年之间的关系，究竟是问题少年造成了社会病态，还是一个病态的社会生产出这些处于犯罪边缘的问题少年？作者希望在交流过程中得到答案，当然在影片中明显可以看到剧作者是倾向于后一个答案的。但是剧作者的这一看法在纪实风格下不会是先设定的，而是通过剧本来展开的，纪实风格电影像好莱坞叙事风格一样依赖于心理学意义上的因果关系。

在纪实风格电影叙事中，情节不像在好莱坞影片中有那么多的多余信息。它存在着永久的和被压抑的空白；呈示是滞后的，而且相当分散；叙事越来越少普遍的动机。纪实风格电影中的典型人物往往缺少鲜明的特征和明确的动机和目的。我们在影片《阿基米德后宫的茶》中所见到的典型人物阿拉伯少年马吉德，只是无任何理由地和同伙们做着种种坏事，他们不知道未来在何方，他们不清楚什么是他们的生活意义。他们生活在做坏事的冲动中，有时候他们好像也会思索自己行为的意义，可是这些思索都被生活的现实掩盖住了。观看者必须因此而忍受比通常观看好莱坞影片时更持久的原因空缺。在影片中很少能够见到他们采取这种行为方式的理由。

2. 人物的设置——不树立英雄人物，从小人物入手。

《偷自行车的人》故事梗概：

1945年后，意大利失业状况严重。罗马失业者安东终于得到了一份在城市中张贴电影海报的工作，可是上班第一天他的谋生工具——自行车就被人偷走了。安东带着他的儿子开始在城市中寻找自行车的历程。他们到了旧货市场、教堂、贫民区，可是一无所获。崇拜着父亲的儿子布鲁诺鼓励着父亲，可是安东已经失去了信心。最后当父亲在走投无路的情况下去偷别人的自行车而被逮住时，他在儿子面前失去了尊严。

人物是剧本最重要的因素，剧作者通过对人物和人物的活动及其相互关系的描写来表达自己对世界的独特的看法。

选择什么样的人物，对于一个主题的表达是至关重要的。《偷自行车的人》是在一个社会整体失业率相当高的背景下展开的。众所周知，在当代中国，失业的社会情况也相当严重，如何去讲述这样一个社会现实中的故事？是去讲述一个努力下降失业率的官员，还是去讲述一个身陷失业困境中的普通人？哪一种更加可能接近社会现实？

《偷自行车的人》剧作者为何选择一个普通的失业工人来作为影片的主人公？因为一个普通人更能够代表社会中的绝大部分个体，能够更加充分地表现当时的普遍的失业状况对普通人从生理到心理上的伤害。这是在影片的表意层面上的阐释。

如果从编剧的层面上思辨这个选择，我们可以发现更多选择主题上的想法。一个普通人或者说一个生活在社会底层的人可能更加符合电影的纪实风格。《偷自行车的人》完全是展示一个普通人在面对一个普通事件的反应（当然被偷的自行车对于安东来说是如此的重要，因为这不但是糊口的工具，而且是在面对儿子时表示尊严的最重要的隐性道具），一个普通人的生活中不会发生太多的奇迹，这样普通生活的写作必然造成影片是由生活片断构成的，如何将这些活生生的生活片段组织成有意义的对世界的看法，这就是剧作者工作的重点了。《偷自行车的人》通过一个对安东具有决定性的事件来展开整个影片的故事，这是一个相当出色的故事的起始点。接下来的叙事方式是一种以行程（寻找被偷的自行车）来决定一切的样式，或许它还可以拿巧合（在上百万人口的罗马城中，安东父子居然找到了偷他们的自行车的窃贼）做文章，让那些非个人的和未知（那个窃贼也是一个失业者）的因果关系运作起来。这是一种社会中深层的因果关系，社会中的失业（或是一种根本上的分配不公）造成了窃贼的越来越多，就像安东自己最后的行为一样。这种作为剧本结构点的一头一尾的偷自行车事件，加深了安东的伤痛（在儿子面前彻底失去了父亲的尊严），也展示了整个社会的真实的道德困境。

淡化情节的叙事并非纪实风格电影叙事松散的惟一途径。另一个因素是机缘，偶然性也触发一些短暂的、偶然的事件（《偷自行车的人》中那不期而至的暴雨），也许偶然性还会占据更中心的位置。也就是使人物处于一种未知以后叙事的位置，人物并不是剧本中一个经过处理编造的叙事参与者，而是一个处于纪实世界中的人，一些偶然性的脱离叙事主体的人可能更具现实意义。《偷自行车的人》中那场在旧货市场的大雨是一个和整体叙事并无太大联系的段落，也就是说即便去除这一段落并不会影响剧本叙事的进程，可就是这场大雨，能够使人们感受到一辆自行车对于安东父子生活的重要性，以及他们深深的绝望心理。一个偶然性事件成为了整个剧作中的亮点。

纪实风格电影的中心议题，对现代生活和人类状况作出判断的尝试，都有赖于它的形式结构。也就是在这个意义上，艺术电影以对"人物"的关切代替了好莱坞电影对"情节"的专注。对处于现实困境中的人物的关切，使整部影片对现实生活的穿透力得到加强，使人们更加有可能去思索现实中的种种问题，而不是现实生活中一个个解决不了的问题在电影中由一些好莱坞创造的"英雄"去一一解决。电影结束后，观众对社会现实的认识得到了加强还是弱化，一个剧作的社会意义可能就在此处体现。

松散的因果关系得到了主观的或"表现的"现实主义观念的支持。纪实风格电影的着眼点在于"展现人物"，但问题是哪种人物，以及如何展现？结论可以是一个小人物，一个活生生的底层人物，这更加符合这种纪实风格的要求。

3. 情节的展开——不需要过于严密的逻辑关系。

《绿光》故事梗概：

8 月的巴黎，已经到了法国的休假期。刚刚失恋的女秘书德尔菲娜发现今年的假期只能一个人度过，她感到莫名的惆怅。好心的女友邀请她去瑟堡度假，可是见到女友们都有男友相伴，德尔菲娜觉得自己是多余的人。独自返回巴黎的德尔菲娜备感孤独，她又去了南部海滨，偶遇好友，几个人谈到绿光，这是一种在空气极度清澈时落日的最后的神秘光辉，见到绿光的人就能得到幸福的爱情。几天后，德尔菲娜又一次感到无聊，她来到火车站，想返回巴黎结束这令人沮丧的假期。在候车时，她与一个小伙子相互有了好感，他们回到了海滩边。夕阳中，德尔菲德见到了绿光……

《绿光》的故事梗概是非常不容易写的，因为影片中难以见到在我们以往的观影经验中最为常见的因果关系，影片的每个段落好像都对说明女主人公的心理状态有帮助，有些细节好像又过于繁琐，跟全片的主题关系不大。我想这是女主人公的心理状态的写照，因为《绿光》是根据女主人公的心理状态（从惆怅到兴奋，到再一次失望，到最后获得希望）来结构电影的，而不像好莱坞影片根据明确的时限来设计剧情延续，好莱坞电影剧作在大多数情况下是一个封闭式的剧作，它的标准是要求设置矛盾——矛盾对抗——解决矛盾的方式。在一个故事中出现的问题必须在影片结束时得到答案，保持矛盾的清晰程度，保持观众对矛盾的关注程度，由此将观众的期待集中在叙事行进中的因果链中。好莱坞电影中叙事的因果关系是非常明确的，用一部标准的美国电影《侏罗纪公园》作例子：恐龙的孵化成功，男女主人公来到侏罗纪公园（设置阶段）；恐龙冲破了铁丝网开始伤害人类（对抗阶段）；最后男女主人公逃出侏罗纪公园（解决阶段）。

《绿光》的主题可以被认为是一个女性对孤独和爱情问题的终极

探讨。孤独感是现代人类不可避免的一个心理问题，如何去追求真正的爱情也是一个现代中产阶级女性关注的问题。《绿光》的叙事结构是完全开放性的，女主人公和一个小伙子在岸边见到了绿光，可是，孤独感不再困扰这位多愁善感的女性了吗？见到绿光就真的能够获得真正的爱情了吗？影片不可能给出一个简单的因果关系的答案，所以影片中绿光的出现也是那么的不经意。孤独感和真正的爱情不是通过一部电影就能够回答的问题。影片结束时的绿光其实只是一个乐观的暗示。

影片的情节颇为简单，有一种明显淡化情节的倾向，而且整个叙事呈直线发展，几乎是逐日的记录下巴黎芸芸众生中一个普通女秘书德尔菲娜在假期的经历。这一经历既不曲折又无迭宕，剧作者的意图并不在于此，而是仅仅以此为载体，去展现女主人公独特的心理状态，表现她的希望、困惑、烦恼与追求。

通过对情节的淡化处理，将时限去除和把时限的作用压缩到最小，整个电影叙事并不是为了解决一个明确的目标，所以剧本中的逻辑性并不强。纪实风格电影产生焦点不实的空缺，而且对随后的行动做出不准确地推测，同时还导向一般因果关系的开放性途径。并不是《绿光》没有一个隐含的目的，如何排解女主人公的孤独感正是剧本所要完成的目标，但这个目标并不是如此的明确。纪实风格电影善于营造出某种特殊的处境，让现在时的人物，一位叙述者或潜在的读者，在瞬间的顿悟中理解有意义的和无意义的存在。其中的因果关系会逐渐把我们引入一段反映对重大人类问题的个人理解的经历。影片因果的动力往往来自主人公认识到自己正面临着生存意义的危机，孤独感使女主人公德尔菲娜处于人物的临界处境。这种临界处境提供了一个符合传统习惯的中心点，心理现实主义的传统手法得以承袭。针对某种处境的存在主义的意义，人物被赋予表达和解释自身精神状态的动机。对反作用的关心要甚于原作用力。纪实风格电影表现的就是人物在表面世界下寻根究底的心理效果，对人物感情的剖析往往被表现为治疗和病愈，但如果情况相反，因果作用则要受到遏制,有自省力的人物更会暂停下来寻找他们感情上的病因。

纪实风格电影使用开放的时间和空间来关注这种临界处境倾向,其实也可以说是对现实生活的深层关注。绿光的出现解决了整个影片的主题,说明电影的剧作者对于世界还是采取了一种乐观的态度。纪实风格电影叙事总是求助于"现实生活"中貌似真实的不大可能的事,要求我们与叙事达成一致。其实也是说明现实中的问题并不是这么容易解决的,《绿光》保持了一个开放性的结局,这是一个适时结尾的故事,德尔菲娜是否真的获得爱情,是否真的永远摆脱了孤独感,如果《绿光》回答了这些问题,也就不能称为一部现实风格的电影了。

4. 特殊的方法——与拍摄的更紧密的联系,非职业演员的介入,剧本写作前对场景的熟悉。

《小武》故事梗概:

1997 年,山西汾阳。

小武是个扒手,自称是干手艺活的。他戴着粗黑框眼镜,寡言,不怎么笑,头时刻歪斜着,舌头总是顶着腮帮,他常常抚摸着石头墙壁,在澡堂里练习卡拉 OK,陪歌女无聊地压马路,他穿着大两号的西装,在大兴土木的小镇上晃来晃去。他突然发现这几天在小镇上的生活总是和他过不去,从前的"同事"、现在的大款结婚时,也没有通知他去参加婚礼,他感到友情受到伤害。他给大款送去礼物谈起友情时,发现这个社会已经发生了变化。他找到了一个歌女,以为找到了爱情,到头来发现在这场爱情中他又一次扮演了可笑的角色。回到在山村的家中,他和父亲吵了一架,被赶出家门,回到城里在又一次偷窃中被捕。他被拷在小镇的栏杆边,过往的行人看着他,他看着过往的行人……

在汾阳话里把"拍电影"称为"耍电影",意思大概把电影看做一次游戏。汾阳的老乡都愿意帮助我们完成这次工作,但是始终担心的好几个重要的角色还不能确定,贾樟柯叫我不用担心。晚上两个最好的童年玩伴来找他玩。贾樟柯给我们介绍,这就是他的男二号、男三号。省监狱的看守郝宏建演暴发户靳小勇,银行的职员安群雁演药店老板,两个人非常愿意在他们工作之余和我们一起耍电影。我怀疑贾樟柯是否对确定演员太草率了,他说这是他早有的设计,角色本来就是一些很普通的人,让符合角色身份的人来扮演是最合适的。郝宏建作为一个警察,在当地是人人都向往的"权力"职业,他具有暴发户的自信心。银行职员安群雁是当地的中产阶级,让他演药店老板很合适。

——摘自《我们一起耍电影——回忆〈小武〉》

电影始终是一门实践的艺术,电影剧本如果没有完成便称不上是完整的创作。电影中的某些纪实风格元素是在剧本阶段就有设计的,这种设计有的时候是相当有目的性的,而且某些纪实风格是可以建立在对某种电影方式的尝试这一基础上的。

我们都知道电影是一门工业,电影的工业性可能形成的一些惯例和纪实风格是会有冲突的。

《小武》在构思阶段就明确了将来的纪实风格走向,为了使影片的所有风格都达到高度的统一,导演在剧本写作之前就决定使用非职业演员,而且导演在内心就已经有了演员的选择,完全按照演员的职业心理来安排角色和台词,他为了让演员不模仿他们经常看见的电视剧中的表演,要求他们使用方言表演,来达到纪实的风格。

第三节　纪实风格电影剧作中一些相同的特点

一、在城市中游走

《偷自行车的人》段落：

体育场外　下午

现在父亲和儿子一起在大街上逛荡了。

布鲁诺走累了。过街的时候，他差点摔倒在一辆汽车底下。于是他坐在人行道的边上。附近是一座规模巨大的体育场。场内的看台上一阵阵响起雷鸣般的喊声。这就是所谓"观众的反应"了。今天，这里在举行自行车竞赛。

《小武》段落：

十六　僻静的小巷　傍晚

夕阳已经西下，天还没有黑。

蓝色的天光中，小巷幽静深长。远处有几个小孩子在跳皮筋，依稀传来他们的儿歌声。小武吹着口哨从公共厕所里出来了，沿着胡同向大街走去。

小武口哨吹的曲子，正好是前面录音机里的音乐。

十七　街口的信箱旁　夜晚

小武走到一个信箱旁，看看四下没有人注意，从兜里掏出六个身份证，迅速塞进了邮筒，然后若无其事地走开。

小武刚走开，一个穿着邮电制服的小伙子便骑车过来。他掏出钥匙，打开邮筒。

为什么纪实风格电影都偏爱街道的场面？街道是否可以被看成是社会的舞台？人物在其中游走，和这些舞台发生着某种关联。新的美学表现手段要求获得别样的“真实”：有赖于偶然性的“客观”真实世界和带有“主观”真实特征的一闪而过的状况。街道是这种客观真实与主观真实的一个最好的交叉点，一个孤独的思考者和整个社会在这个交叉点联系。

在人物的行为因果关系上的含糊促成了一种以一系列偶然性的事件为基础的结构形式。如果说好莱坞的主人公是直奔目标的话，那么纪实风格电影的主人公则表现为被动地从一种情境向另一种情境的滑动。街道正是这种滑动的一个缓冲场所。

纪实风格影片既然是非古典的，就必然会产生叙事的差异和间离，并唤起对叙事建构过程的关注。但这些偏爱和错位发生在新的外在的规范之内，重新定位在现实主义或作者的评论之中。总之，艺术电影叙事不仅需要对本义的理解，而且也要求对隐含意义的解读（一种更高层次的阐释）。在下面两个特征中，更加能够见到这种解读的多义性。

二、谁的眼睛？

《偷自行车的人》段落：

河边　下午

安东父子俩来到“台伯河”荒凉、陡峭的岸边。安东决定在这里找着那个老乞丐。

“你在桥上等我一会儿。”他要求儿子，“我去看看，那该死的老头儿是不是在这里。”

……布鲁诺斜倚着栏杆站在桥上，还在哭着。嘴巴被打的痛楚早过去了，可是他根本不应该吃这样一记耳光的，因此他心里还是觉得委屈……

安东顺河岸走下去。他一直来到水边，不时回头望一望桥上，布鲁诺还在那里抽抽嗒嗒地哭着。突然他耳边传来一阵喊声。

"来船啊，绳子！"

"来船啊！快点，他沉下去了！"

"看，是个男孩子！"

"来船啊！"

一阵可怕的怀疑。

安东突然哑着喉咙喊起来："布鲁诺！"他就这样一声更比一声绝望地喊着，向桥底下奔去。那儿已经围上来一群心情激动的人，一个个大呼小叫，做着手势。

"布鲁诺！布鲁诺！"安东再也说不出别的话了，只是重复着这一句。

人们从各方向跑下陡峭的河堤。他们也在嚷嚷着……

有几个女人在哭。

安东看见，有一只小船终于划过去了。人们把落水的孩子捞到了船上。

"该不是布鲁诺吧！"

小船渐渐走近了。落水的孩子被移到岸上。

"他活着吗？"

"总算还有气。"

私下里有人在嚷着："把他放好。应该给他做做人工呼吸！"

躺在岸边的这个孩子要比布鲁诺大得多……安东心里一块石头落地，脸上那种绝望的神情才渐渐缓和了。同时他又觉得非常疲倦。

可是布鲁诺呢？他在哪儿？

布鲁诺依着父亲的吩咐,把短外套搭在胳膊上,安安静静地坐在巨大的白色梯凳的最上层。安东从下面看见了他。也不知哪儿来的一股子劲,他一跳越过两三级台阶,飞似地就奔上了桥。

"布鲁诺!"父亲说,累得差点喘不过气来。

他不知道怎样跟儿子亲热才好,就要求他说:"把外套穿上,布鲁诺!你出汗了!回头要着凉的!穿上吧!"

电影是一种观看的艺术,通过谁的眼睛看到这个世界,这是一个非常重要的问题。这就是编剧经常会提到的"视点"问题。"视点"问题在纪实风格电影中显得更加重要。以往在好莱坞电影中能够见到的大部分是"上帝视点",也就是说是一个全知全能的视点。这种视点其实是好莱坞电影世界观的体现,因为它更大程度上表现在对情节的关注上。所以,如何能够更好地推动情节的发展就成了好莱坞电影叙事的要点。而一个全知全能的视点更能方便地推动情节的发展,因为它总能见到连一些剧情中的人也不知道的事情,这对于观众的观影心理有引导作用。

而在纪实风格的电影中,"上帝视点"基本上是禁用的,因为观影者的关切程度时常集中在"人物"上,我们所能见到的不可能比他所能见到的更多,人物生活在一个现实的世界中,现实世界中上帝是不存在的。

为什么我们会在剧本中看到一些并不推动剧情发展的场面,那是因为剧中人并不是一个推动剧情发展的工具,他是人。人是需要呼吸的,有呼就有吸。人物也有他的思维和动作的叙事上的空白点。这样,作为一个非电影中的人,可信度才会得到加强。

与大多数好莱坞影片不同,纪实风格电影往往在对人物的认知上非常有限。剧作者并不是上帝,剧作者比观影者对人物应该有更深的理性认识,但是不应该有比观影者更多的其他信息,因为一切信息都是通过人物的眼睛看到的,这是纪实风格电影不应该打破的惯例。这种遵守视点的原则可能导致剧作者作用在这种限制中得到加强(人物的认知与剧作者不相上下),但叙事的可靠性却下降了(剧作者无法保证任务与所有叙事永远相互适应)。有时情节会把自己局限在人物的认知中,有时情节又分担两个主要人物之间的认知。意义的非确定性,观影者真正情感的投入,正是纪实风格电影的魅力所在。

三、家庭关系

《小武》段落:

七十一　小武家　中午

父亲一个人坐在炕上休息,老二的对象进来,见到父亲笑了一下,见老二不在,就说:“我找二宝。”走出了门。

过了一会儿,大哥搬着矮桌,放在炕上,也上了炕,和父亲聊起了今年地里的收成。

老二一进屋就很累的样子,上了炕,躺了下来。

老二的对象一进门,就拖老二起床。

老二:春天了,春困嘛。

小武进了屋,在床边找了个地方坐下,他不太理会其他人。

桌子上已经摆了两个凉菜。

老二站起来,掏出一包万宝路给大家递烟。

老二:来,来,抽上一只美国烟。

大哥接过来:这烟十块钱一包吧?

老二:十二。

大哥:你挺有钱的啊!

大嫂:人家是国家干部,喝的是咖啡,吃的是点心,外国烟算什么呀?

老二对象:大嫂,你可说错了,现在挣工资的人最可怜。

大嫂:哟,我说错了? 对不起。

老二对象:看你客气的。

小武低头摆弄筷子一言不发。

三多忍耐不住,伸手从盘子里抓菜吃。

梁长有:三多,别动!

大嫂:三多,这菜又不是给你做的,这么下贱!

小孩:我饿了!

大哥:你不听说? 我揍你。

小武:吃吧,吃吧!

老二:吃吧,吃吧,大家吃吧。

老二对象给孩子挟了一筷子菜。

大嫂:看见了吧,阿姨吃你才能吃。

老二对象看了老二一眼,两个人都不说话,大家一阵沉默。

小武:吃吧!

一家人开始吃饭,惟独老二对象不动筷子。

大哥给老二对象挟菜。老二对象仍然不动筷子,一只手摸着另一只手上的金戒指。

小武抬起头看了老二对象一眼,低下头突然又抬了起来。

老二对象的手上,带着小武给妈妈买的金戒指。

小武眯着眼仔细看了看,放下筷子,身子靠在椅子上。

大家又纷纷停下筷子。

父亲:你们怎么都不吃啊?

小武"蹭"地一下站起来,走了出去。

七十二　厨房　中午

小武气冲冲地进来:妈,我给你的戒指呢?

母亲一惊,然后低低地说:我放起来了。

小武:你拿出来,我看一下。

母亲:你不是给我了吗?

小武：我是给你的，我没让你给别人。

母亲：我没给别人。

小武：那老二对象手上的是谁的呢？

母亲：你不是给我了吗？

小武：不行，你给我拿出来。

母亲一下把勺子扔在了地上。

七十三　小武家　中午

母亲扔勺子的声音传了进来。

屋里的人一愣，都放下了筷子。

隐隐约约母亲的声音：你就逼我吧！

小武的声音：我逼你？你知道我的钱是怎么弄来的吗？你想过我吗？啊，妈！

母亲的声音：你还知道我是你妈？

小武的声音：你是我妈，你当然是我妈，你想怎么着就能怎么着。

一阵沉默。

妹妹站起来，迅速跑了出去。

屋里的人谁也不说话。

小武的声音：你给我拿回来！

妹妹的声音：哥！你别说了。

小武的声音：滚！你知道什么呀？

妹妹的声音：哥，我求你！

很长时间的沉默。

父亲梁长有的手重重地拍在了桌子上。

七十四　梁家院子里　中午

梁长有站在院子里：小武，你给老子滚出来。

小武从厨房里出来。

梁长有：你撒什么野？啊，你知道你老子是谁吗？

小武：不知道！

梁长有操起一把扁担：我让你知道知道。我打死你这个忤逆不孝的小子。

扁担重重地落在小武身上。

小武一边往院子外面走，一边吼道：我再也不回这个家了。

梁长有叫：再不用回来。

七十五　村子里　中午

小武在路上气愤地走着。村广播站正在广播新闻：县里准备以全新的面貌迎接香港回归和党的十五届全会……

小武到了村口，向村子里又望了一眼。

广播站开始播放自己的广告，一个中年农民的声音：谁家要割猪肉，请到我家来。谁家要割猪肉，请到我家来……

我们经常可以在一些电影剧本中见到无父无母的人物，并不是他们真的没有父母或是家庭，而是作者将精力放在创造复杂的情节，或是有独特行为方式的人物上了。其实谈到纪实风格，总是会谈到一个有力的人物，一个符合纪实风格的活生生的人物。如何在主题构思阶段获得这样一个人物，一个切实可行的方法是，想一想他的家庭，想一想他在一个什么样的家庭环境中成长的，这对于如何结构一个人物是非常有帮助的。

另外，家庭关系在电影中的出现，也能够加强一个人物在生活中的可信度，在上面的四部范例电影中，无一例外地展现了家庭关系。《阿基米德后宫的茶》中的马吉德，生活在一个穆斯林家庭，父亲始终不会说法语，每天除了工作，好像行尸走肉一般，母亲保持着个穆斯林的信仰，马吉德说过自己想成为一个法国人，可是母亲并不认同他的想法。如此的家庭状况，对马吉德在社会中的整个行为逻辑就有了一个完整的解释，家庭的不理解、无望的情绪，必然在他的身上蔓延。《偷自行车的人》中的父子关系是如此重要，安东对工作的渴望（迫切地希望找到失窃的自行车），某种程度上可以说是建立在儿子对自己的崇拜基础上的。而且在整个寻找过程中，单纯的布鲁诺一直是他最好的陪伴者，可是儿子对父亲的爱并不能阻止父亲丧失理智，父亲最后还是在儿子面前做出了使自己尊严失尽的行动，失业并不单单使人们失去了工作，有的时候使人们失去更多。《小武》中的小武已经在城市中失去了友情和爱情，可是回到家，发现刚刚送给母亲的金戒指又戴到了没有过门的弟媳妇手上，他感到了家庭中也充满着欺骗，他被父亲赶出家门，进而失去了亲情。

家庭关系可以使这几部影片中的人物更加有立体感。纪实风格电影努力做到一种真实感，这种真实感很大程度上建立在对人物的真实性的认同上，一个社会中的人是很少没有家庭关系的，特别在中国，家庭关系对于一个人的行为有着非常重要的潜在的影响力。如果不展开一个人物的家庭关系，很难使一个人物变得真实可信。

上面，我举了我认为是最能够说明纪实风格电影特征的四部电影作为例子，其中，我们能够见到，如何将社会现实和一部电影紧密联系的《阿基米德后宫的茶》；如何从一个小人物的出现去体现纪实风格的《偷自行车的人》；如何使用纪实方法去表现一种细腻情感的《绿光》；如何使影片实际在拍摄前就将纪实风格落实在剧本阶段的《小武》。我觉得以上几部电影的剧作者都是能够非常自信而且明确地回答确定主题时的三个问题，也就是"我为什么要写这个故事"、"世界在剧作者心中是什么"、"电影是什么"。

我们不必将电影剧作主题的确定看得如此困难，也完全没有必要将主题确定神秘化，因为主题的确定简单得只要回答三个问题就可以了。一个剧作者开始写作，面对一张白纸时，许多问题是没有定论的。而各种各样有着不同的生活背景、教育背景、社会阅历的作者，面对同样一个问题，他们的看法是不可能相同的，所以没有一个绝对的主题是可以适合每个人的，你可以问问自己什么主题适合你。

思考题

1. 作者的世界观与剧本的主题是何关系?

2. 主题在剧作中的价值是什么?

3. 结合电影《霸王别姬》谈谈主题是如何展现的。

第二章
剧本首先是写好一个人物

一个影视剧本的完成，主要是包括三个方面工作：人物、情节与结构。说起来非常简单，但落实到具体的剧本写作时，就会出现许多问题。特别是当剧本进展不下去的时候，需要重新回过头来，梳理一下整个剧本的想法，到底是什么地方出了问题。建议首先思考：是不是主要人物出了问题？因为人物在剧本写作中处于首当其冲的位置，这个人物是什么样的人，他遭遇到了什么事？他是怎么处理他的困境的？这如同一个连带反映，决定着剧本情节的走向与结构上的起伏。

第一节　剧本写作的首要问题是人物

不管剧作者设计的情节多么复杂，涉及的社会问题多么深刻，首先还是得有一个立得住的人物。影视剧本写作的根本就是塑造人物。这个原则虽然在以前被反复提到，但在这里还是需要做进一步地强调，这条看起来简单而陈旧的创作规律，在当下的创作中经常被忽略。因为忽略了人物稳定的性格与行为逻辑，导致整个剧本成了无根之木。

有一次上剧作课，我让学生自由提问，提出他们在写剧本的过程中遭遇到的最大的问题。一个学生说，她不知道该让她的人物说什么，建议我先讲怎么写人物台词。实际上，台词是怎么来的，该让人物在剧本中的规定环境中说些什么？这个问题的解决，不应该在台词问题上纠缠不清，而是应该回到根上去，即：你的人物是个什么样的人？因为“什么人说什么话”，一个白领与一个出租汽车司机说话方式是完全不一样的。就算都是出租汽车司机，北京的出租汽车司机跟上海的出租汽车司机也完全不一样；同样是北京的出租汽车司机，也不可能个个都是“侃爷”，见谁都是自来熟的样子，大谈政治、交通或天气问题。我们以出租汽车司机为例，谈谈人物塑造的问题。我们可以想想下面这两部电影中的“出租汽车司机”的塑造，一部是马丁·斯科西斯的电影《出租汽车司机》，一部是昆廷·塔伦蒂诺的《低俗小说》。

《出租汽车司机》拍摄于1976年，当时，美国本土反对越南战争的社会风潮还没有完全过去。德尼罗扮演的出租汽车司机应时而生，是一个从美国陆战队退伍的军人。他本身就是个沉默寡言的人，加上夜间开出租这个特别的工作时间，构成他跟外部世界关系也是非常规的。他看到的外部世界——纽约，不是正常看到的阳光下的帝国大厦、忙碌的上班人群，而是一个阴暗的纽约，充满吸毒者和卖淫者，以及不知道去什么地方消磨孤独时间的人。他的生活环境除了出租汽车这个封闭的空间，就是他住的那个窗户上被封了铁栅栏的房间，他没有朋友，没有亲人，也没有爱情。这个阴暗的纽约也成了他的心理世界的外部表现。于是人物形象产生了特殊性：他不仅仅是个出租汽车司机，还是一个封闭、孤独的出租汽车司机。作为越战退伍军人，他的内心依然涌动着英雄主义的愿望，可在这种封闭而没有希望的环境中，英雄主义成了他内心无处释放的最大压力，造成他的行为发泄——计划消灭总统候选人，他认为总统候选人是个谎言流散的人。刺杀不成功，他又制造了一次暴力事件，营救一个十三岁妓女，枪声响彻在肮脏、狭窄的低级旅馆的走廊里，血溅得满墙满地，出租汽车司机浑身是血，可他的脸却是微笑的，一种长久压抑之后释重的微笑。同样是出租汽车司机，可这个越战退伍的出租汽车司机，这个出没于夜间纽约的出租汽车司机，这个在压抑环境中依然心里充溢着英雄主义愿望的出租汽车司机，却跟所有我们想象的出租汽车司机完全不同。他特殊的身份，特殊的生活经历，特定的工作方式，导致他特殊的，充满戏剧张力的行为动作线索。

进入剧本的人物，不管他在日常生活中是多么普通，多么不起眼，多么不被人注意，如果决定把写作的目光聚焦在他身上，就必须考虑他身上特殊的一面。

再来看《低俗小说》。出租汽车司机在里面是一个分量非常轻的配角，只在第二个段落中，布鲁斯·威利斯扮演的拳击手打死对手之后，从后窗上跳下来，拦下了一辆出租汽车。司机是一个墨西哥女人，酷爱拳击运动，一直在收音机里听着这次拳击赛的现场直播。当司机发现乘客就是拳击手的时候，充满着好奇与敬佩之情，她没有问布鲁斯·威利斯去什么地方，而是问，打死一个人的感觉是什么？

只是寥寥一笔，一个有潜在暴力倾向的墨西哥女司机的形象就实现出来了。这个小得不能再小的配角，让这场过场戏闪亮起来。

写出一个普通人物身上的特殊性，是考虑人物设置的一个重要思路。这工作得分成两步：第一步，先了解清楚要写的人物社会身份的普遍特点。还以出租汽车司机为例，首先得清楚，他的工作时间是怎么样的。他一般在什么地方跑得比较多，比如北京的出租汽车司机，住在南城的人，也很少跑南城，而多半在北城与东城活动，因为南城打车的人很少；他如果是白天工作，一般在什么地方吃饭？如果在夜间工作，碰上去郊区的旅客，他会怎么应付？如果要写出租汽车司机，人物身上肯定有这个职业的基本特性。第二步，根据剧本需要，考虑这个人物的特殊性。同样是出租汽车司机，他是本地人，还是外地人？他是工作了十年以上，还是刚刚开始开出租的新手，很多路段都不熟悉。又比如，这个司机是否结婚，是否有家庭压力。他是一个油滑的人，还是个老实的人；他是个老司机，还是下岗后转行业做司机。他身上的特殊点构筑剧本所需要的戏剧性，他作为出租汽车司机，遭遇的矛盾与他的工作息息相关。

塑造人物，就是在人物的特殊性与普遍性之间寻找某种平衡。

把握人物的普遍性,来自对生活的观察与总结。要写一个出租汽车司机,首先要写得像一个出租汽车司机。比如,出租汽车司机都比较爱跟乘客聊天,比较爱发牢骚,手边总是有个大杯子,里面是浓浓的茶,总是爱说交警的坏话。写出人物的普遍性,是影视剧本写作的现实主义的需要,也是人物"真实"的前提。

刚开始写剧本,因为不断需要关心人物的普通特点,结果进入一个"类型"的误区。笔下的人物跟别人写的人物雷同,自己总感到所写的这个人,在某部电影里见过。结果这个人物没有丝毫生气,反而成了一个概念。像《刺客阿狗》中陈于这个人物,因为有了钱,就变得残忍、黑色、没有人性,好像是"人一有钱就变坏"的图解。又如,有的电视剧写黑社会分子,总是爱一身黑风衣、黑墨镜,表情冷漠。好像所有黑社会都是这一个装束。人物身上普遍性的考虑,有一个界限,人物不能因为这种普遍性而被概念化。因此,产生了人物设置的第二步,考虑人物身上的特殊性。像法国电影《杀手里昂》,冷面杀手里昂,杀人的时候手法简练,冷酷无情,可他喜欢早期歌舞片,喜爱植物。因为这个特殊的性情,杀手里昂才有可能跟小女孩建立良好的朋友关系。再比如,这部电影中的警察形象,居然喜欢贝多芬,居然吸毒成性。在常规理解中,这些跟人物身份极其不般配的行为,恰恰构成了人物身上的特殊性。这种不般配恰恰也构成一种有趣的落差,这个落差也就是剧本戏剧性的来源。

如何设置人物的特殊性?需要设身处地去考虑人物的心理状态。进入人物的心里,可能会找到人物的特殊感情。同样是出租汽车司机,面对他们,是否认真想过,为什么大多数司机只要有乘客上车,总是找话题跟人聊天,是否想过他们整天坐在一个铁栅栏里面,在这个城市里东奔西跑,与人交流的愿望是这样的强烈?!

写人物,不仅要写出一个人物的普通身份,能把一个老师写得像老师,把一个大学生写得像个大学生;更重要的是找到人物特定的内心感受与需要,于是老师就不再是一个"类型",而变成了有特别内涵的"这一个",大学生也变成了与众不同的"那一个",人物除了被确定普通的社会身份之外，还有一个有特殊性的内心愿望。在这个人物普通的身份之下，必须找到他心理层面的东西。

塑造人物，就是在人物的普遍性中找笔下人物的特殊性。

同样是出租汽车司机。去年冬天，我遇见一个司机，我个人觉得可以让他成为我们需要的“这一个”。

有一天，我从亚运村的汇源公寓出来，已经深夜三点多钟，路边停了一溜出租车，几乎都在等人。我上了一辆车，司机是个二十出头的小伙子，他跟别人合开一辆车，他晚上开，那人白天开。出租车的挡风玻璃前面挂的不是毛主席的照片，也不是保佑平安的铃铛，而是一张女孩的照片，他说是他女朋友。

车走在无人的大街上。我对这个司机很好奇，因为太阳快出来的时候，他回家睡觉，晚上太阳落山，他就出来工作。他看到的北京，肯定跟我们看到的北京不一样，一个空荡荡的、寥落的北京。我不知道他跟他女朋友的关系会怎么发展，他心里怎么看待自己这份工作。这个年轻的出租汽车司机跟我们白天见到都不一样，他的生活会是怎么样的呢?！我觉得这个司机身上有东西可以挖掘，原因可能就来自他挡风玻璃上那个女孩的照片。

能找到普通群体中人物的特殊的一面，重要的一点，就是对所需要塑造的人物，尽可能展开多方面想象。当然，不管怎么漫无边际的想象，人物塑造总有一个基本原则，即：不管笔下的人物如何特殊，在形态上都是“现实中的人”。

第二节　塑造人物的基本原则：现实中的人

塑造一个“现实中的人”，并不是把现实生活中的一个人不分巨细地搬到剧本中去。而是基于一种现实的逻辑关系，一种现实的因果关系，让这个人物有一个符合性格的心理逻辑。通俗地说，就是人物与人物关系是不是合理？这个人物的性格与他的戏剧行动是不是匹配？最终决定人物的戏剧动作是否合理的依据是普遍的现实生活的经验。比如说一个平时极度忍耐的人，如果最终要拿起刀去杀人，这其中的心理转变怎么样才能让人接受？如果普通的生活经验之下，观众接受人物的转变，那么这个人物是合理的；如果观众接受不了，这个人物就成了不合理的人物。所以，所谓“现实中的人”的真正内涵，是一个合乎基本的、大多数生活经验的人物的心理逻辑。

“现实中的人”，之所以成为塑造人物的一个基本原则。其实来自电影观众的接受心理，电影的影像逼近现实生活，形成观众对银幕影像的认同，等同于自己的生活认同。因此，理解与接受一部电影的条件，就是电影所表述的故事、人物合乎观众自身的经验习惯。因此，是否“真实”构成对一部影视剧评价的首要标准。在“真实”的经验参照下，作为创作者必须尊重观众的普遍生活经验，笔下的人物要有常人可以理解的心理逻辑。这样，这个人物就真实了，因为真实，这个人物就能为观众接受，这个人物就有了感召力，观众便能跟随他一起进入他所遭遇到的困境，也在人物解脱困境中获得一种解脱。“现实中的人”能牵引着观众跟着故事情节发展往下走，而不至于中途从故事情境里滑脱出来。通俗地说，就是观众“出戏”。这个故事再精彩，再费心力，也不能取得良好的交流效果。电影作为一种基本的大众媒体，其基本效果就是跟接受者建立良好地交流。

我们以一种常规的经验来看看杂志上的一个剧本《傻瓜们的天堂》。先不说这个剧本结构与叙事线索有什么问题，单单先想想这个剧本中的人物，就存在非常明确的问题——这个剧本中的人物说服不了我。至少我看完之后会想，为什么阿兰会爱上胡总？为什么鲁萍会不辞远程，不顾胡总的冷落，自己开车到北京来找胡总？这两个女人与胡总的爱情没有说服力。首先我们想想，剧本说胡总是个有个人魅力的人，他有一个出版界元老的父亲。但随着剧本的进展，胡总除了偶然读两句诗，不能看出他有什么个人魅力。至少在这个物质过度膨胀的现代社会，单靠诗歌获取爱情绝对会成为一种落日黄花似的神话。鲁萍追胡总，我们可以理解为鲁萍的势利，看上了胡总的家世。可鲁萍想通过这个家世获得什么呢？她有美丽动人的外表，一个出身不平凡的家庭，而且不时还显示出现代女性的洒脱与独立，那么她对胡总的追求超越出我们现实经验的范围，至少我不是太明白。鲁萍这个人物立不住，胡总个性不明确，整个剧本看下来，人物想干什么？我们都没有弄清，爱情不是，友情也不是，胡总只是从深圳回到太原，又从太原到了北京，在不断地迁徙中始终围绕着一个叫李刚的朋友。胡总这个人物好像只是怕李刚不知所措才出现在他身边，说一些跟剧本主线索没有任何关系、不着边际的台词。这个人物是极端模糊的。再看看李刚这个人物，一个南方的警察，涉嫌假烟走私，一路潜逃。设想一下，一个潜逃的罪犯，会随身拿出大把现金付款吗？一个假烟走私犯，至于让整个北京都戒严吗？剧本通过对话说明李刚爱阿兰，可为什么李刚在潜逃的过程中对这个女人毫不牵挂?！一系列问题之后，可以找到这个剧本的问题所在，人物没有落实，人物不是“现实经验下的人”，整个故事与剧本，成了作者对个人不满生活的倾泄。这样的剧本说服不了人，这样的人物与人物关系无法让人接受理解，乃至共鸣。

怎样的人物可以说服我们？有一点很重要，就是这个人物的行为是否合乎性格本身。不是我们在写剧本，而是剧中的人物在展开他们自己的故事。比如人物关系很简单的电影《花样年华》，王家卫的这部电影是两个人的故事：张曼玉在一家船票销售公司当秘书，丈夫经常出差：梁朝伟在报纸做编辑，妻子经常加夜班。这是一对矜持地、谨慎地维持一点点感情尊严的男女。剧中的张曼玉是个什么样的女人？只要她出门，即使是出门去买面，都把自己收拾得很体面，她明明知道老板奔波于妻子与情人之间，可她不动声色，将一切安排得井井有条，从来不点破老板这一点点感情秘密。她生活在热闹的邻居之间，可总是带着一点点矜持地把自己关在一个孤独的个人世界里。这是她面对平俗生活的一点点超脱的骄傲。这种个性决定了她不去点破丈夫的外遇；决定了她不愿意冲破道德规则，跟梁朝伟一起离开;决定了她在梁朝伟的房间呆得太晚了,不愿意让邻居知道,只有等邻居们玩完一个通宵,才悄悄穿上不合脚的鞋,佯装从外面回来;决定了她在下雨时也不愿意用梁朝伟的伞回家,因为担心邻居们会认识梁朝伟的伞。之后,她到新加坡,在梁朝伟的房间里抽了半只烟,给他去了个电话,但终究不知道说什么。她就是这么谨慎地守护着自己这份精致的感情,依然保持淡淡的微笑,穿着合身的旗袍。伤与痛只在她心里留下道道伤痕,但不小心,时间的侵蚀让这些伤口重新绽开一些口子的时候,也只能自己一个人细细品尝着伤痛。

我坐在华山路上海戏剧学院外的"真锅"咖啡馆里,看看周围潮湿的街道上穿梭的上海女人,不得不承认,王家卫虽然是个香港人,可他把握一个上海女人对待感情的自尊与精细,居然这样准确。

塑造人物,首先是符合现实生活经验,其次,就是"准确"。

"准确",是人物"真实"之上更高的要求。准确的概念,就是人物在自己的戏剧动作中,不仅仅每一个动作必须是按照自己的性格实现,更进一步,这个动作的实现还是这个人物在规定情境中按照他的性格最合适的行为方式。比如,一个性格极度懦弱的人,逼得无路可走,不得不杀人了,那么他会采取怎么样的杀人方式?我们设想一下,这样的人绝对不可能处心积虑地去杀人,他可能都没有考虑到要杀人。他只是本能地采取一种还击方式,结果让人意外死亡,那么这个人会怎么面对杀人这个事实呢?这一系列问题,都需要在人物具体存在的情境中考虑。

《有话好好说》后半段,李保田拿着菜刀追着姜文不放。一个生活窝囊的人,被一步一步逼得压抑地无法释放,于是才有了后面一大段故事。可我们还是质疑,为什么至于追着姜文不放?姜文怎么他了,居然让这么一个天生无能的人释放出如此巨大的能量。在故事的铺垫中,李保田的追杀是合理的,可是不准确。李保田缺乏更深刻的内在伤害。

我们再看另一部电影《甜蜜蜜》,讲的是一个从无锡去香港发展的男青年黎小军与从广州到香港发展的女青年李翘的爱情故事。黎小军是个老实、憨厚的男人，目的就是挣钱，把未婚妻接到香港。李翘却是个内心很不安分的女人，一心要创造优裕的生活。两个沦落异乡的人相爱了，可黎小军有未婚妻，李翘的目的是成为一个真正的香港人，她不愿意自己辛辛苦苦来到香港，最后还是跟了一个大陆人。相爱的两个人分分合合。黎小军买了两个一模一样的手链送给与自己最有关系的两个女人。李翘内心矛盾，但还是离开了黎小军。几年之后，黎小军终于把未婚妻接到了香港，而李翘成了能干的房产开发商。黎小军的未婚妻跟李翘成了好朋友，一次在车上，李翘无意中看到她手腕上的手链，内心有说不出的感伤与矛盾，黎小军的未婚妻完全不知道李翘跟黎小军的故事，要把手链送给李翘，李翘粗鲁地拒绝了，动作十分明白，让黎小军未婚妻有点尴尬。李翘无法解释，只好默默地开着车。这里的戏剧动作无疑是十分准确的，李翘虽然离开了黎小军，但这个男人依然是她最牵挂的。黎小军的妻子哪里知道这个手链承担这么多的往事，她哪里知道这个手链对李翘是多大的伤害。因为手链，李翘想到了往事，勾起她对黎小军依然难以割舍的感情。可这感情最终是要放弃的，因为黎小军已经结婚了。李翘这一个粗鲁地拒绝的动作，其实饱含着很大的心理力量，在这样的情境下，她能说什么的，只能沉默地开着车。

另一个情境，李翘大方地陪同黎小军的未婚妻去买婚纱。李翘要去试衣间试衣服，试衣间没关门，她便闯进去，正好看见黎小军也在试衣服，他身上只剩一条短裤，是条游泳裤。以前他们约会的时候，黎小军一直把游泳裤当内裤穿。这个场景自然勾起了李翘对往事的回忆，压抑的感情牵挂在心里涌动，但她没有马上表现出来，只是悄悄关上了门。之后，黎小军的未婚妻有事先离去，李翘开车送黎小军回去，半路看见一群歌迷围住了歌星邓丽君签名，当初他们也是邓丽君的歌迷，黎小军让邓丽君把名字签在自己衣服后背上。当黎小军下车远去的时候，李翘看着他的背影，看着他背上的签名，她再也控制不住自己的感情，一头趴在方向盘上，突如其来的一声喇叭响，让她又惊恐地抬起头，黎小军回头，俩人再次明白各自的感情，感情再次爆发出来，俩人接吻了。熟悉中有陌生，浸透着沧桑之后的苦涩。这场戏无疑很感人，感动的前提是准确的把握，从试衣间到邓丽君签名，到李翘无力控制情绪之后的喇叭声。感情的爆发是一步一步的，一个不断上升与积累的过程。正因为这个准确的过程，才使我们看到他们接吻的时候，有种心痛的感受在心里暗香涌动。

电影《甜蜜蜜》整体把握人物的分寸感，可以作为准确把握人物的一个范例。

总结人物创作的基本要求是准确地塑造"现实中的人"。说起来很简单，其实是比较难做好的。因为这里面重要的不是技巧的问题，而是创作者对现实常规经验的体会，是创作者在观察生活、体验生活之后的一种总结，转化为自己的人生经验，转化为内在的一条基本标准。创作者可以对自己笔下的人物做一个判断，是否合理，是否准确？写作过程就是一个不断地自己问自己的过程。这是做到准确的前提。

是否能够在故事的各个段落都能够准确地把握人物，其实是对写作心理状态的考验。作为创作者是否在漫长的剧本写作过程中，时刻保持对人物基调的感受与控制，避免笔下的人物在故事的进展中变形，滑出这个人物的基本性格，最终人物没有稳定可信的形象。这就意味着进入笔下人物的深度，进入人物越深，把握情境中人物感情与动作的分寸感也就会越准确。海明威写小说有一个"冰山"理论，大概说法是，小说显示整个事件与情节的一小部分，像浮在水上的冰山，还有一大部分事件与故事是隐藏在水下的。这种理论同样适合于剧本中的人物创作。剧本只显示笔下人物性格与行为的一部分。创作者所写作的故事，可能只是所设计的人物的一个小小的人生片段。因此，就涉及到人物性格定位的问题。我们不仅仅需要考虑人物进入故事的动作与性格，还要整体地考虑人物。人物就像我们周围的人一样，有自己漫长的一生。有大量的前史与后史在故事之外，这样，故事中的人物会因此完整起来。人物在故事之外，有自己成长的历史。

第三节　人物的性格设计

作为学剧作的学生,在正式进入剧本创作之前,有一段时间的人物小传训练。所谓人物小传,其实是一个接近笔下人物的过程。人物的基本性格特征是什么?他有什么样的前史?他的职业是什么?他受教育的程度怎样?他的家庭情况怎么样?他出身怎么样?甚至考虑人物有什么样的爱好?有什么样的口头禅?爱抽什么牌子的香烟?爱什么样的颜色?爱穿什么样的衣服?爱吃什么样的菜?把人物想得越细越好,将人物细节化是对剧本创作非常有效的工作。

电影《甜蜜蜜》里,如果没有黎小军爱把游泳裤当内裤穿的习惯,李翘在试衣间碰巧遇见黎小军,就不会有这么大的感情波动。没有越南战争的经验,影片《出租汽车司机》中的出租汽车司机身上不可能有暴力的潜在欲望。可能有很多考虑到的人物习惯与细节,没有进入剧本,但有这么细致地考虑人物,所写出来的人物质感会完全不一样。笔下的人物应该是熟悉的,好像熟悉自己一样。知道人物特殊的成长经历,知道他对什么样的人有微妙的心动,知道他为什么总对那些人充满难以释怀的怨恨。知道他在举措不定的时候,心里如何地焦虑地犹豫不决。知道他最终采取行动的时候,心里决然而然的义无返顾。可能这个人物自己都不知道他的行为会带什么样的后果,可是创作者知道,为自己的人物承担不起的后果担忧,但只能让他自己去完成自己的生命过程。

人物始终有个坚强的现实经验的参照背景,但凡创作者赋予笔下的人物一段细致全面的生活,控制写作的方式,不再按照自己的意愿,自己表达的主观需要而轻易调整人物的动作,而是把人物控制在他自己的逻辑世界里。创作者所做的工作就是通过人物自身的性格把故事给讲述出来。

人物的性格在剧本是怎样讲述出来的呢?

美国最畅销的电影编剧著作的作者悉德·菲尔德在他的《电影剧作者疑难问题解决指南》一书中,着重标明一句话"动作就是人物,一个人做些什么说明他是谁,他不必须说些什么"。人物处理一个事件的态度与方法,说明他的性格。所以表现性格,首先是考虑人物的行为方式。原来有一个小册子,谈到好莱坞的塑造人物的基本技巧,举了一个非常有意思的例子,说在一个西部片中,可以用一个动作来塑造出三个人物的性格,三兄弟面对一匹马的动作,一个兄弟跳上马驰骋西部荒原;一个兄弟根本就不愿意上马,他担心自己被马摔下;一个兄弟拉着马进了马厩,给它喂饲料,一副有爱心的样子。一匹马显示出三个人物形象:一个有野性,有征服欲;一个懦弱、谨慎;一个温和,关心他人。一个物件,三个不同动作的人显示他们三个完全不同的性格。

几乎张艺谋所有的电影,都是通过极端的行为,表现一系列性格有偏执倾向的人物。通俗地说,他的电影中的人物性格的基本方向就是"认死理儿"。《秋菊打官司》是最典型的。整个电影故事,九十分钟都是讲述一个农村少妇秋菊,因为村长踢了丈夫下身一脚,找一个"说法"开始告状的故事。她从乡里告到县里,从县里告到市里,从市里告到省里。秋菊作为一个木讷的农村少妇,几乎没有太多的台词,只是一次次不服输的告状行为,确立一个坚强、偏执的秋菊。这个人物鲜明有力,得益于行动方向的鲜明有力。《一个都不能少》是说一个十五岁的农村小老师,只为村长一句话"你班上一个不能少",开始她的行为,她全部行为就是为了不能让班上少一个人。班里有个学生去城里打工,她不顾一切地到城里要把他找回来。这个农村姑娘的行为具有明确的性格特点。

我们再看看吴宇森早期的香港电影《喋血双雄》。故事一开始,周润发扮演的杀手在教堂里等待一宗生意,他为什么在教堂里等这笔生意?我们暂时不考虑。后来的一个段落非常有效地回应了这个场景。周润发扮演的杀手在海边跟对手展开一场枪战,但打斗中,一个女孩无辜地受了伤，周润发扮演的杀手不顾自己被警察逮捕的危险，把女孩送到了爱心医院，一直看到女孩眼睛好转才离开。这个行为，呼应片头教堂的背景，你突然明白周润发扮演的杀手身上鲜明的"善良的心性"。一个杀手，在他的行为里显示了良心未泯的一面。这样，人物的性格通过他的行为明确起来。

所以确定笔下的人物性格之后，第二步就是按照性格开始设计人物的行为动作。这么说并不是不需要台词，而是台词不应该交代人物性格，而应该塑造人物性格。这样，台词就开始有意思了，它不再是人物说了什么，而变成人物是怎么说的。美国优秀演员斯特里普，有一个特殊的能力，就是她可以随时为人物改变口音，一会儿是英格兰口音，一会儿是纽约口音，一会儿是美国中部小镇的口音。一个人说话的方式，其实也是其行为的一部分。

我们再以《甜蜜蜜》为例。李翘因为是从广州到的香港，因而她会说广东话，这于是就有了戏剧性，她可以跟黎小军撒谎说自己是香港人，她跟黎小军的说话方式完全是一个香港人跟大陆人说话的方式，动不动就说大陆人怎么样，怎么样，说话方式是看不起大陆人的架势。可是一年春节，她拉上黎小军在市场上买邓丽君的录音带，暴露了她其实也是大陆人的事实，因为在香港，只有大陆来的人才听邓丽君的歌，谁也不愿意暴露出自己来自大陆。嘴巴上说的永远不可信，只有行为说明人物愿望的真实。这在剧本台词写作与人物塑造中，是非常有效的一种技巧。美国有部电影充分说明了这个剧作手法，在《非常嫌疑犯》中，一个黑社会小喽罗不断地跟警察描述，黑社会老大凯撒是个什么样的人。小喽罗的说法方式是琐碎的、片段的，说话特点是啰嗦的、窝囊的。在他的讲述中，观众与警察一样无法了解凯撒是个什么样的人？到影片结尾，小喽罗朝一辆豪华房车走去，一直瘸着的左脚变成了正常的步伐。这时大家才明白小喽罗就是凯撒，明白为什么他在前面的讲述中故意以如此琐碎的方式讲述，因为他以这种说话方式掩盖自己的真实身份。真相大白的时候，才会突然明白一个人物说什么其实是最难说服人的。于是在剧本写作的时候，是否也应考虑不能仅靠台词的内容去说明表现的人物。

人物性格，在剧本中通过行为动作表现出来。作为一个理想的剧本，行为表现出来的人物性格应该是有质感的，是有生活痕迹的人物。“质感”这个词界定人物性格，需要说明一下。“质感”的概念，就是指人物在剧本中是“生活中的人”，是“生活在剧本中的”，有生活本身的粗糙感，而不是干干净净地为情节而去产生一些事件。剧本所讲述的故事应该感觉是人物生活的一部分。这种要求，就导致人物需要更多细节表现。尤其剧本讲述是人物在常规生活的遭际。

我们想想好莱坞电影，故事性、戏剧性很强烈，大多是类型片，故事类型雷同得很多。但即使是特别类型化的故事，我们一看开头就知道结尾，可还在被他们的故事说服和吸引。仔细想想，他们在人物上是下了功夫的，总是或多或少设计一些人物小动作、小的生活习惯。这样，人物一下子“真实了”。彼特·威尔的《目击者》是典型的警匪片的类型，但看完又觉得不是一般意义的警匪片。在剧本方面，至少做了两方面的工作，一个是把故事放到了一个少数民族部落里，一个与城市的黑暗与罪恶对立的宁静而纯净的少数民族部落。故事隐约有个比较大的文化命题显现出来，这一点不在本章中讨论。第二方面的工作，就是哈里森·福特扮演的警察，居然是个手艺精巧的木匠。他被当地接受，就因为他的手艺。他帮当地人盖房子，他与寄住的这家人的交往，也是通过他的手艺现实的，他给这家小孩子做了一个非常精巧的木头玩具。这个木匠的个人爱好，丰富了警察这个人物的“质感”，让人把他从一个警察还原成一个普通男人。

生活细节对人物性格的帮助作用，是在人物小传里可能地设计人物各个方面的爱好、兴趣、生活习惯的原因。

人物的性格找到了，人物的行为动作也有了方向，接下来的问题是：人物跟情节是个什么样的互动关系？

情节是一个完整的动作，在情节进展的整个过程中，推动它的基本动力就是人物的欲望与动机。所以我们得明确人物的“目的”是什么，应考虑他是个目的性很强的人物。

第四节　人物是“有目的的人物”

法国叙事学有个简单的说法，叙事的动力就是人的欲望。人的欲望是个复杂的组合，有基本的生理欲望，也有社会化的欲望。马斯洛把人的需要分为五层，这个说法可以给我们提供参考。我们了解人的欲望需要，更多是从现实生活中获得。每个时代都有特别鲜明的集体欲望，比如现在这个时期，可能最大的欲望就是过好日子，于是“钱”比任何时期都显得更有力量。关于“钱”，或者转化为一种“宝物”占有的欲望，一直是电影一个持续不断的人物目的。想一想，有多少电影，不同的人为了一笔财宝，争夺得头破血流。像剧本《钓王》，所有人的欲望，集中在一种叫“迦蓝鱼”的神鱼上，所以相对其他几个剧本，《钓王》的故事就显示得更集中，更明确。反之，《傻瓜们的天堂》里人物都缺乏明确的目的，所以整个剧本显得混乱，事件不集中。《刺客阿狗》中的主人公阿狗的目的很明确，就是去杀花春。这个目的没有问题，但问题出在陈于的目的上，陈于杀花春的目的是不让自己的女人给自己带绿帽子。尤其是花春怀孕后，陈于更不能容忍这个孩子出世，给自己丢脸。如果这个目的勉强可以说得过去，但在人物基调上，这么一个残酷的人物，为什么在阿黑不能完成任务的情况下，可以放任他那么长时间，这样的人怎么可能还给刺客说明自己的心态，尤其是最后，他怎么可能把枪给阿狗，让他开枪打死自己。陈于这个人物的目的带有性格特点，在故事进展中是含糊的。故事如果能在阿狗跟陈于的生死追逐中展开，可能更有力度。

在最初写剧本，或者是常规剧本的写作中，一开始就明确人物行为的目的，情节的展开相对会容易一些。尤其是你的主要人物必须是一个目的明确的人。他完成自己目的的需要，展开行动线索。主要人物如果是个目的性不强的人，那剧本的情节必然含糊，人物面对事件的态度也是含糊的。像《傻瓜们的天堂》,作为第一主人公的胡总就是一个目的不明确的人物,所以整个剧本总是不能围绕人物展开戏剧冲突,所以整个剧本就显得松散、混乱,一场戏与一场戏之间缺乏必然的逻辑关系。

人物完成自己的目的其实是构成整个剧本情节逻辑走向。

我们以西班牙导演阿尔莫多瓦的电影为例。几乎所有阿尔莫多瓦的电影,人物的目的与行为方式一开始十分有力,就是爱的欲望,从心理到身体。我们讨论一下他的电影《我心中的秘密之花》。

《我心中的秘密之花》里,女主角是个作家,一个敏感的中年女人。丈夫长期不在家,她从心理到身体都很饥渴。她的目的很明确,就是等丈夫从布鲁塞尔回到马德里之后,他们相聚两天。她焦虑地等着丈夫回来,把自己打扮得性感、动人,还做了丈夫最爱吃的海鲜饭。终于等到丈夫回来,她几乎控制不住自己了,抱住了丈夫刚洗完澡的赤裸身体,可丈夫冷冷地告诉她,自己马上就得离开。女主角终于开始明白丈夫已经不爱自己了。她看着丈夫一步一步离开,没有任何留恋。当大门关上的声音强烈地响起的时候,重重地敲打在她的心里,敲碎了旷日持久的期待,她彻底崩溃了。她吞服了大量安眠药,可在死亡边缘,她听到母亲的电话留言。于是她开始做的工作就是让自己忘记对丈夫炙热的感情。可她偏偏无法忘却。回到自己成长的地方,还是难以忘却,这时候,一个报纸编辑走进她的生活,对她有好感,可她无法让自己爱上他。当俩人成为好朋友的时候,女主角开始从欲望的纠缠中慢慢平静下来。结尾,她发现自己居然有十几分钟没有想起自己热爱的丈夫。故事说起来很简单,一个表达直接的欲望故事,人物欲望带着整个故事往前走。欲望的挫折与平息,就构成了整个故事。化言之,欲望也就够成了《我心中的秘密之花》的基本动力了。

有时,人物目的并不是一开始就明白无误,而是在事件的碰撞中、人物困境中开始产生,故事的动力源来自人物必须解决困境的欲望。这个过程中,需要解决的问题就是如何让主要人物在困境中几乎无法生活下去。

以《致命的诱惑》为例来看这一种人物目的设计。美国影片《致命的诱惑》曾获奥斯卡奖,故事讲述一个家庭稳定、事业处于上升期的一个中产阶级男人,偶然被一个女人诱惑,两人发生了婚外性关系,对于男主角来说,以为这只是一夜情,不会对自己稳定的生活造成什么影响。可事情的发展超过他的预计诱惑他的那个女人开始像噩梦一样纠缠上他。她用自己强烈的占有欲,试图把男主角从自己稳定的生活中拉出来,不断找他;在遭到拒绝之后,开始进入他的家庭,开始打匿名电话;在男主角越来越强烈的拒绝之后,女人把他们家心爱的宠物兔杀了,煮在高压锅里。一次偶然的艳遇彻底改变了男主角的生活,故事的后半部分就是男主角一步一步被迫采取极端的方式,改变自己的困境,回到原来的稳定生活之中。于是,他把那个女人杀了。我们分析一下这个男人的心理结构,有一个非常明确的道德愿望,保持稳定的生活不受到威胁,这是个大动机,直接的动机,就是改变自己被困扰,被威胁的窘境。两个动机形成男主角的行为动作线索。

不管是一开始就设定明确的目的,还是在事件的进展中明确人物的直接动机,目的本身的性质是需要商榷的。

第一,还是最早说的一个基本原则,就是目的的产生,来自可靠的现实经验依据。就是说我们写作的人物欲望,来自接受者日常生活的被困扰的欲望,这是目的具有说服力的基础。

第二,目的与人物性格匹配的问题。人物的基本社会属性决定他的剧本欲望。一个餐厅服务员是不可能想去当总统的。人物的基本愿望是在他自身的各种特性范围里面的。这也是人物合理、可信的前提。人物的目的来自人物自己的逻辑。像《致命的诱惑》中,中产阶级维护稳定的愿望是普遍的,符合社会实情的。《我心中的秘密之花》女主角炙热的欲望,也跟她作为作家的身份密切相关的。

第三,人物行为的目的设定,也直接影响到剧本的社会与人文的主题与类型风格,也影响到情节设计的戏剧张力。比如:美国电影《肖香克的救赎》,整个剧本的人物直接目的就是我们的主人公要逃出狱。这几乎是一个不可能完成的任务。主人公一开始背上杀妻的罪名,被误判无期徒刑,他将在监狱这个阴冷、残酷、封闭的地方耗尽自己后半辈子的生活。作为一个知识分子,一个热爱生活与自由的人,他会以哪种方式在监狱里呆下去呢?他会带给这个监狱什么样的变化?他如果要越狱,又会采取一种什么样的方式呢?如果他要越狱,内心的动力在哪里?

剧本为人物完成自己的目的,展开了一系列费尽心机的动作:他要了一本圣经,要了一个小锤子,他定期要一张电影海报,他一步一步取得监狱长的信任。利用监狱长给他的方便,在监狱里办起了图书馆,他帮助一些罪犯拿到了大学自学文凭,他利用工作间隙,在喇叭里播放《费加罗的婚礼》。这是影片的一个小高潮,一个严厉、枯燥、冰冷的监狱里,突然一天早晨,喇叭里传出欢快的《费加罗的婚礼》,所有罪犯都站住了,在这个死气沉沉的早晨,几乎所有人内心的希望与热情被点燃了。尤其是我们的主人公,不顾被惩罚的危险,一个人在广播室里很享受地听着这段欢乐的旋律。这个段落给剧本覆盖上一层浓重的人文色彩,也暴露了人物的真实想法,他这么一个热爱生活的人,是必须要离开这个冰冷的监狱的。影片最后,主人公穿过排水的管道,成功地从监狱里出来的时候,我们发现他居然用了二十年时间来计划这一次出逃。他一点一点地在海报背后用了二十年时间凿出一条通道,他把锥子成功地藏在圣经里面。更甚者,他不仅仅成功逃出监狱,而且利用自己的会计专业,成功地把监狱长推上经济犯罪的被告席,而且利用自己的专业得到了监狱长的不义之财。主人公用自己的智力与毅力,为自己创造一条新生的道路。一个人可以用二十年的时间,在这么艰难的环境里实现自己的目的,这么强烈的动机无疑来自内心,来自心里一个永远燃烧着的希望。我们分析这个剧本的人物目的设计,发现剧本不仅仅只表达人物越狱的目的,还附加了一条惩罚不法监狱长的目的,附加了一条给所有监狱里的人带来希望的目的。影片主题就不再是一个简单的越狱故事，而变成了一个关于希望的故事。一个人什么权利都可以被剥夺，只有希望的权利是无法剥夺的。希望构成人物真正的心理动作，因为这个心理动作，整部电影的主题变成厚重起来。也因此，电影在戏剧性很强的动作线索之上，弥漫着一种精神力量。

电影不管怎么说，讲述的还是人类自身的情感故事，关注的是人类的基本感情需要与人类情怀。所以，如果你设置的人物目的过度社会化的时候，最好再给人物找一个情感动力。《拯救大兵瑞恩》牺牲一个小分队的性命，只是为了让一个母亲不要在一天之间收到两个儿子的阵亡通知单。《人工智能》是个科幻片，可故事的基本线索是个机器孩子想得到母爱，成为了真正的孩子。

设置人物目的时，要有两个方面的考虑：一个外部的戏剧动作的需要，即：这个人的行为线索；第二，给人物目的一个厚重一些的心理动作。《钓王》是一个外部动作清晰的剧本，可看完就完了，没有打动人的东西，为什么会这样？就是剧本涉及的人物目的过于外在，缺乏感人的心理动作。

人物的欲望是情节推动的基本动机。具体人物的欲望在情节中如何构成动力系统，我们可以拿影片做个案分析。先要明确一点，剧本矛盾设计的起点就是欲望受障碍。欲望的完成与阻力构成了情节的不断推进。于是在人物关系的配置上，我们不得不考虑一组典型的人物关系。

主角———对手
|　　　　|
帮助者　　帮助者

以美国卡通片《小鸡快跑》为例，这部电影线索非常明确，就是一群鸡逃跑的动作，更确切地来说，是一群鸡想飞的愿望。这是个有趣的想法，因为鸡是不可能飞起来的。这个目的设置本身就极具戏剧张力。

我们先看看这部电影的基本人物关系：

母鸡“简”——————对手:养鸡场的两个主人
|　　　　　　　　　　|
(帮助者)外来的大花公鸡　　制造鸡批的机器(帮助者)

母鸡“简”还有一个帮助者是两只老鼠,起到色彩人物的作用,是插科打诨的噱头人物。这种设置让剧本备增趣味。《小鸡快跑》基本采用了经典的人物关系,矛盾也就在主角与对手之间不可调和的斗争中开始。

这部电影的段落:

1. 序幕:一只叫“简”的母鸡,带领一群母鸡悄悄逃出像集中营一样的养鸡场,可每次都被主人抓回来。

2. 这天,女主人把一只几天没有下蛋的母鸡抓出去杀了,加大了“简”她们的困境,她们出逃的愿望因此变得十分迫切。

3. 她们精心设计的出逃失败了。

4. 正无奈绝望之际,天空划过一道亮光,一只小花公鸡扑扇着翅膀从天而降。“简”心里升起希望,小花鸡是会飞的,她们可以学习飞翔,她们可以逃出去。欲望的实现有方向了。

5. 小花公鸡受伤了,“简”她们出逃的动机再次受阻。

6. 另一方面,女主人引进了“鸡批”生产线,母鸡在劫难逃的命运再次提上日程。出逃的动作迫在眉睫。

7.“简”强迫小花公鸡训练母鸡们飞翔,但结果不如人意,虽然她们训练辛苦,可还是飞不起来。

8. 终于,女主人把“简”作为实验品,放进了“鸡批”生产线。小花公鸡冒死相救,虽然他们九死一生,可“简”知道了生产线的实质。他们必须赶紧飞起来,可关键时候,小花公鸡逃跑了。更甚的是,“简”发现了秘密,其实小花公鸡是马戏团的成员,他是被爆竹轰上天的。她们出逃的愿望彻底受挫,她们是不可能飞起来的。

9. 母鸡用自己的小木房子自己制造了一架飞机,居然飞起来了。“鸡批”生产线报废了,主人得到了应有的惩罚。关键时刻,小花公鸡回来了,帮助飞机起飞。他们来到世外桃源,开始了他们的自由生活。

《小鸡快跑》是个简单明了的卡通片，通过段落之间的上下关系，可以清晰地看到，整个剧本的戏剧动作就是围绕母鸡出逃的愿望展开的：出逃，受挫，没有办法，来了一只会飞的鸡，点燃希望，可还是受挫，会“飞”是个谎言。终于，为实现愿望，她们自己制造了一架飞机。高潮无疑是愿望实现的那个瞬间，飞机终于飞起来了。愿望的实现与受挫，再实现，构成故事的基本内在逻辑，前后段落成了一个一环扣一环的因果关系，这样也就构成了一个情节链条，这也最后成了一个有起有落的故事。目的以它不断实现的周折，构筑出情节链条，所以我们才说，人物目的是剧本情节的基本推动力。

这篇文章，我梳理了关于影视剧本写作中塑造人物的四个方面问题。总结起来，就是要准确地根据人物性格塑造有行动目的的人物，这个人物是在生活之中，又在生活之上的。人物立起来了，扎实了，故事也就丰满起来了。作为写作者，不管怎么样写作，都有自己感兴趣的题材与人物，创作者笔下的人物可能或多或少投下了个人化的影子。所以，有时候，塑造一个好的人物，对于写作者来说，有个基本要求，就是尊重自己的真实感情与真实愿望。对自己真实，笔下人物也因而真实起来。

思考题

1．为什么说写剧本的首要问题是写好一个人物？
2．人物的普遍性与特殊性主要指什么？
3．准确把握人物基调，使人物塑造有质感的方法是什么？

第三章
电影剧作中的细节处理

第一节　细节在电影剧作中的价值

许多人都有这样一种观片经验：当我们试图回忆曾经看过的某部电影时，可能已经很难完整地记起影片的剧情了，甚至连基本的人物关系都模糊了，但往往还能记住影片中的某个细节。可能是人物的一个动作，几句台词，一个表情；也可能是一个小的段落，一种特别的情绪。总而言之，它们可能只是只言片语，或者惊鸿一瞥。当大的情节作为一个背景沉入记忆的黑暗中时，这些细节却浮上水面，凸现出来，闪着某种特别的光泽，展露着特别的纹理和色彩。细节使我们树立了对整部影片的观察点，影片的形象也得以在我们心中重新确立，虽然它们也许并不是影片在逻辑关系方面重要的一环。

有过一定的剧本写作经验的人大多有过这样的感受：对于一部电影剧本来说，确定题材、确立主题、决定风格、编织人物关系、组织情节这一系列工作并非很困难。困难的是写到人物在某一场戏中的具体的动作和语言，戏越是落到实处越是难写。因为当戏落到实处时，各方面的要求也随之而来：是否符合人物的身份和性格特征？是否自然、合理？是否有助于塑造人物形象或完成戏剧任务？……到了这个阶段，这些问题就无可回避了，因为此时观众（或读者）会自然而然地调动自己的日常生活经验和对人的理解来审视这些细节，感受这些细节。会出现更高的要求是：是否特别？是否聪明？是否有趣？是否足以表现出剧作家的创造性？要知道，没有创造性的作品是很难给观众留下印象的！

一句话，编故事容易，创造好的细节难。

有句关于剧本的话大致意思是讲：莎士比亚之后所有的戏剧都是抄袭。实际上，基本的情节模式其种类是有限的，写来写去无非也就是那些套路。甚至还有人专门总结了这些套路，法国戏剧家乔治·普罗第归纳的“三十六种戏剧模式”就是著名的一例。他总结出来的套路有求告、援救、复仇、骨肉间的报复、捕逃、灾祸、壮举、绑劫等等。普罗第的三十六种情节模式并非凭空臆造，而是从已有的戏剧作品中分析、归纳所得，是对规律的探讨和反映。虽然这些模式决非全部地概括了戏剧和电影的情节范式，但也部分地说明，在创作中，要想真正完全摆脱前人创造的范式是极其困难的。那么我们的创造性又能体现在哪里？或者说，余地有多大？

我认为在细节上下功夫，努力创造出新鲜、生动的细节，是我们得以创造出好作品的最重要的途径之一。电影作为一门叙事艺术发展至今，在基本的叙事模式已经被使用穷尽之后，细节处理的得当与否将在很大程度上决定一部剧本的价值高低。

美国电影《克莱默夫妇》在这方面无疑是一个范例。《克莱默夫妇》是一部家庭伦理剧，表现了美国社会中比较普遍的社会问题：单亲家庭和女权主义。从题材上说，这部影片没有任何可以刺激感官的内容，没有大起大落的强烈的戏剧冲突，从哪个方面来说也不具备所谓的娱乐性，但影片却获得了极大的成功。它的成功就在于朴素无华和真切动人。剧作家利用了传统的剧作结构框架，但没有刻意地去编排情节，而是从头至尾始终如一地紧紧把握着人物的情感和心理的细微变化，通过一系列细节的积累来表现人物性格，改变人物关系。例如，特德和比利父子的关系变化是通过前后呼应的细节来表现的。影片开始时，母亲乔安娜离开了家庭，第二天早上，特德和比利起床后一起做早餐——煎法式面包。由于特德一贯不做家务，所以比利对他不信任，在一旁怀疑地盯着他。特德通过不停地说话来努力掩饰自己的不自信和烦躁，结果手忙脚乱之下烫了手，煎锅掉到地上。他本来就憋了一肚子气，借机一下子就发泄出来，破口大骂："妈的！可恨的女人！"(这句台词太有意思了，本来乔安娜并不在场，这句下意识说出的话，精确地表现了特德的心理活动，可谓四两拨千斤)

影片结尾时，特德输掉了关于比利的监护权官司，这天是法庭规定的乔安娜接走比利的日子，早上特德和比利又在一起做早餐，还是煎法式面包，两人默默无语，配合默契，动作娴熟，父子情深尽在不言之中。前后两个细节一对比，准确、生动、有效地表现了父子关系的变化，虽然并不复杂，但剧作的功力毕现。

还有，乔安娜刚走时，比利很想念母亲。特德带他去超市购买日用品，比利要求特德按照母亲的习惯选择东西。父子两人建立起感情之后，特德要求比利一星期洗两次头，不再是儿子说了算，父子关系的变化也通过这种细节对比很好地表现出来了。

再如香港影片《甜蜜蜜》，这是一部情节框架很一般的影片，相信对于很多编剧来说，编出这么一个故事并非难事。但影片中的很多细节给我们留下了很深的印象，正是因为这些细节，这部影片成为了一部比较优秀的商业电影。

除夕之夜，男主人公黎小军和女主人公李翘贩卖邓丽君的录音带，本以为可以大赚一笔，结果血本无归。心情黯然之际，李翘无意中泄露了自己是广州人，并非一直自称的香港人。两人回到黎小军寄居的狭小的住处，一起吃了馄饨，一起洗了碗，然后李翘心情不安地要走，于是黎小军憨憨地给她穿外套。两人面对面地站在狭窄的过道里，相互之间靠得很近，黎小军努力地、认真地为李翘扣扣子，怎么扣也扣不上，都不说话，但显然都是心头鹿撞、心如乱麻，想亲近对方，却又不知该如何去做，因为黎小军在大陆还有个等他去娶的女朋友，他和李翘只能保持普通朋友的关系。一点点地试探，进两步，又退一步，仍然是不说话，如此多个回合之后，才终于拥吻在一起。

我认为这是非常精彩的细节，它非常巧妙地设置了一个令人尴尬而慌乱的情境，为人物之间设置了一个微妙的距离，从而很好地表现了人物的情绪：同是天涯沦落人，彼此已相爱，却又无法向对方表露；有亲近的愿望，却又有重重的障碍；表面上风平浪静，底下却是暗流涌动。黎小军的憨厚和体贴，李翘的矜持和自重，都表现得恰到好处。

李翘陪黎小军去金店为即将到来的黎小军女友小婷买金手链，李翘帮他挑了一条，谁知贫穷的黎小军也为她买了一模一样的一条。一刹那间，李翘心头百感交集：又是惊讶，又是感动，又是恼怒，又是自怜。惊讶于他的大方，感动于他的体贴，恼怒于他的愚蠢（"我没见过你这么傻的人，送给两个女人的手链都是同一个款式。我和小婷不一样，她是你老婆，我是你朋友，……你送一条给她，又送一条给我，你这是什么意思？你知不知道你自己在做什么？"），自怜于虽然黎小军对自己那么好，但他即将成为另一个女人的丈夫。离开金店，李翘心情复杂地走在人群中，黎小军不知道自己做错了什么，还在赔小心，越说越错。李翘无奈地告诉他，自己与他是完全不一样的人："黎小军同志啊，我来香港的目的不是你，你来香港的目的也不是我。"

抛却张曼玉堪称完美的表演不说，"为两个女人买同样的手链"这一细节设置得真是漂亮。它把李翘在此情此景中的复杂的心情勾引出来，使之有了一个酣畅淋漓的表达，同样起的是四两拨千斤的作用。后来有一场戏，已跟黎小军结婚的小婷为感激李翘对自己的帮助，非要把黎小军送给自己的这条手链转送李翘，李翘马上拒绝，而且反应过激。在这里，手链的细节是为了表现李翘藏在内心深处的对黎小军的感情，她对这份感情的自我抑制，以及虽然自我抑制却还是不能释怀的暗自神伤。一石三鸟，将人物复杂的心理活动精确地外化为人物的行动，个中滋味，如果哪个观众对人的感情不敏感，真是不易完全体会。

《甜蜜蜜》这部电影中，可圈可点的细节随处都是。比如，李翘为还债，被迫去做按摩女，她给黑社会老大豹哥做按摩，豹哥喜欢她的直率脾气，问她："难道你不怕我？"李翘回答："我什么都不怕，就怕老鼠。”过了几天，豹哥又来做按摩，李翘发现他的背上纹了一只小米老鼠，她不禁暗自感动，嘴里说：“逗我开心，给我点小费就行了，用不着这么大的工程。”这个细节，一下子刻画出了刚出场的豹哥这个人物的性格：表面上很粗豪，骨子里却是个不乏柔情的性情中人。小米老鼠文身这一细节在接近片尾处再次出现：带着李翘躲避仇杀的豹哥历尽天涯海角的奔波来到纽约，却意外地丧命于街头黑人小混混手上。李翘在警察陪同下认尸时，让工作人员把豹哥的尸体翻过来，她认出了他背上的小米老鼠。她不由笑了一下，紧接着就哭了。往日豹哥的温柔体贴，如今亡命于天涯的悲凉，今后独自一人无所依靠的伤感，以及丝丝缕缕的情意，都借此表现得不温不火而充分到位。

从整体上而言，《甜蜜蜜》并不是一部在艺术成就上多么高级的电影，归根究底，它还是一部通俗的情节剧，很多情节有套路。但是，导演陈可辛在这部电影中表现出了令人惊讶的精准的表达能力。他总是有办法采用一些别致的、准确的细节来表现人物的性格或者人物的情绪，从而有效地调动观众的感受，打动观众。

在大陆电影导演中，张艺谋是比较重视细节的一位，这一点对他的电影品质是一个保证。如果仔细观察，我们几乎可以在他的每一部影片中都发现一些精彩的细节。

《秋菊打官司》在我看来是一部完美的电影。我们暂且不去讨论别的方面，只是看看它的细节处理。这部影片为我们贡献了一个崭新的人物形象——秋菊。秋菊的性格塑造是影片的核心任务，是重中之重。她的性格特征，简单地概括就是三个字：认死理。用北京话概括就可以浓缩成一个字：轴。影片中一句反复出现的台词“要个说法”后来流传一时，成为了一个新的时尚口语。有些影评把这句话的含义提高到“农民法制意识的苏醒”甚至“个人意识的苏醒”的高度，我看秋菊未必会有闲功夫考虑这些形而上的问题。在我看来，秋菊的性格的背后就是自尊，秋菊是一个自尊心极强的人。影片中有两个细节令人印象深刻：乡里下了调解方案，村长王善堂要赔偿万庆来二百块钱。村长把秋菊叫到他家，在院门口通知她调解的结果，然后把一叠钱拿出来。秋菊刚要接,村长把钱撒在了地上。秋菊吃惊地问村长这是什么意思,村长说:“别人的钱不是这么好拿的,地上的钱是二十张,你捡一回给我低一回头,你给我低二十回头,这事就算完了。”秋菊说:“完不完,你说了也不算。”然后秋菊就走了。后来市里的行政裁定下来了,基本维持原来的裁定,要求村长赔偿二百五十元给万庆来,其中没有秋菊要求的“说法”。万庆来为了缓和跟村长的关系,明知秋菊仍会不满意,但还是接过了村长给的钱。但很快秋菊就来了,要把钱退给村长,村长蹲在地上不接钱,说自己不收回头钱。秋菊把钱扔在村长面前的地上,一声不吭地走了,气得村长对着她背影骂:“啥东西咬人不撒嘴?乌龟!王八!鳖!”

这两场扔钱的戏设计得很精彩,非常有力地表现了秋菊和村长的性格。它还有一个优点,就是用动作而不是台词表现人物性格。我们知道,在剧本中,动作(或者行动)比台词往往更有表现力。一般而言,好的编剧都会有意识地寻找恰当的动作来替代台词,而蹩脚的编剧大多有一个共同的毛病,就是在剧本里让他的人物喋喋不休。这两场戏还有一个场面调度的细微差别容易被忽略:前面一场戏村长撒钱时,秋菊是站着的;后面一场戏秋菊撒钱时(她的动作更像是放下钱),村长是蹲而不是站。这点差别是与人物的性格直接相关的,如果秋菊撒钱时村长是站着的,那就显得秋菊有些过于咄咄逼人了,就不可信了,人物性格也不可爱了。好导演总是会小心地、敏感地把握分寸,努力使之不过不失,而艺术的高下之分,往往正是体现在类似的细枝末节里的。

我认为村长王善堂这个人物形象的塑造是非常成功的,几乎可与秋菊的典型性相比。我们试以一场戏为例来说明。秋菊生孩子时难产,村长张罗村民连夜走雪路把秋菊抬到医院,救了秋菊和新生儿一命,万庆来摆满月酒时遍邀宾客,但不知该不该请村长,怕村长记恨秋菊,不肯来喝喜酒。秋菊说当然要请村长,于是万庆来就去了。这场戏是庆来到了村长家,村长一家人在炕头坐着,村长矜持地点了壶烟,吸了一口后说:“我不去。……是秋菊让你来的?”万庆来说:

"秋菊说了，娃的满月酒谁不来都成，村长不来不成。"村长试探地嘿嘿笑着问："秋菊说的？嘿嘿，我看是你说的。"万庆来诚恳地："事情明摆着，没你就没这娃嘛。"村长仍矜持着，但表情明显很受用。这时秋菊来了，家里人招呼她上炕，村长没说什么，只对屋外喊了一句："爱玲，抱点柴，把炕烧热！"秋菊上了炕，把婴儿递给村长看，村长感叹秋菊头一胎就是个儿子，埋怨自己老婆"一撇腿一个女子，一撇腿一个女子，一撇腿还俩女子！"秋菊再次请村长届时去喝喜酒。村长先是推辞，说："你三婶去就行了。"秋菊仍坚持，最后村长说："再说，再说。"到了喝喜酒这一天，秋菊等村长来，村长没露面，村长老婆来了，说村长"正在屋里洗脸、刮胡子，搞得跟过年一样"。

这就是人物性格。真实、可感，带着活人的气息。一个人的性格中有那么多丰富的色彩，他的倔犟、善良、要面子、故作矜持、体谅他人、容易满足，以及不令人讨厌的圆滑，这些方面都巧妙地、立体地混合在一起，含蓄而到位地通过生动自然的行为和语言表达出来，这是一个很高的境界，需要很深的功夫。要练就这种功夫，创作者需要随时保持敏锐的感觉，坚持对生活及生活中的人做深入细致的观察，而且在创作时保持放松的心态，不做作、不拔高、不讨好、不较劲，忠实于基本的感受，最后才能达到气韵生动的境界。所以我常常说，剧本是有气息的，气息对不对，剧本有没有人味，我们往往从剧本的头三场戏就可以感觉出来。有的编剧写了一辈子剧本，掌握了足够多的技巧，有足够的能力把一个故事编得天花乱坠，但你还是能感觉到他的剧本缺乏人味，因为他的人物不说人话、不干人事。艺术作品达到了一定的境界，绝对是大巧若拙的，洗尽铅华、不动声色，但一步到位、直指人心。

《秋菊打官司》除了人物塑造的成功以外，它的生活气息还特别浓厚。影片中用大量细节来营造生活氛围，表现地域文化和人物的生活环境。

秋菊把官司打到了市里，小旅馆老板同情她挺着大肚子还在打官司，把公安局局长的住址给了秋菊，让她去找局长。秋菊去之前跟小姑子商量，应该买点礼物，不能空手去。两人买了一大网兜桔子，可秋菊还是觉得礼物太轻，说："局长把桔子吃完就完了，要是能买个什么东西摆在那儿，局长一看见它，就能想起咱们的事了。"于是，姑嫂俩去买了一个很俗气的黄山迎客松镜屏。这种镜屏在我国八十年代的农村随处可见，被认为是一种体面的装饰品，广泛应用于家居和赠送。问题不在于秋菊的审美品味，而在于她买镜屏的动机。这是一种典型的农民式的狡猾，一种自作聪明，但是又很可爱，并不令人讨厌。这个细节有力地表现了秋菊的身份、文化修养和性格特征，而且真实自然，不乏幽默。

秋菊找到严局长后，严局长用桑塔那轿车把秋菊送回小旅馆。秋菊回到西沟子村以后，此事早已引为奇闻，轰动一时。一个村民艳羡地问秋菊："听说你把局长的小汽车都坐了？"我认为这句台词非常好，不是说"你坐过局长的小汽车"，而是说"你把局长的小汽车坐了"。这两种不同的表达看似区别不大，实际上表现的是完全不同的意味。前者只是陈述一个简单的事实，后者却潜藏着暗自得意、沾沾自喜的情绪，而更潜在的表达则是中国农民与国家权力之间的复杂关系。严格地讲，这句话里面是有意识形态的。所以，好的台词总是看似平实简约却又意蕴丰富的，而蹩脚的编剧却总是习惯于在写台词时把一个简单的意思写得无比复杂。

我举了以上这些例子，无非是想要说明细节在电影剧作中的重要性。我们看到，好的电影不是由一个宏大或深刻的主题决定的，而是靠一个又一个好的细节构成的。

第二节　什么样的细节是好细节

什么样的细节是好细节呢？好细节有哪些主要特征呢？

好细节的第一个要求是真实。

真实的意思是，它要符合人物的性格特征，符合人物的身份，符合规定情境,符合人物的基本的心理逻辑。真实可信这个要求看似很基础、很简单,但真正要做到却很难。很多影视创作者并不很重视真实的问题,认为只要片子好看、好玩、热闹就可以了,这是一种危险的想法。观众对片子的接受还是基于对片子的信任,如果观众认为很虚假,就不可能产生进一步的理解。当然,真实不是惟一的标准,也不是最重要的标准,尤其是对于一些风格化或类型化的影片来说。例如喜剧,它必然要加以夸张,我们不能够简单地拿日常生活的标准去要求它。但是,对于一般的现实主义作品来说,真实无疑是很重要的标准。

剧本《漩涡》的主要问题就是不真实,非常牵强。出身富户的青年王峰因为要参加革命而逃婚,令新娘方卿大光其火,于是也投军(她竟然很快当上了解放军的师长),后来发现王峰又娶妻生子,于是妒火中烧,开始报复王峰……且不说整部影片的推动力(为报逃婚羞辱之仇而投军,并伺机报复)完全站不住脚,片中的细节也是漏洞百出。

该剧本的头五句话就让我明白了我将要读到的是一部经不起推敲的剧本:"一九四八年夏初,解放战争正奏尾声。大别山区。山野无尽,山林森森。夜。山跟下,几幢旧屋前,两个身穿八路军服装的士兵在持枪放哨。"作者竟然不知道八路军是抗日战争时期的番号,全称是"国民革命军第八路集团军",虽然是共产党领导的,但仍属于国民政府中央军序列,到了解放战争时就改称"中国人民解放军"了。作者在缺乏基本常识的情况下,编造了一个发生在军队里的男欢女爱的复仇故事,那么读者对以后的剧情进展就可想而知了。

紧接着又有一个严重的常识性错误:"一个二十多岁的被俘的八路军军人(匡文)看到被俘的四十来岁的八路军军人(王峰),痛苦地跪下:'师长!'"要知道,当一名师长被俘,敌人又不知道师长的身份时,下属是不可能当着敌人的面称呼师长的。这叫什么?这叫想当然!

然后发生的情节是,匡文和欢欢(王峰的女儿)被误定为叛徒关押起来，在别人帮助下越狱逃跑。两人在逃亡过程中，在被追捕的情况下，在欢欢刚刚还在为父亲的被枪毙而“大哭不止良久”之后，竟然：“……两人继续向山下慢步走去。两人的关系显得亲密和谐，或者相依而行，或者相互搀扶，或者前后追逐。时而默默相对，时而嬉笑打逗。一处树林，郁郁葱葱，野花争妍，山鸟轮唱。欢欢喘吁着赶上匡文，匡文转身迎她。欢欢大方地看着匡文，喘吁着，轻轻笑着。匡文突然抱起欢欢转了一圈，停下。两张激动而红润的脸相对。两人拥抱、接吻，激动不已，狂乱地撕扯着对方的衣服，挠抓对方的头发等部位，倒在草丛里，翻滚着……欢欢红扑扑的脸在下，匡文精神焕发的脸在上。欢欢：‘我爱你！’匡文：‘我也爱你！’欢欢：‘我永远爱你！’匡文：‘我也永远爱你！’再吻。”

我之所以要不厌其烦地引用这一段剧本，是想说，这一段剧本除了人名之外几乎没有一个字是可信的。它有五条不符合：不符合时代背景，不符合规定情境，不符合人物心理，不符合人物身份，不符合生活常识。生硬、牵强、做作、矫情、想当然，造成这些现象的原因在于，作者在写作时把自己的创作意念强加于现实生活之上，脑子里只有一个念头：“我要表现的是……”而完全不去想：“现实生活中应该是什么样的？”不客气地说，这一段情节是典型的怪胎，它是意念强奸了现实之后生下的怪胎。

很多编剧都有类似的毛病。无视常识，无视基本的感受，为了达到一个大的戏剧目的而宁愿狠心地牺牲小细节的合理性，期望最后出现虽万骨枯而一将功成的结果。虽然在实际创作中为了达到某种特定的效果而不得不丢车保帅(必须的忽略，或必须的省略)，但是一定要掌握住分寸，而且要确保观众肯定会忽略你的忽略，接受你的省略。如果你自己都不相信自己写下的东西的合理性，自己都觉得不可信，或者是对观众将会忽略你的漏洞这件事心里没底，那就不要存侥幸心理，不要试图蒙混过关。我常常提醒一些编剧朋友：“不要拿观众当傻子，其实观众比你我都聪明。”因为你写的是人的生活，观众过的也是人的生活，你凭什么认为观众不会对你写下的生活细节保持敏感呢？美国演员迈克尔·道格拉斯曾经说过一句话，大致意思是：床上戏是最难演的，因为观众人人都熟悉这事，演得不像骗不了观众。对于剧作来说，道理也是同样的。

好细节的第二个要求是：生动。

所谓生动，就是它能准确地表现人物性格，并带有生活的气息。生动是一个比真实更难做到的要求。如果真实只是对现实生活的简单模仿，以及对逻辑关系的一般性遵从，那么生动则需要加上作者对现实生活、对人的准确观察和准确反映，要捕捉到那些最有表现力的瞬间，并且用精确的形式呈现出来。生动是艺术的高境界，真实是生动的基础，而真实来源于熟悉的生活和熟悉的感受。

影片《阳光灿烂的日子》里有许多生动的细节。我认为《阳光灿烂的日子》是一部真正经得起时间考验的作品。它的成功太多地依赖于导演姜文个人的性格气质。作为一个杰出的演员，姜文演戏很松弛，不是一般意义上的松弛，而是彻底的松弛，在许多演员那里，松弛是努力的结果，而对于姜文来说，松弛是他的本能。松弛才能自由，自由了才能真正做到形式生动。但仅有自由是不够的，形式生动还必须建立在准确的前提下。也就是说，既自由，又准确，这样才能生动。关于准确，姜文在一段自述中是这样描述的：

"……我每次喜欢一个东西，迷恋一个东西，有冲动想去拍时，都会有这么一种关系，一种感觉。当我找到它时，我就会很满足，就是说我每当演一个角色写一个剧本、导一个片子的时候，或者是在剪片的时候，干着干着，这个人物似乎显得原本就存在，他开始不受我的摆布，他有了他的个性，他的脾气，我得跟他商量，'阳光'不是拍出来的，是找出来的，原本它就存在。我后来觉得，仿佛有一个声音在告诉我，我应该这样做，应该那样做。有时，不是我有意识地在创作，而只是觉得非这么做不可。为什么这么做，我也不是很清楚，但是我觉得，我知道什么是不行的，剩下的行的是原本就存在的。我要找的就是这种感觉，一旦有了，我就有充分的自信。"（姜文等著《诞生》，第23页）

应该说，姜文描述的是一种理想的创作状态，前提是创作者必须具备足够的敏感和形式自觉，而这两点，并不是每一个创作者都能够做到的。但有一点却是谁都可以通过努力做到的，那就是尽可能细致地观察生活。当剧作者对你要表现的生活足够熟悉时，准确和自由也是可能产生的。在我看来，作品的生动往往是直接来源于现实生活本身的生动，它不是创作者脑子里灵机一动就可以产生的。它不是孙行者，从石头缝里就可以蹦出来。它是血肉之驱，是要有娘胎的，而生活就是它的母体。

《阳光灿烂的日子》里马小军对着镜子里的自己耍威风就是这样的一个细节。马小军与朋友们在展览馆剧场等退票，一个混混冒充朝鲜大使被抓住，马小军等人也被警察抓去问话。马小军很害怕，哭着央求民兵放了自己，说根本没自己的事儿。民兵讽刺他："瞧你这德性，还镇王府井，镇动物园，镇地安门，告诉你，公安局全镇。"训了他一顿，然后让他擦擦鼻子滚蛋。马小军还想找回自己的皮带，警察不耐烦了，一吓唬，马小军赶紧随便抓了一根皮带跑了。他回到家中，对着镜子里的自己声色俱厉："啪！啪！啪！你把我那根腰带拿来，我那根！找去！啪！你不是牛 X 吗？你不是横吗？你现在怎么啰了？你还甭跪着求我，甭流眼泪，我就不吃那一套！我哭怎么了？我那是迷惑你呢，孙子！我拍婆子，你管得着吗？我还明告诉你我明儿还去那儿拍，我就一个人去，你要不去逮我你是我孙子！我镇东单，镇西单，我还镇你们炮局呢！行，行，行，擦鼻子滚蛋，滚不滚？滚不滚？你不愿意滚，就跟这儿多呆两天。"

这个细节非常生动传神地表现了少年马小军的性格。精神上不成熟，身体却已经成熟的人，大概都有过类似的心态或举动。

米兰到马小军他们所在的部队大院玩，大家一块儿聊天时，马小军总想引起米兰注意，一会儿与"大蚂蚁"演《列宁在一九一八》，一会儿口无遮拦地攻击刘忆苦的家长，一会儿大喊自己要飞，要登高望远。众人挖苦他，说："你上大烟囱给我们看看。"马小军不敢，刘忆苦说自己上去过。马小军心里暗自不服，竟然真的爬到了烟囱顶上，差一点摔死。事后,米兰关心他,他还生气道:“你是不是特爱跟不认识的男的瞎聊?”

这场戏把马小军的暗恋、吃醋、盲目冲动表现得生动自然,表面上是打闹戏谑,暗中却是一个少年面对心仪的少女时的又酸又甜又涩的复杂滋味。整个段落都有那个时代的明显色彩,自由,随心所欲,天不怕地不怕,个人英雄主义。我们很难想象如今一个穿着韩式肥大裤子、用 mp3 听着韩国歌的少年能为了在少女面前逞英雄而冒险爬上烟囱,他会认为更靠谱的吸引少女的方式是为她搞到一张某某红歌星演唱会的门票。

米兰跟刘忆苦好上以后,马小军吃醋吃得不行。莫斯科餐厅的聚会结束以后下起了暴雨,马小军一时冲动,骑车去找米兰,车掉进了坑里。大雨中,他爬起来,跑到米兰家楼门前,不停地大声喊米兰,终于,米兰出来了,问他怎么了。马小军不知怎么说,喘着粗气。米兰说:“你到底怎么回事? 快告诉我。”马小军终于鼓足勇气说:“我喜欢你!”米兰似乎没听清楚似的,走到马小军身边问:“你怎么了? 你到底怎么了?”马小军说:“我车掉沟里了。”转身欲走,被米兰一把拽到怀里。两个人在大雨中拥抱。

这场戏一个有意思的小细节给我留下了很深的印象:马小军鼓足勇气告诉米兰自己喜欢她,而当米兰走近他时,他却突然说车掉沟里了,打了退堂鼓。我认为这比他再次强调“我喜欢你”要有意思。其中包含着微妙、复杂的心理信息,真实、准确、生动可感。这里的意味,真是只能意会不可言传。一个导演的才华,正是体现在类似的小变化上,从小变化里见丰富,从丰富里见准确,从准确里见真实。

好细节的第三个要求是:新鲜。

艺术贵在有新意,这是一个简单的道理。“学我者生,似我者亡”,似曾相识的东西是很难给人留下深刻印象的,所以好的剧作家总是在努力地寻找新鲜有趣的细节。再真实准确的细节,如果不能给人新鲜的感觉,仍然称不上是好细节。这样的剧作家顶多只能说称职,算不上优秀的剧作家。

影片《阿甘正传》里充满了新鲜的细节，使得整部影片妙趣横生。我们可以随手举出一堆这样的细节：童年时的阿甘学校长叫床；阿甘的金属矫正器卡在下水道栅栏里拔不出来；阿甘赤裸着上身与珍妮坐在大学宿舍里，珍妮鼓励阿甘爱抚自己，阿甘无比紧张，镜头摇下，露出睁着眼睛的女室友，原来她就躺在俩人旁边；阿甘入选橄榄球明星队，受到肯尼迪总统接见，在白宫的餐会上，阿甘连喝15瓶汽水，当总统问他入选明星队的感想时，他却回答："我要撒尿"；越南战场上连下了一个月雨，阿甘与战友在雨中走着走着突然雨停了，太阳出来了；阿甘给失去双腿的丹中尉送来冰淇淋，心如死灰的丹中尉顺手把冰淇淋放进便盆里；阿甘在白宫接受约翰逊总统授勋，总统开玩笑说想看他屁股上的伤疤，阿甘竟真的脱下裤子，撅着屁股给总统看；阿甘接受尼克松总统的接见，在旅馆里，他发现对面的水门大厦有异常，于是打电话报警，不想却导致了水门事件的曝光，尼克松总统引咎辞职；阿甘成为百万富翁之后回到家乡，母亲去世，他捐献财产建起医院和教堂，自己却干起了园丁的差使；阿甘与儿子坐在一起钓鱼，两人都歪着脑袋，父子俩的神情何其相似；阿甘在珍妮墓前倾诉，离开时，一群小鸟飞过珍妮的墓地，她想飞的梦想在灵魂安息之后终于实现了；还有那片羽毛，随风而来，又随风而去；还有阿甘母亲关于"生命就像一盒巧克力，你永远不会知道将会尝到什么"的比喻……

我们可以说，假如没有这些细节，只是平白、直接地描写阿甘的一生，这部影片将会遭受多大的损失。正是这些细节勾连串起了阿甘的一生，使他的人生别具色彩。《阿甘正传》是一部奇妙的影片，它把商业与艺术、传奇与历史、游戏与思索、滑稽与抒情这些彼此矛盾的元素和谐地融和在一起，把个人历史与民族历史巧妙地交织起来。我们知道，阿甘的成长背景正是美国历史上最为动荡的时期，民权斗争、嬉皮运动、越南战争、肯尼迪被刺、水门事件……但编剧和导演没有选择惯常的思路去正面地、直接地表现，而是通过一个弱智人的阴错阳差的个人成长经历来从侧面表现历史，以及对历史的看法和态度。所以，这个角度本身就是新鲜的，奇思妙想的。再加上创作者精心设计的大量细节，整部影片就建立了卓然不同的风格。

好细节的第四个要求是：巧妙。

我这里所说的巧妙不是一般所说的巧妙，而是既要巧妙，又要妙在何处说不清道不明。这样的创作有通灵的意味，它超越常理的羁绊，直指人性的深处。应该说，这是一种极高的要求，需要极度的敏感和超乎寻常的想像力。在我们的创作中，这种情况是很难见到的，正因为少见，所以才弥足珍贵。

法国电影《爱美丽》就是一部充满了巧妙细节的电影。就整体而言，我们很难说它是一部完美的电影，甚至连深刻都谈不上。但它却是一部拥有无比丰富的想像力和无比细腻的感受的电影。

《爱美丽》的开头是这样的："1993 年 9 月 3 日 28 分 32 秒，一只每分钟能振翅 14670 次的加里佛里德丽蝇停在蒙马特的圣凡赛街，被一辆疾驰而过的汽车辗死了；在这时，一家餐馆的平台上，风猛烈地吹起台布，玻璃杯像在跳舞，但没有人感觉到；在此时第九区士丹街 28 号的五楼，让古留在参加完他朋友艾米丽·马吉诺的葬礼后，在通讯录上删去了她的名字；又在此时，一只精子带着艾法尔·布林的染色体，遇上了布林太太的卵子……阿芒丁·弗雷在怀孕九个月后，生下了爱美丽·布林。"

从这个开头我们就可以感觉到，导演喜欢通过把一些毫无关系的细节（很细微的、甚至是根本无人注意的细节）放到一起来表现。究竟是表现什么？似乎一时又说不清楚，可意会，却不可言传。就像生活本身，存在本身，在很多的时候，我们都很难说出它的具体的意义。存在本身是美好的，只是难以命名。玻璃杯的舞蹈，这不是小资的情调，而是灵性。

影片中是用这样的方式来介绍爱美丽的父亲的："爱美丽的父亲是一个老军医，在安然雷布的矿泉疗养所工作；紧闭的嘴唇显示他没心没肺；艾法尔·布林不喜欢站在别人旁边撒尿；他不喜欢别人对他凉鞋的不屑评论；不喜欢上岸后泳衣紧紧贴在身上的感觉；艾法尔·布林喜欢把墙纸大片大片地撕下来；把鞋子排成一行并细心上蜡；倒空工具箱，仔细清洗，最后细心地摆好一切。”

一般而言，我们介绍一个人物时总会采用一些抽象的语言，尽可能概括性地总结这个人物的特征，例如：他是一个坚强的人，从不气馁；他是一个骄傲的，但又很善良的人；她是一个虚荣的女人，而且心灵不纯洁……而《爱美丽》介绍人物时（对爱美丽母亲的介绍也是这样）却是用了一系列的细微具体的细节，在这里我们看不到概括，看不到总结，我们必须调动我们的想象和理解去感受人物。但是，如果我们够敏感的话，我们是可以从这些细节里了解人物的。

《爱美丽》里的一个细节给我留下了很深的印象，特别喜欢：爱美丽喜欢偷偷地把手深深地插进粮食里……我在给我的大一学生放了这部电影后，我问他们片中哪些细节给他们留下了印象，很遗憾，没有人提到这个细节。后来我问我太太同样的问题，她首先就说到这个细节。我意识到，在感受一部作品时，是需要自身的经验和灵性作配合的。我也无法准确地说出这个细节究竟好在哪里，它究竟要表达什么。我只是觉得其中的某些东西与我个人生命中的一些秘密是相通的。它是温暖的，善意的，体贴的。

当然，《爱美丽》里最让人感动的一个细节是老年的布尔托多看到自己儿时藏起来的宝贝——玩具盒子的那一瞬间。

爱美丽无意间发现自己租住的房子里的一个墙洞里藏着一只铁皮盒子，里面装着一个小男孩的宝贝。冥冥之中的某种召唤使她下决心要找到盒子的主人，把它还给他。于是，爱美丽开始四处查找、寻访当年住在这处房子里的人。经历了多次失败，她终于找到了布尔托多，但是出于羞怯，她没有直接跟他说话。这时的布尔托多已经是一个头发花白的五十岁的人，生活孤独失意，与自己女儿互不说话已经好几年了。这天早晨，布尔托多像往常一样去市场买鸡，经过一个公用电话亭时，电话响了起来。他站住了。电话一直响着。他迟疑了一会儿，进去接起了电话，这时躲在附近的爱美丽挂上了自己手中的电话。布尔托多奇怪地挂了电话，这时他看见了放在一旁的一只似曾相识的铁皮盒子。他打开盒子，看见里面是自己儿童时代藏起来的宝贝,那一瞬间,他如同被什么击中了似的,一下子眼眶湿润起来。他想起了 1959 年环法自行车赛的成功,婶婶的衬裙,自己赢了全班同学的弹珠却又失去……

这是罕见的动人的瞬间。其间蕴含着多么丰富的难以言传的人生感受,真可谓悲欣交集。经历过那一瞬间的布尔托多决定要去探望女儿和从未见过的外孙,因为他感到受到了召唤……这就是艺术的力量,它能够把那么多的人生感受通过简约的形式表达出来,直接打动观众的心灵,并使之永远保持柔软与敏感。

第三节　如何处理细节

细节与情节是两个不同的概念。关于情节,人们一般比较接受高尔基的定义:“文学的第三个要素是情节,即:人物之间的联系、矛盾、同情、反感和一般的相互关系……某种性格、典型的成长和构成的历史。”可以把这个定义简化为:情节是人物性格的发展史,是人物在人与人的发展关系中的必然结果。

那么什么是细节?它与情节的关系是什么呢?我认为,有时候,细节是情节的具体表现形式,有时候,它又有独立性,可以不依靠情节而存在,只要它对表现人物性格是有益的。情节特别强调逻辑关系,而细节不一定强调逻辑关系。

还有一个与情节、细节相关的概念是故事。爱·摩·福斯特在《小说面面观》中是这样区分故事与情节的:

“(故事)它是按时间顺序来叙述事件的。情节同样要叙述事件,只不过特别强调因果关系罢了。如‘国王死了,不久王后也死去’便是故事;而‘国王死了,不久王后也因伤心而死’则是情节。虽然情节中也有时间顺序,但却被因果关系所掩盖。”

按照福斯特的观点,我们也可以这样区分情节与细节:“国王死了,不久王后也因伤心而死”是情节,“国王死了,不久王后也因伤心而死,死的时候手中紧紧握着国王送给她的订婚戒指"则是细节。同样地,"死的时候她已瘦骨嶙峋"是细节,"死之前她一直低声呼唤着国王的昵称"也是细节。细节可以依附在情节里(或者说是寄生在情节里),但不一定强调因果关系。"握着戒指"也好,"瘦骨嶙峋"也好,"低声呼唤"也好,都与"死去"没有逻辑上的因果关系,既不是死去的原因,又不是死去的结果,只是死去的状态。所以,细节是可以置换的,某些时候甚至是可以抽离的,抽离以后并不影响故事的完整性。

如果在此简单地套用新闻界五个 W 的说法,我们可以这样区别三者:故事解决的是 What,情节解决的是 Why,细节解决的则是 How。

对三者如此区别,并不是说细节不重要。相反,我是想强调细节的重要性。我认为,在一个故事里,真正动人的不是情节,而是细节。因为情节更强调逻辑性,而细节更强调过程、方式、方法、状态,在细节里我们更能清楚而准确地看到人物的性格。如同一座建筑物,情节只是框架结构,而细节则是装修,建筑的风格和美学价值更多地取决于装修而非结构(当然也有例外的情况,比如悉尼歌剧院就是以结构取胜)。

这么说,并不是认为情节就跟人物性格无关。杰出的启蒙运动思想家、《拉奥孔》的作者莱辛认为:"诗人(莱辛用诗指一般文学……作者注)之喜欢选择这个事件而不喜欢选择另外的事件,是由纯粹的事实、时间和地点决定的呢,还是由能使事实变得更真实的人物性格决定的呢?如果决定于人物的性格,那么诗人究竟可以离开历史的真实多远这个问题就迎刃而解了。对那一切与人物性格无关的事实,他愿意离开多远就离开多远。只有性格对他说来是神圣不可侵犯的;他的职责就是加强这些性格,以最明确地表现这些性格。"①

情节是与人物性格直接相关的。细节更应该是人物性格的直接反映,而且是更细致、更准确的反应。因此,创造细节要注意的头等大事就是人物性格。在剧本创作的整个过程中,在写下每一个字之

① 《西方古典作家谈文艺创作》,春风文艺出版社 1980 年版,第 132 - 133 页。

前,头脑中要依次考虑的三个问题就是:这个细节是否符合人物性格?这个细节是否有助于塑造人物性格?还有没有更能表现人物性格的细节?

之所以要反复强调,就是因为塑造人物性格对于一部作品的成败来说实在是性命攸关。人物立不起来,不可信、不鲜明,其他方面再怎么花团锦簇也无济于事。这才真正是一部剧本的命脉所在。

其次需要注意的就是:细节要符合规定情境的要求。好的细节不是孤立存在的,它必定要从属于特定的语境之中。同样的一个细节,放在这一处或许是好的,放在那一处或许就不好。例如《甜蜜蜜》中,黎小军为李翘扣扣子这个细节,放在影片中这一特定的情境下就是有效的。这个特定的情境是什么呢?第一,除夕夜,万家团圆,这两个异乡人无处可去,只能相互抚慰;第二,做磁带生意失败,心情不好,心理上有接受对方抚慰的要求;第三,黎小军住处空间狭窄,两人必须挨得很近。反过来说,假如是在普通的一个日子里,两人站在大街上,心情愉快,可去的地方有多种选择,这时候如果还非要贴在一起扣扣子,就会显得有些矫情了。

细节还应统一于全片的基本风格之下,不能显得突兀。一部影片的艺术风格是由它的思想内容决定的,但它反过来也会在某种程度上对影片的表现内容形成影响,提出要求。所以,在一部散文式结构的影片中,就不宜出现过于戏剧化的情节。而一部喜剧就要求它的细节带有适度的夸张,过于写实就不对。

例如《我的父亲母亲》这部影片,它是一部典型的重细节不重情节的影片,以一系列细节的积累来塑造人物,营建氛围,表达情感。所以,在这部电影中,很多通常意义上的情节点都被一笔带过了。电影不厌其烦地描写送饭、等待、找发卡、锔碗、送葬……把这些"鸡毛蒜皮"的内容放大,细致入微地表现,同时对于骆老师为什么被带回城里、后来又是怎么与我母亲重聚等情节却语焉不详。要知道,后面这些是能做出冲突、抠出戏来的!在冲突中,人物性格、人物关系是更能突现的!……我母亲要独自进城找我父亲,历经艰苦卓绝的风雪跋涉，病倒了，醒来后被大家告之，我父亲专程从城里赶回村里来看她了。母亲马上爬起来跑到学校，乡亲们正围在教室外，他们马上喊："骆老师，招娣看你来了！"门开了，父亲站到了门口。这是一个远景，根本看不清人物的表情，也没给人物更多的动作。这一场本来可以大煽特煽的戏，到这就切走了，戛然而止。导演选择这样的处理方式，显然与影片的整体风格是直接相关的。我们切忌为了一两个细节的小效果而损伤整体风格，到最后的结果肯定是得不偿失。

此外，还要注意一个问题：细节应该服务于影片叙事的特定节奏。影片节奏应该特别紧张时，千万不要去一板一眼地抠小细节，这样会给观众拖泥带水的观感。同样，影片节奏应该沉郁迟缓时，就要注意把细节做到位。总之，该抓的时候要狠抓到底，该放的时候要果断大胆地放。观众是有特定的观赏要求的，如果他们要求的是大刀阔斧的情节推进，创作者却在那里不厌其烦地抠着无关紧要的细节不撒手，观众肯定会不耐烦。在某些情况下，为了照顾叙事节奏，甚至连合理性都可以忽略，当然，必须对于观众不会计较这个合理性有足够的把握。

思考题

1. 细节与情节是什么关系？
2. 如何区分细致的描写和有价值的细节？
3. 分析《我的父亲母亲》中细节是如何发挥作用的。

第四章
影视剧作中的空间思维与场景

第一节　场景的诞生

这场戏写在什么环境里？同样的戏剧内容，安排在哪个场景拍会让这场戏更好看，更丰富，更生动，这是每个电影剧作者必须面对的问题。

在电影创作中，是什么在说服编剧或导演选择这个“景”而放弃那个“景”（在这里我们排除拍摄过程中的具体困难）？他们经历了怎样的思考？这是一个看上去再简单不过的问题。从这个最简单的问题出发，一步步对电影“场景”进行深入思考，我们发现其实所谓场景问题，实际上远远不止“怎么写”“在哪儿拍”的问题，我们不可避免地会触及到它们背后最源头的问题：电影剧本是怎么写作和拍摄出来的？电影怎样进行思维？电影思维与戏剧思维、文学思维有什么不同？

剧作者的电影观念，主导着他所有的创作。通过作品，我们可以观察到剧作者和导演的场景意识的认识的深度和自学程度，在不同的思维方式下，即使是相似的故事也绝对会产生出完全不同的作品。从这个角度来说，研究或探讨一下电影剧作的环境意识和电影空间思维，不但是有趣的而且是必要的。

在一般人看来，电影场景即是指拍戏的场地或演员表演的背景。但实际情况完全不是这样，我们所探讨的场景的涵义是指经过特定光影、场面调度、构图甚至包括声音等综合元素共同完成所呈现的电影画面，电影场景不仅是提供演员表演和戏剧展开的背景，也不仅仅是为演员活动提供动作的支点和带来丰富的场面调度，电影场景生而俱来的逼真性是融入戏剧冲突和人物命运内部的，它是剧情赖以展开的构架和影片整体结构的组成部分，它具有自身涵义并直接带有作者强烈的主观意图而成为演员之外的“角色”，它有着很强的表意、情绪延伸等功能。而这种功能往往直接作用于影片主题或创作者的主观风格。剧情环境为什么会在这个地方而不是在那个地方，这是我们永远都要认真考虑的问题。在合适的环境中，情节的展开和演员的表演会发挥出超越表演本身所传达出的作用。反之，表演根本谈不上所谓的真实感和自然感。电影场景已远不止担负着电影环境的作用，它是直接进入叙事、并影响表演方式的。从电影剧作构思一开始就要谋划，电影空间的整体设计是始于电影构思之初的，它是电影剧作的一种思维方式。

人们看电影当然是看“故事”，也就是看“戏”。但是，电影讲故事的方式是与戏剧讲故事的方式有着本质区别的，电影中“戏”的概念不同于戏剧的“戏”。电影艺术作为一种语言，有属于自己的一套完整而丰富的语法和表达方式。表演对于电影的“戏”来说决不是孤立和惟一的手段。在很多情况下，强烈的戏剧冲突不一定必须由强烈的演员表演孤立地完成，场景的丰富和对空间独特的处理和表演的结合带来了属于电影的强烈的艺术感染力。电影场景只有摆脱了“戏剧的背景”的地位，确认其自身的美学价值，才可能获得广阔的创作天地。只有站在电影空间思维的立场上去探讨电影场景，才可能充分挖掘电影场景在电影中的地位，同时更印证了电影的空间思维方式。有效地运用电影空间和电影场景中各种因素，把叙事和所有的视觉元素都纳入完整的空间思维的框架之中，使之成为叙事结构本身的一部分，对电影剧作者和电影导演来说是基本功，更是电影修养的重要标志。

第二节　电影的时空观及空间思维

电影的演变和发展,实际上是电影时空观念的演变和发展。

对电影的时空观问题,许多著名的理论家都有过论述。电影理论家莫里斯·席勒在《电影,空间的艺术》中说“只要电影是一种视觉艺术,空间似乎就成了它的总的感染形式”;而施罗·彭蒂则认为“电影首先是一种时间艺术……一部电影并不是一系列画面,而是一种时态”。

法国电影理论家马塞尔·马尔丹在他著名的论著《电影语言》中断言:“在作为电影世界支架的空间·时间复合体(或空间·时间连续)中,只有时间是电影故事根本的、起决定作用的构件,空间始终只是一种次要的、附属的参考范畴。”“延续的时间要先于空间。为此,也可以肯定电影是一种延续时间的艺术。这似乎是无可争辩的了。延续时间是动的,而空间则是被动的,它是作为一部影片的结构元素之一参与画面形象的。而延续时间却是在故事范围内活动的,它决定着一部影片的完整表现。空间是在延续时间中出现的,而延续时间却在组织空间,空间是涣散的、不完整的,而且为了延续时间而被人否认为内容。”

本文并无意回到对电影时空观本身的争论中去。但是,不同的电影时空观念决定着不同的电影思维,而不同的电影思维当然带来不同的电影作品。

马尔丹的电影时空观决定了一种电影以时间延续为主导的,即以电影故事和情节的时间发展为基础来结构电影的线形思维的电影思维方式,这样的电影思维方式在相当长的时间里在电影创作中起着主导作用。马尔丹在谈论电影空间时说:“我们可以谈到影片的空间,这种空间只是影片的空间,也就是说,在剧情中展开空间,戏剧世界的空间。”也就是说,他认为电影空间仅仅作为展示戏剧的环境而存在的。在这样的思维中，画面实际上成了戏剧的“影像”。面对现代电影丰富的作品，和作品中空间形式的种种探索和创造，我们有理由去怀疑马尔丹的“电影首先是时间的艺术”的电影时空观念。

电影通过摄影机再现空间，也通过蒙太奇和剪接技巧去构成空间，也就是说，电影的空间是经过创造的组织美学空间，而不是客观的物质空间。戏剧是在舞台上以演出的形式出现的，它依靠布景和灯光制造一个假定性的空间，但它的演出成功并不依赖于对空间的选择和组织，戏剧的媒介是语言和演员表演。也就是戏剧演出不可能改变空间的物质现实的性质，但是电影所展示出的空间却不是物质的现实，而是创造出来的具有美学意味的现实。电影的创作过程一直都伴随着将物质空间加以选择、变形，赋予美学涵义。

所以，就电影的空间表现形式来说，我们可以说电影是空间的艺术，电影的思维也应该是空间的思维。电影的空间是能动的，而不是被动的，能动的空间和变形的时间是电影思维的主要形式。

强调电影的空间性，并不是排斥它的时间性。对时间的压缩、延长、变形和蒙太奇处理，当然是电影思维的题中之意。但是电影思维当不仅如此。“在时间的杂乱无章的现实生活中的各种表现理出单一线索的因果连续性来；然后删去剧情的薄弱时间，也就是说，那些并不直接地、有效地参与确定戏剧段落，并推动它发展的时刻，延续时间的高度集中性便由此产生。”（马尔丹语）这样把空间置于时间的从属地位的，以时间和情节发展为基础的线形结构和思维方式，显然已经不能适应现代电影的发展状况了。

第三节　场景作为“角色”

电影空间是银幕视、听元素的总和。人们很容易理解可见的视觉画面属于电影空间，却常忽略电影中的声音即听觉内容，也属于电影空间的一部分，电影画面及声音，是构成电影的最基本元素。广义的电影场景是所有的电影画面中的视觉形象：演员表演及环境，包括这个环境中的一切因素，背景中的次要人物，群众演员，场景中的道具，自然环境中的天气因素，风、雨、雷……在以时间为核心的电影观念中，场景只是作为戏剧展开的背景环境存在的，是演员表演的地方。这和舞台作为演员表演的场地在本质上是没有什么区别的。电影场景则是电影空间思维的媒介，换一句通俗的话来说，我们是把场景作为电影中的一个“角色”去讨论的，这个角色是属于剧作家及导演的，剧作家和导演可以通过它与观众进行倾诉，把他的感情、主观意志传达给观众，它无所不在，它是电影独有的语言。

电影场景作为人物出现的背景，存在于每个电影画面，没有背景的画面是不可想象的。对单个画面来说，那是背景，对影片来说，这就是场景。无论是实景、外景或搭景，在称其为场景之前它只是一个场地，面对一个场地，剧作家首先思考的问题就是它能提供什么？更明确的是它能在视觉上提供什么？在电影画面中，任何一个场景都是通过特定的光影、场面调度和演员的动作共同完成展现的。而对于创作者来说，只有你知道了为什么你要选择这个场景，你才可能知道你该怎样去处理这个场景。包括对这个场景进行怎样的改造，确定光色的气氛，设计场面调度和分镜头，包括演员的表演。剧作家和导演在对场景的选择和表现上，往往会带有强烈的主观意图。所谓“气氛”即是对环境的光影、构图、调度和镜语等元素的表意功能的选择和运用，使影片表现的故事和人物会因此更丰满、更有说服力。而这种力量是观众在整个观影过程中通过潜移默化获得的，这样的表意方式是非文学的手段，它属于电影。为演员提供表演的空间支点，成为场面调度的基础，是电影场景的基本功用。在特定的场景中产生特定的场面调度也运用频繁。像在影片《碟中谍》中，汤姆·克鲁斯到那个不能留下脚印的房间去偷东西，演员是从天花板倒挂下来的。镜头也随之调度要强调其惊险感和难度，就是因为设计了这样的一种规定情境的场景，使之充满了惊奇而新鲜的视觉感受。但除此之外更重要的是，场景在电影中是作为“角色”而存在的。

影片《乌鸦与麻雀》中，一开始楼上、楼下之间用一个升降镜头表现了房东（压迫者）和“小广播”一家（被压迫者）的关系，以空间的不平等暗示了人与人的不平等。在接下来的一场戏中，利用楼梯、楼梯口、过道这些狭窄的空间展开戏剧内容，景深镜头安排了丰富的前、后景关系的调度。在这种调度中，充分表现了狭窄空间的特点，为后面整个影片中的人际关系、情节展开提供了真实、可信和可感的背景。准确的场景和准确的场面调度使得典型的环境融进了戏剧冲突和人物命运内部。

影片《梦旅人》中，由于人物一直在围墙上走，大量的仰拍和俯拍镜头，造成了通篇在视觉上的非常规的不寻常的效果，和人物的疯子身份非常符合。影片《小兵张嘎》中，则用长镜头表现游击队营地的曲折幽深和内院的宽敞，给人一种解放区的天地辽阔，而寓意解放战争在人民的广阔空间里展开，营造了人民战争的概念。

通过上面的例子，我们可以看到电影中的环境是作为一个重要角色在说话的。它说出了导演想说出的话和剧中人物想说的话。这一切其实都基于创作者对生活、对他所表现的人物的真切感觉。一个镜头为什么这样用而不那样用，为什么拍下这个而舍弃那个，都该有明确的感觉（理性的和直觉的）在做指导，对环境的表现也是这样。当电影创作者明确了他要说的东西，场景里的一切，光影、调度等等问题都将自然地流淌出来。电影中的空间和环境，从一般的作为背景衬托，到被视为“动作的环境”，再到被构筑成‘情节结构中不可缺少的有机部分”，空间形象和环境气氛的内涵越来越深入地得到摄影机的探索。电影空间形象作为“角色”参与剧作，参与情节和人物命运的揭示，成为广泛探索的课题。

第四节　影片基调和场景表意

当我们跳开对一场戏的处理，就是说不仅是考虑这场戏在哪里拍的问题,而是回到整个电影的整体构思的时候,也许会找到一种关于"环境的图式"。在我们看电影的经验中,对看过的电影总会留下一个总印象,除了它的故事和人物命运以外,还有一个对环境的印象:即反复出现的主场景和主气氛的印象。想象观众看完整部影片,什么是最清晰而简约地留在他脑子里的印象,是沙漠、江南水乡、喧闹都市? 还是其他的……

在看过影片《黄土地》之后,我们记得有个叫翠巧的姑娘,她不愿出嫁;同时留在我们脑海里的是延绵不绝的黄土和博大的黄河,正如被无数次地讨论的那样,黄土高原成为《黄土地》的主角,成为整个影片的整体造型风格;对翠巧个人命运的反思实际上是对那厚厚黄土和中国沉重历史的反思,没有对黄土地酣畅淋漓的表现,翠巧的悲剧就没有了根也就意味着没有了现在的力量。这种对观众的总的感染,来自影片的空间基调。场景不再是"背景",而成为一个特定的独立的具有审美意味的空间。这种特定的表意,与"主题"密切相关。在电影中的一切都是由具体的影像,去传达的,影像传达的不仅是表达故事和中心思想的工具,对电影来说,形式即内容。在这个层面上说,场景担负的任务是显而易见的。它已经从现实空间中升华出来,上升到主题和审美的高度,成为整个影片构架的根据,以及成立的理由。

在影片《夏日暖洋洋》中,连绵不绝的北京街道,街道两旁没完没了的建设工地,并不仅仅是为了交代主人公德子生活在城市中。快速向后退去的,是前进中的街道和工地,诸如此类的大多数镜头都是在车的行进中拍下的。可明显看出来,作者对街道进行精心选择,选择的标准是街道上有大量的建筑工地,庞大、杂乱、喧嚣、不安定。它是对城市的一种感觉。而这也正是德子的生活状态。作为一个出租车司机,德子每天在北京的大街小巷中穿梭,对它们视而不见,可如果他的视野中没有了这样的风景,一定传达不出他的感觉。这部片子后半部的公园和马克西姆西餐厅的两大段,创作者把功夫都做在了两个场面的反差上。一个是典型中下层市民出入的地方,挤满了穿着朴素的老百姓,为了一个简单的节目而欢笑,为了免费得到专业人士的所谓咨询而争先恐后。朴实得几乎暗淡,但又充满了生活简单的快乐。另一个是与公园形成反差的马克西姆西餐厅:一个上层人来往交际的场合,这里的人衣着光鲜,手里端着酒杯,面带有教养和漫不经心的微笑,走来走去。他们都是在北京的外国人和演世界的人士、他们的共同特点就是自我感觉非常良好。德子在他们中间,完全是格格不入的。德子在这两场大戏中是完全的旁观者,他和场景(或场面)并没有构成直接的戏剧冲突。他是一个匆匆过客,徜徉、观望、寻找,他自己也不知道在寻找什么。他在两个场景中无所事事地溜达,悄然甚至不专注地品味自己失恋(旧情人死去)的忧伤。

显然、电影场景带有作者明确而强烈的主观意识。北京城市生活的典型场景,代表着截然不同的社会阶层,而作者态度和影片的主题也是由场景来说话的。主人公在整个影片中几起几落的际遇也通过场景的对比达到爆发的顶点:一种彻底的无可挽回的迷失在场景的展示方式上,创作者冷静客观,没有对场景做任何道德的或是非的判断,正是这种冷静给整个影片带来非常强烈的真实感,与藏匿在这之后的批判性和真实感是成正比的。

在意大利著名影片《天伦之旅》中,对环境独到、准确而又简洁的展示的精彩段落比比皆是。

故事描写了一个西西里老人到意大利的五个大城市去看望他的五个孩子。西西里岛、罗马、那不勒斯、佛罗伦萨、米兰……每个地方有每个地方的特点和风貌。整个影片对意大利的社会现实给予了清醒而混合的讽刺。用传统的乡土文化观察现代文明,都市中的人们所努力维系的乡土式的温馨的人际关系在无奈中渐渐淡漠。导演敏锐地捕捉到无数的细节,用极其轻松、幽默又带讽喻的方式表达了自己的态度。

老人到达的第一个城市是那不勒斯。关于这个城市的第一个镜头是一个长长的横移:屋顶上无数的密密匝匝的天线,一个疯子在屋顶上的天线森林中嚎叫骂人。反打过来的俯拍镜头,是在围观人群中的老人。这是这个城市给他的第一个印象。

影片对罗马的表现也是独具情趣的。先是一个古典风格的、幽雅的大花园,和混乱的那不勒斯形成鲜明的对比。接着镜头拉出,展现花园的全景,再拉出,出现了大楼,原来那花园是一张挂在大楼上巨大无比的招贴画。再拉,出现城市的街道,古旧建筑,大堵车的街道,在卡车上的巨大的雕塑——直到一辆公共汽车里。在这个镜头中,老人成为画面的前景,和那个也在行进中的雕塑并排。这个镜头的信息量之丰富、调度之复杂,尤其是完成的难度,让人叹为观止。它在叙事上仅仅是告诉观众,老人来到了罗马。罗马是意大利的政治中心,而政治就是许诺一个美好的大花园,实际上那不过是以假乱真罢了。场景隐蔽而强烈地表达了作者对政治、对虚伪的态度。我们可以说,这是在故事情节之外的,可反过来想,作为一个电影,有什么是在电影之外的呢?

《花样年华》中,那旅馆走廊中莫名飘起的红色帘幔,那凄迷的夜中雨巷,那被路灯照亮的雨丝……这些意象,并没有刻意的明确的所谓象征或更多含义,但它的出现,带来了一种情绪和氛围,它是作者想要的"基调",这种基调模糊而又极其清晰。还有结尾空无一人的吴哥窟,前景中的小和尚硕然而庄重的头—这个场景也没有什么明确地指称的含义,但它带来一种怦然心动的效果。设想这个场景如果选择在随便一个风景优美的树林里,一定不会有这样的心动。导演通过场景以及对这个场景独特的表现,把一种不可言说的感受传递给观众,伴随着观众对影像的印象而久久萦绕于心。

《苏州河》中,那条横贯城市的有些浑浊的苏州河在影片中不断地展现,它和叙事并没有直接的关系,但是它为整个影片提供了一种伤感、湿润的气息。这种气息不是表现在某场戏里,而是浸透在整个影片之中。这样的气息不可言传,却通过每一个影像渗透在每一个细胞中。

而这所有的一切都应该也必须是在剧本创作阶段就清晰地明确下来的。剧本中的场景设置就是特定的、具体的,"戏剧"发生的环境是有自身的表达功能的。

反过来说,如果一个创作者对他选择拍摄的环境没有感受,或者没有意识去感受的话,环境也就不会为他说话。这样的例子在银幕上很多,如果我们觉得一部电影拍得像电视剧,问题可能就出在这里。

第五节　对话的环境及场景的活动因素

不可否认,电影是叙事的艺术,演员表演和台词是叙事的重要手段。如何使对话和环境不至于割裂或有拼贴之感,是处理叙事中的对话段落的重要课题。电影创作者通常把对话安排在特定的地点,以便把人物或运动的理由同环境联系起来,剧情发展决定了谈话为什么在这个地方而不在那个地方进行。人物必须为某些特定的原因来到某个地方。电影剧作者必须写出属于这个环境的语言。

剧作者在构思对话段落的时候是先决定人物的对话内容或情节,要求人物必须说什么,然后再为对话寻找一个环境,还是让视觉形象处于统治地位,在构思对话之前或在构思对话的同时构思视觉环境?对电影来说,显然后一种方法是更电影化的,因为在影片中,对话是受视觉环境的限制的。这和我们的现实生活经验有关,在什么样的情境下该说什么样的话,对每个人来说都是有限制的,当然这种限制很多时候是在无意识中完成的。而在影片中,为了人物必须要说的话,又没有构思好说话的环境和情境,是很容易造成虚假甚至是可笑的。这个毛病出在许多电影里,人物在家里、在饭桌上就开始对着老婆大段地讲起革命道理,语言方式和在办公室里没什么两样。可以说这样的对话是没有说服力的,甚至把有道理的话也变得刺耳和不合适宜。在这种情况下,所谓的表演真实简直无从谈起。

在合适的环境下,对话是可以发挥并且超越语言本身所传达出的作用的。否则,对话只能起到适得其反的作用。

场面环境、道具、群众演员以至自然环境中的天气因素等，它们都属于场景的范畴，我们称之为场景中“活”的因素。比如说情节展开在一个公共场合，一个特定的场合中的特定的人群，他们游走于主要人物的周围，营造出环境的气氛，成为“活跃的场景”或“活动的场景”。他们的活动会时不时地影响到主要人物的动作、情绪和相互交流，甚至会成为情节起承转合的契机。他们的存在属于场景。这相对于固定不动的物质背景，来得更活跃、更有表现力，这是在考虑运用场景时不可忽视的元素。

关于这个问题可用(包法利夫人)中的一个著名段落来说明：

“先生要去哪里?”车夫问道。

“随便去哪里都成!”莱昂说着把爱玛推进车里。

笨重的车子上路了。

它沿着大桥街驶去，穿过艺术广场、拿破仑码头、新桥，在高乃依的雕像前突然停住。

“朝前走!”车里的一个声音喊道。

车子又启动了……

“不，一直往前走!”同一个声音喊道。

马车出了畜栏门……

“走啊!”那声音更凶地嚷道。

马车立刻又奔跑起来……

……

车子在码头上，在货车和大木桶之间，在大街小巷，在立有路牌的拐弯处，不停地奔跑。市民们见了，无不觉得奇怪。一辆马车，放下窗帘，比坟墓还密不透风，不停地到处奔跑，像海船一样颠簸，这种事情实属罕见。

中午时分，车子驶到了田野里。强烈的阳光直射在镀银的旧车灯上。这时，一只没戴手套的手，从黄色的小窗帘下伸出来，把一些碎纸片扔到车外。纸片随风飘荡，像一群白蝴蝶，落在远处一块红花盛开的苜蓿地里。

六点钟光景，马车终于在波瓦辛街区一条小巷停下来，从车上下来一个蒙面网的女人，头也不回朝前走去。

这是一段画面感非常强的描写，场景加上动作，完全代替了演员的表演和有关的台词。惟一的台词就是不断地催促马车没有目的地前进。莱昂如何勾引爱玛，而爱玛半推半就的整个过程，虽然由一辆在城里飞跑的马车来扮演，可在叙事上，读者(观众)对作者要传达的信息全部接收到了。从这场巴黎人式的“马车狂奔之后”，爱玛和莱昂的偷情开始如火如荼，肆无忌惮——像这辆马车一样没有目的地和停下来的时候。

从电影的角度看，我们可以说这是一场没有演员表演的戏，这场戏的主体是马车和各种街道在特定的上下文中，剧中人物的状态、心理和表现，观众都是清楚的、理解的。没有一个演员的面部表情，只有“一只没有戴手套的手”把“碎纸片扔出车外”，爱玛的屈服是显而易见的，而这个过程是复杂的、充满矛盾的，又是听天由命的……一切说不清的心理和在这种状态下可能说的词不达意的话，让观众去想象恐怕比由演员说出来更有意思。

可以想象，马车的那段描写如果拍成电影会是怎样的画面。场景和马车奔跑，走走停停的形象实际上代替了爱玛在道德和情欲之间走走停停的内心状态。场景和动作的配合，在这里构成了一场完整的戏剧情节。表演是通过画面和动作来完成的。这虽然是一段小说，却是充满电影化的。相反，有很多电影在处理类似情节的时候用的却全是文学、戏剧的语言没有创意和表现力，所有的信息和情节都用演员说出来。不客气地说，这样的方式是反电影的。

在一位作者的剧本《爱你好难》中，这方面的努力显得太少了。三个好朋友如何面对完全不同的生活境遇，他们对待友情、爱情及金钱的不同态度以及各自的变化是推动情节进展的根本动力，但是作者对这种“动力”描述得不够深入细致，导致剧本中只有情节和概念化的人物心理,最终带来了概念化的故事情节。

第六节　情节与情绪的延伸

运用场景中的视觉元素,营造故事的视觉气氛,使环境成为另一个在表演的角色,使情节与情绪得到延伸,这是电影独具的创作手段之一。

在影片《城南旧事》中,疯女人跟英子讲自己的爱人,镜头并不停留在演员身上,而是在小庭院中缓缓移动。陈旧而富于生活气息的小院使疯女人的描述格外地"真实"起来,同时带着笼罩于整个影片的淡雅的忧伤和怀旧的氛围。再如结尾段落中,六次红叶叠化以后,小英子全家的马车走远,直到影片结束,没有一句台词,也没有演员的特写镜头,但是情绪的张力始终保持着。演员表演的情绪在这里得到了有效的延伸,使整个戏剧段落不温不火,恰到好处,为观众留下一段具有艺术感染力的情绪回渗的空间。这个意境有点像中国画中的"留白"效果。

吴贻弓导演在《城南旧事》的导演总结中谈到演员表演时这样写道:"……就像无数颗珠子用线穿起来才成其为一串珠子一样。这根穿珠子的'线',就是指超出演员表演范围以外的综合因素。在塑造秀贞这个人物时,由于我把握不准确,犯了单纯依靠演员表演的'忌'。譬如许多所谓'表现'她'疯'的镜头,都直接要求张闽同志在近景甚至特写里面对观众去完成。这就给张闽同志出了难题,她只能拼命去'演',结果留下了直接表现角色情绪的痕迹,过火了。"同时导演也有这样的体会:"藤箱里的小油鸡、屋檐下的夜雨、宋妈的皱纹、英子的眼睛、归鸦的聒噪、火车的轰鸣、庙会、操场、儿歌、红叶等等,这一切可见可闻的形象。人、景、光、色、声、构图、单镜头以至由此组合而成的特定环境氛围(从可见可闻扩大至可感的)形象,综合起来,终于使影片在总体上获得了一种间接的浓烈感,一种通过观众的实际感受以后补充和加强起来的共鸣效果。”

当场景中所有固定的、活动的因素都被充分调动起来的时候，往往会形成一个“场面”，有动作感的场面往往可以支撑起重要的叙事或表达情绪的段落。场景中活动的元素和演员的动作结合，往往会形成单靠演员本身动作所无法完成的，表达强烈的内心冲动和情感的电影段落。

在影片《新桥恋人》中，米雪儿在地铁站听到男友的大提琴声，她狂奔着去寻找，阿历克斯提前把那男人赶走了。绝望的米雪儿只好赶到男友家，向他最后告白，然后用枪射杀了他。这个动作在后来米雪儿让阿历克斯数子弹的一场戏中被证实只不过是米雪儿的心理行动，她并非真的杀死了那个男人。整个段落是个纯心理的情绪段落。人物在这时被推到了情绪的高峰，情感极端地冲动和激烈。用什么样的方式把这种状态表达、宣泄出来，显然单靠演员的面部和动作表演的分量是远远不够的。

在这个段落中，导演煞费苦心地设计了一个极为宏大的场面：正好那一天是法国大革命胜利的纪念日；那是一个规模巨大的仪式，天上飞着成排的拖着彩烟的飞机，街道上充斥着游行的坦克车，整队的阅兵队伍和无数旁观的人群。米雪儿扣动扳机的一刹那，枪声响起，同时飞机的轰鸣声接进，镜头在天上、街道上快速地划过，米雪儿淹没在人群中，她在人群中没命地奔跑，频繁的跳切和晃动的镜头营造出她内心强烈得难以自制的激动和疯狂。她没有目的地狂奔，她只有回到桥上，回到阿历克斯那里，那里成了她的惟一归宿。

米雪儿和阿历克斯在河上冲浪一段是全片情绪和视觉的高潮。那是一段美轮美奂的电影经典段落。河岸上喷泻的焰火把河面照得通亮，流畅的速度使画面有种让人眩晕的感觉。观众在观影的同时体会到和主人公一样的情绪宣泄。可以说没有这样的场面设计，让情感达到这样的感染力几乎是不可能的。

这样的戏是不需要台词的，或者说台词的分量占得很小，它更需要的是剧作者对场景和动作的想象，以及对氛围的营造。

有的时候，在影片的主要人物还没出现，真正的戏剧矛盾还未展开时，先由“场景”将特定的故事发生的背景展示给观众，形成一种特定的基调。这种对“基调”的描述，由“活动的场景”来完成恐怕比靠主要人物通过表演手段和单纯的情节交代要来得更简洁明确且具有说服力。

《中央车站》的第一场戏，无穷无尽从火车上上下下的人们，车站——火车——人流——车站。人物还没出场，情节完全没有展开，但人物所生存的特定环境已完全展示出来，即巴西底层人民生活的穷困，导演对社会低层“悲悯”的态度完全显露出来，形成整个影片的基本情感基调。观众被纳入这特定的“环境”，对将在这环境中发生的故事充分地认同。对这个完整的展示环境的段落，我们无法分辨这是属于造型的还是叙事的，没有情节和戏剧因素，但是它正充当着叙事的“底色”。

《新桥恋人》的开场段落，阿历克斯被车撞了送到收容所。从去收容所的大巴开始一直到收容所里，影片花了不少篇幅描绘与故事无关的人们的状态，这个段落甚至给观众有点纪录片的感觉，主人公在人群中并没有给予更多的“照顾”。这个段落看上去有点脱离了叙事和情节线索，但实际上正是这个段落，让观众充分彻底地看到流浪汉的生活和面貌，使观众明白这样的生活对主人公来说意味着什么，以后的故事为什么会那样发展，阿历克斯和米雪儿为什么会有那样超乎常理的爱情。可以说，它是叙事的基础。

在剧作结构中，如果没有空间的思维是很难想象设计这样的场面。

有个剧本叫《神农架野人》，描写的是在神农架原始森林中野人和人的故事。故事情节离奇曲折，称得上惊心动魄。离奇的故事是吸引人的，但也会带来观众对故事信任度的问题，太过离奇会让观众的认同感产生问题。而怎么能让观众相信呢？尤其是《神农架野人》这类题材的故事，最重要的也是得天独厚的方面就是对原始森林的场景描述。这当然不光是个环境描写的问题，为了突出神农架的独特和神秘,要把这个环境和所有别的环境区别开。观众要认可这个环境的真实性才会认可故事的真实性。可以看出,在这方面作者是做了很大的努力的,但是还显得不充足和不够独特。

"场景"存在着各种潜在的可能性,它为本来可能是封闭的叙事提供了开放的可能,在技巧层面上它是一种处理"戏"的方式,成为戏剧内容展开的契机。而从概念上来说,怎么使它能发生什么作用?怎么发生作用?发生多大的作用?这却是和影片的故事风格以及美学风格息息相关的。在不同风格的追求中,它的作用的表现形式是完全不同的,而这个差别本身就是耐人寻味的。

在艺术电影里,仪式的再现、营造和电影表现,往往成为影像奇观、戏剧高潮和主题升华的重要形式。

影片《中央车站》中老女人追小男孩那个段落是在一个浓烈的宗教仪式中进行的。涌动的人群对着耶稣发出深切呼唤,朵拉和小男孩以塞亚在人群中穿梭,人群为朵拉造成了极大的障碍,人物迷失在人群狂热的热情中。镜头在朵拉、以塞亚和朝圣的人们中来回游走,整个气氛是迷乱的,这同时表现了人物的内心。最后朵拉晕倒在诵经的人群和影影绰绰的蜡烛中。宗教信息的不断积累终于和人物情感戏同步达到高潮。仪式感的场面负载着文化冲突内涵,有着强烈的表意作用。

和我们常常提到的《黄土地》中用求雨、腰鼓等仪式段落打断叙事所不同的是,《中央车站》的这个仪式没有中断叙事.仪式的高潮同时是戏剧动作的高潮,这样的段落来得更自然,更紧凑,更能加强表现人物的内心冲突,因此更具有艺术感染力。

在充分论述,尤其是通过大量实例论述电影场景在影片中所起的重要作用之后,可以清晰地看到电影空间思维意味着:电影必须打破以情节因果为基础的、线性的、单一的时间思维,空间思维才能进入电影创作;影片中所体现出的优秀的电影空间意识的前提是创作者对空间本身的真实感受,也就是对生活本身、对要表达的情感本身的深切感受，只有这种感受明确而强烈，它才可能自然地托付于外在的场景或空间成为一个替导演说话的角色。站在以时间为核心的线性的电影思维上，永远也不会体会和挖掘出电影场景的创作空间。要澄清和反复强调的一点是，强调空间、强调造型，决不是反对或忽视叙事，而是在深入探讨反映电影本性的电影的表达方式。电影空间不只是一种表现手段，而是思维的方式，它本身具有独立的认识价值和审美价值。并且，电影空间是能动的，而不是被动的附属于时间的。归根结底，电影创作尤其是剧作的创作是理性与感性结合的过程。剧作者对电影本性和电影思维的认识，直接影响到电影作品的品质，它无可掩饰地体现在电影的每一个细节中。

思考题

1. 电影的空间造型具体指哪些元素？
2. 当“场景成为角色”时，场景如何支持角色的塑造？
3. 分析《闪灵》的空间场景设置。

第五章
电影中的对白

寻找电影剧作中的某些定式和规律，是为了把复杂的问题变得简单而非相反。我们在接触到关于对白的这些知识的时候，应当时刻提醒自己：有规则，就有例外。

进入有声片时代后，对白（包括独白、旁白等电影中的人物语言）成为电影中塑造人物、推动剧情、建置结构、完善风格的主要手段，也最为直接地体现了电影中的戏剧、文学传统。应该说，自有声片诞生后，电影开始有了文学，电影剧本也有机会成为了一剧之本。

但电影中的对白又不仅仅是文学语言的直接映射，对于创作者而言，它与文学语言的区别主要有：

一、篇幅。小说有长篇、中篇、短篇之分，对白可以不受限制地增加。而一部电影通常不超过两三个小时，加之人类语言表达和接受速度的局限，所以对白通常在数千至两万字左右。

二、小说是供阅读的，而电影是供观赏和聆听的；小说使用的是文字语言，电影使用的是视听语言。阅读小说遇到精彩段落时，我们可以细细咀嚼，反复回味，然后意犹未尽地翻到下一页；但电影欣赏的一个特点是时序性。在电影放映时，观众通常是处于被动接受地位的，一个段落只有一次被展现的过程（闪回不在此列），这样，就要求电影对白比起小说来要更加清楚练达，在第一时间内被观众接受和理解。

我们再来看看《中国大百科全书——电影卷》中关于对白的阐述：

对白（dialogue）——影片中由人物说出来的语言，电影艺术的主要表现手段之一。用以突出人物的性格，宣泄人物在特定情境下的思想感情活动，交代人物与人物之间的相互关系，推动剧情的发展，揭示主题思想。电影是以连续运动不断的运动的画面直接诉诸人的视觉的艺术，因此，电影的对话要凝炼、生动、更符合生活的真实，起到言简意赅、发人深思的艺术效果。电影的对话应具有形象性和动作性的特点，符合生活化和性格化的要求。

这是一个“含金量”很高的表述，它强调了电影对白的诸种特色。概括而言之，电影就对白刻画人物性格、对白的动作性和对白的精炼程度提出了更高的要求。

固然，我们不难想象一部电影在大段没有对白的情况下，仍然可以凭借其他手段保持故事线索的前进，但本文的着眼点不在于此，本文关注的是常规的以人物为中心的故事片。

第一节　对白应当精练

在传统话剧中（这里“话剧”是指作为“戏剧”的一个分支提出的概念），台词通常丰富充沛，并经常被用来作为整部戏的推进动力。舞台对于观众而言，有相对固定的空间与视角，要制造足够的戏剧性来吸引观众，这个任务通常由台词来承担。因此，诞生了一批即使通过文字文本也可以名垂青史的戏剧剧本，戏剧文学也成为文学中独立的一枝奇葩，如《哈姆雷特》《老妇还乡》等等。

电影的视听表现手段不再局限于固定时空，于是就要求对白更加精炼，结合其他造型手段做恰当的组合。如果思想和语言重复地表达，会使影片无端延长，节奏缓慢，如果句子过分杂糅，会分散观众注意力，难以蓄积集中的情感；过于戏剧化或书面化的对白又可能会“因词害意”，使电影成为银幕上播放的话剧。

因此编剧理当将每一个句子都简单到底，又准确达意。多用短句是写电影剧本的不成文法则之一。此外，电影天生具有的纪实性，使得电影对白需要一定的人间烟火味，而书面化的语言则要慎重使用。

编剧迈·西米诺的《猎鹿人》开端有这样一场戏，是展现史蒂文的母亲反对他把新婚燕尔的妻子留在故乡，自己去越南打仗的情节。剧本原文有这样一段（《世界电影》1988.5）：

内景。俄罗斯东正教堂，祭坛，清晨

……

史蒂文母亲：准备好了吗？一切都安排妥当了吗？

神甫：是的。

史蒂文母亲：你敢肯定一切都已准备好了？你没有骗我吧？

神甫（微微一笑）：没有。

史蒂文母亲：长子娶亲的大事人生能有几次？……就这一次。（神甫又笑笑）天会下雪的……人都会摔跤，人人都要滑倒……所有的车都会撞车的！（她捂住嘴，哭了起来）我都不能相信这事……我心爱的孩子……和一位陌生的姑娘……又不那么苗条，如果您能明白我的意思的话……不是那种细挑的女孩子……另一方面，两天之后，他要去越南！他应征入伍了！他和他那些疯疯癫癫的朋友一道参军了。神甫，我不明白。不，我什么也不明白……不明白，神甫！你能解释这一切吗？有谁能解释……

神甫又露出微笑。他抱住正在痛哭流涕的史蒂文母亲，安慰她。

这段用史蒂文母亲在教堂向神甫告解的动作，交代了史蒂文的婚姻状况，并铺排下面的结婚段落。可以看出，这一段落延续了俄罗斯文学风格，其告解的情景，人物的语言和节奏，任何一个熟悉旧俄文学的读者都会感到似曾相识。而拍摄完成的影片却将这一场省略，对白精简，保留了另外两场戏，显得通俗化了。

史蒂文母亲的房子，卧室，清晨

安吉拉：天啊！（她划十字走回镜子前，目不转睛凝视自己，真诚地）我愿意。（停顿片刻……）我愿意。我愿意，我愿意。

……

……

外景。约翰的酒吧，前门入口，清晨炼钢工人蜂拥到雪地中，史蒂文的母亲像复仇的守护神紧紧尾随，手中挥舞着棍子。

……

史蒂文母亲：我的漂亮孩子！我的天使……他为了一个陌生的女孩子……一个怀了娃娃的姑娘竟要离开自己的亲生母亲！

史蒂文：妈妈……

史蒂文的母亲：你太狠心了，这样对待你的亲妈，她一辈子每天做两次弥撒。

史蒂文：妈妈，没事儿，我们就住在楼上。咱们还是一家人。

史蒂文母亲：你的心就这么狠？你就这么心安理得？你和这个姑娘结婚，把她扔给我，然后你就跑到越南去么？

史蒂文：（几近祈祷）飞走一次，妈妈，只飞走一次。等我回来了，我就住在楼上。我爱安吉拉，她也爱我。

史蒂文母亲：今天围上围巾吧。

史蒂文：我今天穿礼服可不用围巾。穿礼服是不能戴围巾的！

经过比较可以看到，前面告解段落中，母亲所不满的“一个陌生姑娘”、身材又“不那么苗条的”，可以用安吉拉站在镜子前演习结婚场面来代替，如此更为简洁明了，对白也精练了很多。而母亲的情绪又可以通过在酒吧外和儿子的争吵来表现，避免了单纯地诉说。另外，这样删节的一个重要原因也是为了保持开端部分气氛的一致：几个年少不识愁滋味的青年人幸福平安地生活，而参战则是潜藏的心理动作线，不事张扬。

第二节　对白是刻画人物性格的重要手段

当一名编剧凭借自己的才华和勤奋终于找到了精彩动人的故事情境时，他可能会额手称庆，感激缪斯女神赐予自己灵光一闪，但是此时，他作为一个好剧本作者的路其实只走了一半——在这个令人振奋的故事情节里，人物该怎样说话，人物的对白是否符合作者对人物的最初设定，是否与人物的性格身份动机相符，都成了剧本成败的关键。

俗话说“言为心声”，当我们要塑造一个人物，并把他的精神世界展现给观众时，个性化的对白就是最有效的手段之一。

不同的人由于人生阅历、经济水平、知识结构、性格脾气、利益情感的不同，所以在一定情境中说不说话、怎样说话和说什么话就也有了千差万别。应该说，每个人都有自己相对固定的语言模式，这个模式也随着人的经历在悄然丰富着，并最终定型于该人的成年阶段。

多数人的语言习惯从咿咿呀呀的幼年开始就随时地培养了。在幼儿园，孩子听到了一首优美的歌曲，他学会了说“好”，而他的父母也开始随时纠正他不知从街头巷尾哪里学来的“脏”词；孩子上学后，开始用“很优美”、“非常有意境”、“妙极了”等词汇更为准确细致地表达自己的感受；看过几个英文广告后，他又学会了喊

“酷”；和来自南方的同学一起聚会后，“哇塞！帅呆了”成了口头禅；BBS又带给他“严重打倒”（赞美之意）的网络用语；毕业后进入一家工作单位，他的词汇量继续扩大并接纳了许多专业术语，在上下左右的人际关系交往中，终于形成了其说话做事的风格。

好的剧本就是要通过确立人物小传，研究人物前史，来发现人物说话做事的风格，并形成（或突破发展）一定的语言模式，统一于整个故事的需要。

剧本开场的头几句对白，是用来交代人物和确定关系的，观众对人物的第一印象就由此建立。编剧理所应当尽可能让主人公在恰当的场景和时机出现，并吐露出恰当的台词，仿佛是该人物应时应景脱口而出一样。最好做到“一剑飘红”——人物性格特征立即显现。

比如《法国中尉的女人》的女主角莎拉，在故事中一出场就坐在被棺材横挡着的狭窄台阶上做画。律师来告诉她房子即将被变卖，她将一文不名，这些她都充耳不闻。律师又说，只有普夫人可能收留她。面临生活的巨大变动，萨拉的第一句话既不是询问新主人家的工作生活条件，也不是怨天尤人，而是问：“那里可以看见海吗?”这一句话，就延续了她眺望“法国中尉”的动作线，同时又展现了她渴望宽广的精神世界、期望自由生活的追求。

《饮食男女》中，杨贵媚扮演的大姐是出了名的老姑娘。朋友给她介绍对象时，夸奖她唱歌嗓音好，她却认真地说：“我不希望别人喜欢我只是因为我的声音。”由此显示出女主人公封闭、敏感、自尊又倔强的一面。

《美国丽人》中，里特的邻居、退役军人（其实也是一个压抑多年的同性恋者），一出场就边看报边对儿子以布道的口吻宣称“这国家会灭亡的”，面对邻居拜访，他毫不在意对方的自我介绍，单刀直入地说“我叫卡宾，美国海军军士长。别兜圈子了，你们来推销什么”？一个有心理障碍，拒人千里之外，总是充满怀疑和紧张的失意形象立刻呈现。

第三节　对白的动作性

“动作”一词在日常生活中一般指人的形体动作，如：举手投足。在这里，我们提出的“动作”则扩大了这个内涵，它是指电影对白的表现手段，指在对白上可以供人关注的价值的多少，具有更广泛深刻的涵义。肉眼可见的动作如人物的欢笑、哭泣、打斗都只是“动作性”的一部分；对于我们，更重要的动作是需要用“心灵之眼”去观察、发现的人物内部动作，如：人物的思想活动、感情活动、心理活动等等。人物内在精神世界的这些活动本身是非视听呈现的，也是编导着力表现的主要内容，这些活动只有借助一定的形式才可能被表达和理解。在众多表现形式里，显然对白是最直接、最强有力的手段之一。

动作性这个概念来源于戏剧。一般认为，最早对其做出比较全面论述的是贝克，他提出：“……所谓情感交流，是剧中人物和剧作者把感情交流到观众身上，那么，就非靠动作不可，因为动作是激动观众感情最迅速的手段”。后来，黑格尔更为系统化的总结到：“能把人的性格、思想和目的最清楚表现出来的是动作，人的最深刻方面只有通过动作才能表现出来”。（黑格尔，《美学》第 278 页）

对白的动作性是戏剧动作性的一个分支。对白的动作性应当包含三方面的特征：

1. 对白的动作性应当“出自于心灵，也只有在心灵的表现中才获得最大限度的清晰和明确”（黑格尔，《美学》第 278 页）。即对白的发生应当有动因，与人物本身及情境有必然的关系。对于这点，通俗的解释就是，对白应当是不得不说的，而非没话找话，无病呻吟。

2. 对白必须有特定的、直观的语言，语言本身应当有足够的表现力度。只有语言是特定的、直观的，并具有一定力度时，人物性格情感的表达才成立。这就要求对白的练达和准确，与之相反，就是我们常常提到的“寡淡”、“晦涩”、“白开水”式的对白。

3. 对白应当是有结构作用的。这是指对白在完成整部影片叙事中承担的粘贴、组合、建置、推动、延宕、抒发等等功能。

这当然不是说，我们创作对白时要字斟句酌、小心翼翼，时刻考虑要让它承担什么意义，我们主要强调的是编剧在创作时应当洒脱旷达，勇于沉浸在剧中人的世界里游荡开去，生发出活泼鲜明的对白，再恰当地删减整理。

如前所述，对白的动作性有两层含义，外部和内部的。

不难发现今天已经很少没有“吵”戏的电视剧了，因为吵架这种交流方式为我们提供了廉价的外部动作性——对白可以轻易地生猛激烈。大街上一发生吵架总会有人围观，也是人们的这种“嗜动作性”心理使然。肥皂剧的大规模生产使得一些外部动作性明显的“类吵架”场景成为固定的模式而被广泛使用，如斥责、哭诉、辩解、哀求、追问等等。如《我的野蛮女友》前半部里，女主角枝子简直就是一个火药桶，随时会与人发生冲突。在地铁里，她厉声要人给长者让座；在酒吧，她张牙舞爪地阻止了旁人的买春交易；对男主人公王晶更是声色俱厉，时刻不忘发威。由于人物性格设定准确，这样的兴奋点可以逐渐以螺旋式升级出现。法庭戏更可以说是最大规模最高水平的“吵架”情境模式。法庭是词语的角斗场，在这个特定情境里，人物可以全力维护自己，可以合法地用语言剥去对方的精神外衣，将人物的心灵世界展现给观众。法庭戏甚至发展成为好莱坞电影的一个亚类型。它的对白里常融入了推理、演绎等等智性的华彩，并夹以情与法的纠缠等等戏剧元素以变得更好看。

但是外部动作并不是指单纯的外部展现，它还要有心理依据，其发生应该是源于内心，有足够的心理内涵。这一点决定了外部动作的“质量”。人们可以在一部电影中看到直升机扫射、英雄美女从烈焰火海中跳出、疾驰的货柜车顶上的较量等等，但这并不能决定电影就一定好看，因为这些充满视觉快感的场面还必须有足够合理的剧情才能显得真正有故事性。对白也是这个道理，我们可以设计一个律师从早晨起床就对着朝阳喊“成功”，然后在公车上见义勇为斥责小偷，又在办公室不畏强权揭露市长的丑闻，突然又赶到医院看望病危的母亲声泪俱下，这一系列举动让任何一个有正常生活经验的人来编对白都可以基本成立，因为这种场景有确定的交流目的和易于体验的规定情境。但是，好剧本不应该是这样“码”出来的，细节的罗列不等于细腻，情绪的激烈不等于深刻。人物的这些富有表面动作性的语言活动，再堆砌一些如“你这样的混蛋！”“我发誓要看到你坐牢的那一天！”等等极富听觉冲击力的对白。可是，人物的内涵呢？剧中的人物可以这样说话引起观众的注意，但是这个人物自己的精神状态与这样的对白有什么必然的联系呢？抑或他说出这些话来有没有只跟他个性经历有关的原因呢？当观众被你的人物的激烈的言辞所吸引而持续在影院坐了两个小时后，他能否继续获得关于剧中人更为深入、丰富的信息呢？

人物的语言不是横空出世的。针对上述律师的个案，或者我们可以多想想他为什么选这个职业？他幼年最刻骨铭心的一件事是什么？他最常梦见的一个场景是什么？这当中是否与他每天早晨自励高喊有关？他能匡扶正义究竟是源于性格中的什么力量呢？心理分析爱好者喜欢引用一个“冰山”的比喻模型来看待人：人的日常行为（包括语言）都是冰山一角，人物的整个精神世界却是海面下那未可见的世界。编剧无论如何也有责任比普通观众看到的更多，比多数观众对人物的了解更深，否则，人物的对白就可能失控，人物形象就缺乏“重心”。对白的内部动作性是一部电影对白成功与否的根本。内部动作性，可以引入“潜台词”的说法，即对白下面所隐含的心理动机内容。潜台词的应用在我们善于修辞的中华民族可谓源远流长。部分含有“潜台词”内容的词语短句还成为民间俗语，如“站着说话不嫌腰疼”之类。在创作对白时，不妨回头先借鉴一下剧作法开始前你就问过自己的：谁，在何时、在何地，说什么、怎样说和为什么说。

具体要求就是：谁——符合人物身份性格；在何时、在何地——针对特定场合情境；说什么、怎样说和为什么说——由人物的情感和利益两大动机决定。

《美国丽人》里，里特是个“将在一年内死去”的中年人，他的家住在平静的市郊，他有一个美丽的妻子可丽莲和一个未成年的女儿珍。但是，他的家庭并不像外人看到的那么幸福。他的妻子事业有成，已经拥有了自己的房地产公司，而他在工作中却没有取得任何的成就，他为一家广告公司已经干了整整14年，对自己的工作感到厌倦，因为讨厌那些他不得不巴结的顾客以及公司里自以为是的老板。他相信他的妻子一定认为他是一个失败者，因为他们已经有好几年没有碰过对方了。女儿珍憎恨自己的父母，因为她感到他们几乎从未真正注意过她，于是她整日围着女友安吉拉转，而一天她发现她的新邻居里奇正在用摄像机偷拍她，这使她每天的生活开始充满刺激。珍的同学安吉拉则把自己的精力都花在了包装自己上，她看起来是一个自信的注定有为的女性形象，然而她的感情却在渴望着抚慰。

一天，当里特遇到了在篮球赛啦啦队里和女儿一起表演的安吉拉时，他立刻被安吉拉的美丽深深地打动，心中的那种久已死去的感觉好像又重新复燃了。从此，里特的生活开始发生变化：他勇敢地面对老板辞退了工作，他开始注意自己的形象，他还在里奇那里买回一些上等的大麻吸食，已过中年的他落入了一个对未成年少女的爱情憧憬中。与此同时，可丽莲对里特的变化也产生了反应，对婚姻生活感到无比失望的她开始与房地产商“国王”私通。里特得知后并没有正面表现出不满，而是更加肆无忌惮地我行我素，终于在一个暴雨的夜晚，上帝安排所有人都来到了里特的家。里特终于成就心愿得到了安吉拉的垂青；里奇被父亲误以为给里特提供性服务遭殴打，来这里决定带珍出走去纽约；可丽莲终于决定要离婚；而里奇的父亲举起枪，对准了里特，他将惩罚这个“侮辱”了自己儿子的“罪人”……

整个故事是灰暗的，里特夫妻的关系也分几个层次在一点点走向分裂。其中一场的叙事中心是这样的：已经失望透顶的里特挽回个人爱情和家庭生活的最后一次冲锋。这个冲动始于他片刻的灵光一闪，最终和妻子的交流失败。

两人发生了一次起伏有致的争吵，在这次交锋中，双方的对白显示了各自的心理，符合人物性格精神状态，并成为推动剧情递进的主要因素。

人物心理动作线：里特认识了安吉拉并受到她的鼓舞后，开始忙于锻炼身体，想追回失去的青春。但是他在这饮鸩止渴的追求中却也并不能找到满足感，只是对灰色生活的失望使他身不由已地陷入情感的迷宫。他把自己的旧车兑换了一辆昂贵的属于年轻人开的跑车（里特想要寻回昔日春光，不管这车是否与他相衬），仿佛在寻找年轻的感觉；与他朝夕相处的可丽莲，在苦苦奋斗事业的同时，还要照顾整个家庭，不堪重负之下与资深同行发生了私情来缓解心灵。里特换车的这一天，她参加射击俱乐部活动后带着短暂的满足回到家里，看到了已经失业的里特刚买的新车，于是进屋打算兴师问罪。

里特：怎么了？

外部动作：询问。

内部动作：我就是我，谁也管不着。里特知道妻子将有怎样的反应，但他毫不在乎。

可丽莲：是谁的车子在外面？

外部动作：反问。

内部动作：责怪里特已经失业，却还购买这样的高消费物品。

里特：我从1970年开始就想要拥有的一辆车子，现在我拥有了，我赢了！

外部动作：庆幸美梦成真。

内部动作：里特对周围的生活感到失望，他需要一点点追求和成功感，遗憾的是周围没有给他，谁都没有给他，但是这次消费使他找到了这感觉，赢的感觉。

这是他已经很久没有体验过的情绪，虽然花掉的是自己的失业保障金。里特在这里高举双手，用一种与其年龄极不相称的举动来展现自己的满足。

可丽莲：那原来的那辆呢?

外部动作：提醒，督促。

内部动作：认为他不应当这样。

里特：我兑换了。

里特想要新鲜的生活，就像他刚刚迷恋上的吸毒一样，寻找片刻的欢愉，而付出什么代价对他而言都不重要。此时，他仍然满不在乎。

可丽莲：你就不能预先和我商量一下吗?

外部动作：提问，并稍有责怪的口吻。

内部动作：你预先没有和我商量显然是不理智的。

可丽莲提醒他，你不是孩子了，你是有家庭的人，做事应当和家人商量。

里特：让我想想……不必，你从来不关心这些。

外部动作：调侃地说想想，转而反戈一击。

内部动作：指责她也只顾自己的成功，从不关心家人。

里特：(转而) 你知道今天你有什么不一样吗? 你很漂亮。

外部动作：夸奖，试图与妻子调情。

内部动作：刚刚买了一部车子，又成功地反击了自以为是的妻子，他开始感到放松，在短暂的愉悦中想抓住这感觉不放，况且看到妻子今天气色确实也非常好。

可丽莲：珍呢?

外部动作：询问。

内部动作：可丽莲对丈夫的即兴言语感到见怪不惊。继续自己的现实生活，回到家，除了孩子吃饭睡觉，似乎这里并没有其它什么可关注的。现实生活的行动线在她无功而退的责备后浮现了出来。

里特：珍不在家。（顿了一下）我们拥有整个屋子。只有两个人，可丽莲，为什么你变成了一个没有情趣的人？

外部动作：进攻，继续调情，试图说服。

内部动作：里特满足的同时开始有心力思考审视。

里特长久以来为自己的婚姻生活惋惜。他也因此走上了一条与身份年龄不相符合的情欲之路。这一点，连他自己都感到一些不安。但比之无聊透顶的生活，安吉拉的诱惑又显得格外强烈，甚至点燃了他重新追求美好生活的勇气。他希望能与妻子重燃爱火，希望自己这些天来的锻炼的努力获得肯定和安慰。

可丽莲：没有情趣？我可不是没有情趣的人。我有很多你不知道的东西呢，其实，我是一个——享乐主义者。

外部动作：诉说，表露。

内部动作：暗许。

这时的可丽莲被丈夫的连续进攻弄得心软了，虽然她没有失去理智，但长期的空虚和疲惫，加之两人很久没有这样温存交流了，忍不住也春心荡漾。其中“我有很多你不知道的东西呢”，却包含了更多的含义，“我有一个情人，他很成功”这种感觉激发了她的虚荣心，想要在安全的范围内炫耀。

里特：那就好了。我们曾在大厅内做爱，也曾爬上屋顶去，我们也曾互相除去对方的衣钮，我们也曾整天整天整天的相处……

里特在继续调情。酒精催发了他的诗化的语言，这与一个曾经开着日本廉价汽车，每天在写字楼里上班的白领职员有多么大的区别！他想暂时逃避一切不如意，暂时绕过两人间的隔阂以求片刻和睦。他甚至想借此寻找回一些自信，来增加追求安吉拉的资本。

但是，他忘了，两人从开场相遇时就都在各怀心事，虽然现在表面上在调情，其实却只是分头自我陶醉。

可丽莲：里特，这里可是椅子上。

外部动作：提醒。

内部动作：阻止。

可丽莲率先回到现实生活中，她的世界是用物质来衡量的，一切物品都有尺寸、价格，一切行为都有成本、产出、效益。

里特：那就在椅子上啊！

外部动作：最后通牒。

内部动作：这有什么！比起两个人多年的感情，这根本不成为理由。他试着请求妻子继续下去二人的美梦。虽然已经不可遏止地感到要泡汤了。

醉意猛醒的里特懊恼不已，想要抓住最后一根救命稻草，并努力使可丽莲感到羞愧。

可丽莲：这张椅子价值四千元呀，用意大利丝绸包着的，怎么可以在这里？这可不只是椅子！

外部动作：申诉，为自己辩解，防守。

内部动作：平凡生活中的琐碎习惯早已不知不觉变成她行为的法则。

里特：（愤怒地）这只不过就是一把椅子！这些只是生活！这些只是物质，最重要的是这些东西中间生活着的人！是我们！

外部动作：斥责。

内部动作：他对俩人的家庭生活早已经失望。这应当是看做他抱着侥幸心理做出的最后的挽救行动，但却被这么浅薄的理由迎头打退，这是对他感情的羞辱。极大地刺伤了一个男人的自尊心。

（可丽莲跑上楼）

里特：我只是想帮助你！

外部动作：解释，劝说。

内部动作：为自己找台阶，同时急着要为刚刚发生的不愉快定性——自己已经尽力了。从此再没有义务去主动重圆破镜。

上面这一场戏是夫妻两人关系转折点。整个故事从主人公灰心丧气的叙述开始，令观众一直看到这个家庭在走下坡路，夫妻不和，父女无法沟通，男主人爱上了女儿的同学，女主人整日萎靡不振，而在这一场的开端，男主人因买了新跑车而沾沾自喜，正处于一个正面的情绪中，女主人也刚刚获得了某种“治疗”而舒展了心灵，两人这时相遇，造就了全片绝佳的一次弥合关系的机缘。里特先是确定在家中自己的主人地位，接着开始与妻子调情——都用对白完成。但是峰回路转，妻子的理智——多年紧张生活锻炼出的生活模式，打破了这一切，这景象就像一个慢慢膨胀的气球，在吹到最大时突然爆破——俩人因志趣不投而重新闹翻。从此，里特更加无所顾忌，旁若无人地实行自己的美男计划，可丽莲则愈加心灰意冷，陷入婚外情的旋涡放逐自流。

语言是表达人物思想感情的手段，但我们知道，人的思想感情多数情况下不可能赤裸裸地不加掩饰地表达，故事中人物的处境往往是要复杂得多。他怎样在所处环境中恰当或不恰当（往往是“不恰当”会更有戏剧性）地表达了自己的需求。这是人物对白动作性的主要内容。

这种“恰当与不恰当”的判定标准又是什么呢？是人物的谈话给予交流对象冲击力的强弱。人物“潜台词”在隐现之间被交流对象识别程度的递进带来了对白的戏剧性。对这个问题，别林斯基认为，戏剧性不在于对话，而在于对话者彼此生动的动作。譬如说，如果两个人争论着某个问题，这里面并没有“戏”，但是如果争论双方彼此都想占上风，努力刺痛对方性格某个方面，或者触伤对方脆弱的心弦，在争论中暴露了他们的性格，争论的结果又使他们产生了新的关系，这就有“戏”可看了。

《美国丽人》的结尾段落，里奇赶到珍的房间，要带她去纽约，这时一旁的安吉拉试图阻止他们，于是发生了针锋相对的争吵。这个段落明显有层次的递进：

珍的房间，夜，内

……

里奇：如果今晚我就去纽约生活，你会和我一起走吗？

珍：（想了一下）会的。

（第一层次开始）

安吉拉：你们不是认真的吧？你们不过是小孩子，你们这样一定是疯了，你们会睡在马路边。

优越感极强的安吉拉很难接受这样“浪漫”的事情发生在身边而主角不是自己，竟是她整天视为小孩子的珍，她想要动用小小的恐吓手法，阻止珍去做那些她自己想做而没有机会做的事。

珍：这不需要你来操心！（转而对里奇）你可以用我的储蓄。

里奇：不必了，我有超过4万元美元。我也认识很多城里的人。

安吉拉：他们是贩毒者？

安吉拉继续冷嘲热讽，刻意贬低里奇的生活能力，取笑他们离家出走的想法是可笑的。

里奇：（口气强硬的）是的！

里奇用事实冷冷地回击了安吉拉，虽然听上去更像是赌气争强才这么说的。

安吉拉在这层次中处于被冷落的地位，她所希冀的个人重要性落空了，于是她转而发动新的进攻。

（第二层次）

安吉拉：珍，你如果走了就不妙了。

继续给珍施加压力，用后果来牵制她。

珍：你为什么担心？

珍开始反击了。

安吉拉：因为你是我的朋友！

里奇：她不是你的朋友，她不过是使你对自己感觉更好点而已。

这里，里奇以他丰富的人生阅历一针见血地点破了安吉拉与珍交往的实质，立刻在争吵中占了上风。这句话深深刺痛了安吉拉，安吉拉是个虚荣的女孩，她总爱使人感到她无所不知，喜欢对别人指手画脚，喜欢让人吃惊。而这些行为通常是要受人非议的，只有珍因为缺少家庭温暖才常和她在一起。这使她获得了很大满足感，尤其是，使她有了一个随时在场的观众。

安吉拉：你去死吧！

安吉拉被严重刺伤，有点歇斯底里了。

珍：闭嘴！你这母狗！

珍不能允许自己心爱的人被辱骂，毫不犹豫地加入争吵行列。

安吉拉：天哪！你这可怜虫！

安吉拉一时没想到珍会为了男友与她反目，她节节败退了。

珍：你也是！你一直自以为不是可怜虫，装模作样好像你是完美的！

语言上已经将重击对方，令对手踉踉跄跄了。

(第三层次)

安吉拉：好吧，至少，我不丑。

陷入最后的退路，并给予逃跑前的最后一击。美貌是安吉拉心理的最后防线。其实，如她自己在后面对里特流露的那样，她害怕自己是个普通人，她担心自己很笨。

里奇：不，你是丑的。而且你这人很乏味。你不过是个普通人，而且你自己知道的。别不承认了。

从异性口里听到这些，无疑是对一个自恃貌美的女孩最大的打击。

安吉拉：你们两个自己小心点吧。(离开)

彻底败退。安吉拉与珍的关系由于这一场交锋变化了。

第四节　结构性对白

结构性对白是用来区别于前面所述的对白而使用的。因为一部电影有起承转合，有开端发展高潮结局。这当中有部分对白既无法直接体现主要人物性格，也没有人物的心理巨大行动性的支撑，是用来完成一定的交代叙述功能，对故事的发展环境做侧面解说的。推动剧情前进的功能的对白。这类对白常见的特点是：剧中人就双方都已知道的情况做交流。比如《猎鹿人》的开端，史提夫的工友对他说“史提夫，明天你要走了，把欠我的 20 美元还我吧”——告诉观众主人公即将离开故乡，远赴战场。

《饮食男女》中一家四口人在餐桌上聊天：大姐说“昨天锦凤从美国打电话来”，三妹说“那个梁伯母真让人受不了，老巫婆！”等等，为下面即将出场的人物梁伯母做先行介绍。

在一些影片中还可以看到类似这样的对白：师傅对徒弟说：“孩子，你在我这里已经练武十八年了，这些年来，你刻苦用功，任劳任怨，已经是我所有徒弟中最出色的一个了。”徒弟回答：“师傅过奖！自从三年前比武大会之后，整个山东府谁不承认您是一代大侠！弟子能跟从师傅才是一生之大幸。”两人毫无目的地互相扯出对方过去的经历，其实是编剧把人物小传借演员之口告诉观众，好让大家知道我们的主人公是谁。略讲究一点的，或者还加入一个提问者的角色，比如这时一个不知天高地厚的草莽被师徒二人收服等等。我们说这种直接叙事的对白是要慎重选用的。因为它对于审美口味日益丰富的观众而言，是很容易显得乏味的，近乎闲扯。今天的编剧有责任用更加丰富的视听表现形式来展现人物，也算做到与时俱进吧。

独白和旁白也是常见的结构性语言。独白多是第一人称，以剧中人或讲述者的身份以观众为对象做交流。独白通常有利于直接表现人物心理，并且由于其强大的心理表现能力，常被应用于形成特定叙事风格或气氛（滑稽、深沉等等）。如《阳光灿烂的日子》中以成年马小军的角度讲述那段“阳光灿烂”的历史，经常在似有似无间穿梭，着意描摹出一种间离效果。片中独白在一些重要场景中表现了明显的结构作用。

如片尾在“老莫”餐厅里，马小军生平头一次勇猛地拿半截酒瓶朝刘忆苦扎去，画外响起独白：

> “哈哈哈，千万别相信这个，我从来也没有这么勇敢过，这样壮烈过，我不断发誓要老老实实讲故事，可是说真话的愿望有多么强烈受到的各种干扰就有多么大。”

随之，马小军退回座位，大家又继续把酒欢歌。

片中还不止一次出现类似这样的独白：

> “那是我一生中最美好的一天。晨风的抚摸让我一阵阵地起着鸡皮疙瘩，周身发麻。我还记得有股烧荒草的味道特别好闻，可是大夏天的哪儿来的荒草呢？但无论怎么样，记忆中那年夏天发生的事总是伴随着那么一股烧荒草的味儿。”

上面两段都可以显示出对历史与回忆的主观再现。讲述者既带着浓浓的情绪色彩来回忆生命中的瞬间，又不时跳出回忆制造对现实的一个新的描述，从而在一个故事的基础上使观众获得了“复调”型多种意义。

穿插的笑话，出于某种需要而加入的警句、格言、口号等等，它能引起观众的兴趣，但是不属于剧情中心本身，有时候去掉这类对白也不影响整部影片的完整。换句话说，它们不是用来打动观众感情的，而是用来引起观众兴趣或传递某些特定信息的。往往是编剧对这些细节的刻画，使影片的具体情境更为鲜活，内在的生命力更加旺盛。如《活着》中，万二喜在婚礼上郑重宣告：

“毛主席他老人家，我把凤霞接走啦！”

此外，功能性的对白还包括为了给主要角色带来信息的旁人的对白，这些旁人有意无意的话往往影响着主要人物的选择和情绪。比如：一个小股民在盥洗室听到庄家在谈论内幕消息，家庭主妇在公用水龙头前听到旁人对自己丈夫说三道四等等。

表现人物生活状态的即兴应景台词也有着润色剧情的功能。这些对白一般应人物的具体生活动作产生，多数可以在剧本上省略，只标注诸如“即兴表演：在场宾客互相寒暄问候”之类即可。

第五节　风格化的电影对白

在一些影片中，对白（包括独白、旁白）已不仅仅是人物间思想情感交流的工具，更体现了整部影片的风格，成为与画面、音响并列的造型元素。如《去年在马里昂巴德》用梦呓般的对话讲述了完整的故事，其对白充满悖论、幻想、迷离的色彩，而又在充满意识流风格的同时嵌入了理性架构。

王家卫的一些影片运用独白、旁白都非常有特点，往往是如同喃喃自语，极端个人化，仿佛剧中人即使是哑巴也可以完成表达。这充满了作者对生活状态的看法：“害怕拒绝”，人与人之间的疏离是无法避免的。在此基础上，人与自然、人与信仰甚至人与自己心灵的疏离也在增加，感情因此变得飘忽、游离，弥漫着无边的孤独感。在创作手法上，他不回避电影中独白的文学性，每个角色都是带着诗意出场，并常常用诗化的语言——而且是充满节律地——直接表达情感。虽然不免有多人一面的倾向，但是靠着若干剧中人共同的描摹出的都市人状态，仍引起了观众的共鸣。

《大话西游》，这部号称无厘头的影片最成功之处也是它的所谓无厘头对白。该片语言平实，用香港闹剧电影中常见的戏谑化对白，重新演绎了宗教、信义、爱情和传奇的命题故事。其中大量对白虽然与片中提供的情境缺少直接关联，但是显然寄寓了作者广泛的生活体验，也引起了观众的生活经验的认同。如开篇孙悟空说唐僧“唠叨如苍蝇”的段落，就赢得了大群饱受应试教育之苦的学生的钟爱；再如“曾经有一份真挚的爱情……”段落，用一本正经的口吻开玩笑，暗合了“短信”时代人们不愿正面表达自己情感的心理；“爱一个人需要理由吗？不需要吗?”则绕道而过地关注了爱情的价值等等。其对白基本手法是将日常生活中的口语（包括“口水话”）用来戏仿、拆解人们熟知的故事与人物，在卡通般的词语盛宴中给观众以娱乐。虽然这些对白并非纯然原创，但是在本片支离破碎的后现代语境中却真正获得了在大众文化里传播的生命。

应该注意的是，这种语言拼贴艺术所唤起的观众生活经验认同要多于观众的艺术审美认同，换句话说，观众在发笑的时候作出的是生活参与，鲜有艺术审美参与，因此它是否能具有既往经典所具有的文化资源的可再生性，仍需用时间来检验。

思考题

1. 如何区分繁琐的对白和精练的对白？

2. 什么是对白的内部动作性和外部动作性？

3. 对白的功能还有哪些？把生活对白遴选为剧作对白的基本标准是什么？

第六章

如何写好开场

进入影院之中，电影开映的预报铃响过了最后一遍，四周渐渐暗了下去，眼前一片漆黑，人群的嘈杂声也消失了，前方有了一丝光亮，并慢慢充满了整个银幕，巨大的响彻影院的声音也随之而起，又一次观影活动开始了。影像和声音传递着影片制作者们的意图，如果运气好，也许观众将遇到一部好片子，那么大家会津津有味地看到最后，然后意兴昂然地离开影院。但如果反之，我们将会遭遇到纷纷离场的人群，观众们半途而废，而这样的离开是电影创作者们最不愿意看到的结果。

观众当然是不想半途而废的，而制作一部好电影也是所有电影工作者的初衷，但如果观众甚至不想看完你的电影，那就得好好反省一下，究竟你的电影出了什么问题，它有没有新奇的故事，有趣的人物，生动的场面，而这些都是在影片开始最初的几分钟就能被观众感受到的，正如林格伦在《论电影艺术》一书中指出的那样："一部影片只要放映了几分钟，观众就会本能地和强烈地感到它的电影味有多少，就像人们能够感受到一幅画怎样使用色彩造型，感受到一座精心设计的建筑物的规模和比例的相得益彰，感受到一部精彩的剧本的戏剧性。"理论家如此总结了观众对于电影本能而强烈的感受，就我们每个人观影的经验，一定也会认同他的看法，虽然整部影片都是重要的，但尤其重要的是开场部分的戏，故事有没有交代，人物有没有感觉，场面够不够吸引，这些直接导致观众会不会离开。

对于电影的剧作者来讲，为了不在最初的几分钟就失去你的观众，那从你下笔开始，就得注意到开场的写作问题。

开场在所有的剧作理论书里也许并没有一个固定的说法，按照大家对于剧作理论的一个直观认识，我们认为开场一般是指影片开始时的第一场戏。

“第一”很容易理解，那是剧作者下笔的开始，而“一场戏”究竟是什么呢？《中国大百科全书——电影卷》是这样解释的。“一场戏”是场面（SCENE）的俗称，即：在一定时间和环境中人物相互发生关系而构成的生活段落。在电影中，场面可以有多个镜头以蒙太奇手法组接而成，也可以有场面调度与摄影机移动相配合一气呵成，在一般情况下，每一场戏都具有段落性和连续性，并随着人物和情节的发展不断转换，在统一的艺术构思下，由一系列相互衔接、具有内在联系的场面组织成为一部完整的电影。

这样分析以后，开场的概念应该很清楚了，但本文讨论的是实用剧作理论，如果笔者仅仅纠缠于开场是指影片的第一场戏，那也许会错过太多前辈的经验，所以，本文讨论的开场写作可大可小，大到几场戏组成的影片开始的段落，小到第一个镜头，第一句台词，甚至人物的第一次出场。总之，跟开场有关的任何写作经验我们统统不能放弃，因为它们也许会在你开始写作电影剧本的时候，经意或者不经意地帮帮你的忙。

在我们正式讨论开场写作之前，我们还应该提醒有志于剧本创作的人们，你们写作的是银幕的剧本，因此，必须具备银幕画面思维能力，这是剧本写作的基本功，然后，才是构成主题，构思人物面貌，把他们组成形象体系，安排情节和结构。也就是说以电影的思维用文字来写作电影剧本，让电影性和文学性在剧本中相得益彰，彼此阐明，而不是彼此对立。

一切都准备好了，那么，我们开始写吧！对了，开写之前还得搞清楚开场在剧作中的功能和作用。

第一节　从电影剧作结构看开场

开场是电影剧作的重要组成部分，没有它，结构不会完整。所以只有了解和分析过电影剧作的结构之后，才能更加了解开场在剧作中的重要作用，并且知道不同的剧作结构有不同的开场方式。

电影剧作结构，是指电影剧作的组织方式和内部构造。剧作者根据对生活的认识，按照塑造形象、表现主题和思想内涵的需要，运用电影思维和各种艺术手段，把一系列生活材料、人物、事件等，分别轻重主次，合理匀称地加以安排和组织，通过一定的体系和连贯性形成一个统一的整体，使其既符合生活规律又适应特定的艺术要求。由于现实生活的丰富性、复杂性，创作者的思想观念和艺术才能的独特性，观众审美需要的多样性，电影剧作结构的类型是多样化的。按时空分类包括时空顺序式和时空交错式两种主要类型；按叙事角度，又可分为主观叙述和客观叙述两种格局；按剧作和各个文学门类的关系，还可分为戏剧式、散文式、综合式等结构形式；而如果按照电影艺术发展的两大阶段来分类还可分为传统的戏剧式结构和突破传统的电影化结构。

在这些分类里，对开场的形式影响最大的应该是随着电影艺术的发展、电影美学的丰富和电影手段多样化之后，电影剧作结构发生的重大变化。

在电影发展的第一阶段，从技术走向艺术，从机械地复制未经提炼的自然现实，或原封不动地再现舞台艺术的摹拟阶段，发展到视点的解放、景别的突破、多景别、多视点、镜头的分切与组合等电影手法的应用，以及电影特有时空观念和蒙太奇理论的建立，并融合了历史悠久的姐妹艺术的营养，特别是戏剧的结构法则，绘画的造型技巧和文学的叙事方式等，成为现代的综合性艺术。这个时期电影创作上的一个特点是更多地发挥电影的戏剧本性，在剧作结构上采取以戏剧冲突为基础，以“起、承、转、合”为格局的戏剧式结构形式，人们一般称之为传统的电影结构。其结构如同戏剧分以下几部分：“起”是开端，“承”是发展，“转”是高潮，“合”是结局。

电影艺术家运用已经发展的电影语言，采取这种传统的戏剧式的结构，创作了一大批名片佳作。如美国影片《一夜风流》《魂断蓝桥》《卡萨布兰卡》，苏联影片《母亲》《乡村女教师》，这些影片以很高的艺术价值载入世界电影史册。西方一些理论家把这种结构类型的影片称作“戏剧的电影”。这种传统的戏剧式结构今天仍在不断完善和发展，并仍将成为今后电影结构的重要形式。而在我国的电影发展史中，影响最大的“影戏”体现在剧作结构上也是讲究故事的完整性和戏剧冲突性，“影戏”观念孕育和培养了一代又一代的电影家和观众群体，从郑正秋、蔡楚生到水华、谢晋，都可看出影戏理论一脉相传的顽强生命力。

看得出来，此种结构剧作的“起”就是开场部分，也就是依据剧本主题思想的需要，艺术构思的设想，戏剧冲突首次爆发，点燃了导火线，并造成悬念和观众的期待，逐步通向以后几部分和推向高潮，也就是戏的“系结”阶段。美国著名电影理论家劳逊又把“起”称为剧作的说明部分，在这部分，剧作者要有技巧地介绍出剧作的人物、地点、时间，包括各个人物过去和现在的关系，而这些东西“必须在任何一出戏的开始，就尽可能迅速和简洁地告诉观众”。

由于电影需要立刻造成紧张的原因是要吸引和抓住观众的注意力，最好能在刚开始时就使他们感到一震，也就是说除了让开始的场面具有视觉上的冲击力，还需要让说明的部分要表现出在高潮达到顶点时各种力量的强度和动向。

1934 年美国导演里斯金创作的《一夜风流》是一部经典的戏剧式电影。影片的内容是在从佛罗里达到纽约的长途汽车上发生的一个浪漫故事。说明部分明确交代了使这对即将成为爱人的两个年轻人会面的环境和条件，也提出了他们必须解决的问题。克劳黛饰演的爱丽是一个任性的富家小姐，她违反她父亲的意思要嫁给一个有钱的花花公子。她上长途汽车之前是刚从她父亲那儿逃出来。她身上的钱很少，而且不再有经济来源。侦探跟踪着她。她想要回到丈夫那儿去。可是他们的婚姻手续并没有办妥。必须要让这些因素都明确后，才能使爱丽在汽车上见到克拉克·盖博饰演的彼德后开始发展的“运动中的冲突”持续下去。

剧作在处理这些繁杂的因素时并没有一筹莫展，而显得十分生动简洁。首先是爱丽和她父亲之间的激烈冲突，她被软禁在佛罗里达港口的一艘游艇上。她不肯吃饭，拿饭盒掷仆人。父亲告诉她说，他将设法取消婚约，然后开船去南美洲。爱丽猛冲向舱口，跳到海里。紧张的追逐开始了，水手跟着跳下海，救生艇也放下去了。爱丽机智地逃到一艘鱼船后面，并设法到了岸上。然后，她父亲打电报叫一家侦探机关寻找她，并显得信心十足。

这个开场有几个激烈的动作构成，包括争吵、跳船、追逐，观众很快被这一系列刺激性场面吸引。推动剧情的矛盾也被很直接地提出了，父亲的个人意志决定了他将对女儿的婚恋干涉到底，而他所代表的财富和社会背景也成为拆散一对爱人的重要因素，这为后来父亲宁愿爱丽回到她的花花公子丈夫那里也不准她和彼得在一起作好了准备。并且还不费多余笔墨就很好地展示了女主人公任性、执著的坚强性格。

在戏剧式电影中，这样的开场应该是非常经典的，它使影片能够在一开始就保持紧张感，并让视觉运动持续下去。

而随着电影向更加电影化的“自我完成期”发展，以及人们对电影艺术“更逼真、更丰富、更多样、更内在地反映现实”的要求，对传统的戏剧化结构的突破提上日程，于是，电影艺术逐渐走向第二阶段——“更加电影化”的阶段，即：从“戏剧的电影”到“电影的电影”。

这一阶段的电影在吸收各个姊妹艺术合理的艺术规律和方法的

基础上，又逐步突破、摆脱和剥离于各种艺术（尤其是戏剧）对电影走向“电影化”进程的束缚，进入电影的自我完成期，形成具有鲜明个性的、独特的、独立的电影的艺术形式，按照电影的美学原则，运用电影特有的语言和电影化的结构形式，去塑造具有电影美感的银幕形象，特别在剧作结构上，突破传统的戏剧式结构走向电影化的剧作结构。比如，1941 年美国的奥逊·威尔斯在《公民凯恩》的创作中完全突破了传统的结构形式，进行了一次大胆的完全电影化的革新。这部影片没有遵循传统的戏剧结构，既没有合乎顺序的叙述，也没有以“开端、发展、高潮、结尾”为格局，而是成功地将电影所特有的蒙太奇思维、蒙太奇构思运用到剧作结构上，创造出完全电影化的结构形式。于是，它的开场就显得格外与众不同了。

在这部风格独特的人物传记片里，为了揭示凯恩这一神秘莫测的人物，编导在影片的开场采用了主观的视像（梦幻般的、神秘的凯恩世界和他临终前的生活断片）与客观的纪实（新闻纪录片中的凯恩形象）的对立的结构形式。影片开始时，摄影机沿着印有“K”字样的铁栅栏和挂有“禁止入内”的牌子缓缓移动，它探入凯恩神秘莫测的世界——他的私人乐宫——豪华的城堡、难以置信的广大领地、高尔夫大球场、规模可观的动物园、礁湖、大游泳池，大别墅……那些壮观、豪华而气势磅礴的建筑，却反映出一种无精打采和绝望而又神秘的情绪。紧接着，便是一神秘的色彩表现的凯恩之死：一盏灯突然熄灭又重新亮起来，凄惨的雪花，一个人苍白干裂的双唇，凯恩临终前老态的声音：“玫瑰花蕾！”握着玻璃球的手松开，球滚到大理石地板上摔成碎片，护士进来用被单蒙住凯恩的面部。这是一组带有极强主观色彩的意识世界。紧接着，出现了一组表现凯恩生平的电影简报，配有纪实的画面，时而出现字幕，还有一个上帝般声音的播音员在解说，通过这一组展示“历史真实”的新闻片，独特的“实况”蒙太奇，使观众深信凯恩此人的确存在，增强了影片人物的现实感。编导正是通过这两段的并列、差异、冲突来反映影片的意念。奥逊·威尔斯将卢米埃尔再现外部世界的纪实电影手法与梅里埃展示内心现象表现的幻想的电影手法和传统结合在一起，融为一体，创造性地运用于影片结构，并在一开场就表明了这样的创作理念。

我们知道，这部影片如果按照常规的人物传记片拍摄，无外乎按部就班地表现主人公在童年时代父母开设的小旅馆得到一个客人留下的由于发现金矿而升值的地契，父母因此把他委托给了一个银行家，于是小凯恩从乡村走向纽约，在这里，他和友人共同奋斗，成为美国新闻巨头，万贯富翁，并成为政治上显赫一时的人物。但这些都因为他一心一意追求统治一切的极端利己主义，酿成悲剧。他的同事、好友、妻子，一个个离他而去，最后孤独而死。

这样结构一个剧本，对观众的吸引力可能会少很多，更别说还能全面而深刻地表现人物。假如从人物童年时代离开父母一段开场，那很可能会因为缺乏银幕动作而让观众感到失望。当奥逊·威尔斯看到这样的剧本时也是觉得它平淡，于是，他想出了“玫瑰花蕾”。虽然奥逊·威尔斯不止一次地说“《玫瑰花蕾》不过是值一美元的弗罗伊德的书”，但是我们看到，这句符咒似的遗言成为整部影片的动力，它不仅推动着记者汤普森的侦察采访，也提起了观众的好奇心，让大家能够在侦探故事式的解谜过程中得到满足。尤其影片一开始，就把凯恩的死以一种神秘而阴森的气氛演绎出来，像一部以追寻凶手为目的的侦破片，而被极夸张地表述出来的主人公临终遗言“玫瑰花蕾”似乎成为追凶的惟一线索，而那位记者汤普森就成为引领我们探密的探员。当然，看完影片我们知道，本片当然不是普通的追凶式的侦破片，编导和我们要搞清楚的无非是凯恩，这个伟大的公民究竟是怎样的一个人。而汤普森究竟有没有探询到“玫瑰花蕾”的含义，有没有弄清凯恩是怎样一个人，在影片末尾，当焚烧凯恩遗物的大火照亮他童年时代的玩具雪橇底部的商标“玫瑰花蕾”时，观众也许恍然大悟了，至少，每个人在心中有对凯恩这个人物自己的了解和判断了。

当然，进入“更加电影化”阶段的电影，剧作结构日趋多元，比如蒙太奇的剧作结构，绘画、诗、散文式的剧作结构，纪实风格的剧作结构，多时空、多视点、多线索的剧作结构，心理线索的剧作结构……不过，无论哪种剧作结构都必须从开场写起，都需要一个漂亮的，足够引人入胜的开场设计。那如何设计，如何写好开场，也是我们这篇文章要讨论的重点。

第二节　关于开场写作的一些方法

一、构　思

我们常常说有感而发，而这句成语大概可以概括我们的剧作动机，我们经常会被看见的或者想到的一些最具体的场面所感动或震撼，而这些场面也许就成为我们写作剧本的起因。在有些剧作中，它甚至还会成为我们写下去最初的那个点。比如《广岛之恋》。

法日合拍的影片《广岛之恋》，描写了法国女演员（她）在广岛与日本建筑师（他）一天一夜的邂逅，引起她对第一次世界大战期间与一个德国士兵相恋的怀念和回忆。编导将一个重大的题材——战争对人类精神的影响与一个非常个人的主题——情人的过去对今日情恋的影响结合起来表现。于是整部影片采取了一系列对比蒙太奇的手法，将女主人公现在于广岛拍电影与日本男人邂逅的时空，与她在一战时期于法国内韦尔同敌军士兵的恋爱遭遇对比穿插表现。

法国著名导演阿仑·雷乃执导的这部影片一开始就给我们展现了一组奇异的对比画面，配上男女喃喃对白的画外音，形成一种强烈的情绪和艺术感染力。这些当然是按照本片编剧——法国著名作家玛格丽特·杜拉斯的电影文学本拍摄的。

《广岛之恋》文学本节选：

（影片一开始，两副赤裸的肩膀逐渐地、逐渐地显现出来，我们所能看到的全部画面就是这几只相互拥抱的肩膀，头部和臀部都在画外，肩膀上仿佛布满了灰尘、雨滴、露珠和汗水，总之，随便什么都行。重要的是使我们感觉到这些露珠和汗水是由于原子蘑菇云的飘散和蒸发而凝聚起来的。应该引起一种强烈的、具有冲击力的新鲜感和欲望。这些肩膀肤色不同，一副是黝黑的，一副是白皙的。弗斯科的音乐伴随着这几乎令人窒息的拥抱。手也明显的不同，女人的手搭在黝黑的肩膀上。“搭在”也许不确切，“抓住”可能更接近一些。一个男人的声音，平静而安详，像是在朗诵，他说……）

他：你在广岛什么也没有看见，什么也没有看见。

（可以随意重复这句话，一个女人的声音，同样平静、低沉而单调，这个声音沉吟着回答。）

她：我看见了一切，一切。

（弗斯科的音乐在这开头的对白前已经减弱，但这时又开始加强起来，音乐一直伴随着女人的手的动作，它一再紧紧地抓住肩膀，接着放开，然后又抚摩它。黝黑的肌肤上留下了指甲印。仿佛这个抓痕是对“不，你在广岛什么也没有看见”这句话的惩罚。然后，女人的声音又开始说，仍旧很平静、不动声色，像在念咒。）

她：比方说医院，我看见它，我确信我看见了。广岛一家医院。我怎能看不见它呢？

（摄影机冷静客观地拍下了医院、过道、楼梯、病人的镜头。然后，我们又看见紧抓着黝黑的肩膀不放的手。）

他：你没有看见广岛的那家医院。你在广岛什么也没有看见。

（然后，女人的声音变得越来越……越来越没有个人的特点。博物馆的镜头。像医院里一样眩目的光线，一样邪恶的光线。各种解说牌，各种证明原子弹爆炸的碎片，大大小小的模型、废铁、皮肤，烧焦的头发，各种蜡制的模型，等等。)

她：四次去博物馆……

他：是广岛的博物馆吗？

她：四次在广岛博物馆。我看见……

(以下是女人喃喃诉说在广岛劫后之所见，镜头里是原子弹爆炸后广岛的惨境，广岛人的惨状，略)

(镜头又回到那两个紧紧拥抱着的身体。)

她：听……我知道……我知道每一件事情，事情在继续。

他：没有的事。你什么也不知道。

以上节选的是影片序幕的文学表述，看得出来，影片的编导是被广岛原子弹爆炸后的惨景所震惊，而这些看起来触目惊心的画面成为编导创作本片最初的动意。于是在序幕中，第一幅画面便是可以引起原子弹爆炸联想的男女欢娱时局部的肌肤，紧接着，随着男女主人公关于在广岛有无见闻的喃喃低语，还不断插入广岛劫后惨境的纪录片画面。

当然，编剧还创新地将两种对立的元素组接在一起，异常欢乐的皮肤——恋人的肌肤与异常痛苦的皮肤——原子弹爆炸后广岛的皮肤形成强烈的对比，让幸福、快感和燃烧、苦痛交替出现，让观众“与人物在同一时刻一起从内部来经历故事”，“而不是（让他们）从外部来重造故事。”（阿仑·雷乃语）

当你的剧本写作起因于某个令人震撼的场景或者场面时，把那个让你都激动或者震惊的场面放在开场应该是个不错的选择。既然连作者本人都被它们所震撼，相信观众也会有同感。至少，你的作品让观众一开始就震了！

二、把观众迅速带入规定情境

我们都有看电影的经验，当四周暗下去，只有眼前银幕上的角色在悲欢离合，故事在起起浮浮，我们这时应该是完全融入电影的情境中，即在观影时刻忘记自己的现实存在，在你眼前上映的，就是你所身临其境看到或者感受到的一切，或者说，观众能够迅速进入影片中的时空，成为电影里的旁观者。当然，这样的角色转换，需要编导尽快带着观众入戏，用专业术语讲，就是要让观众迅速进入影片的规定情境。

那究竟什么是规定情境呢？斯坦尼斯拉夫斯基在论述演员创造角色的问题时曾提到过这一概念："（规定情境）就是剧本的情节，它的事实、事件、时代，剧情发生的时间和地点，生活环境，我们演员和导演对剧本的理解，自己对它所作的补充、动作设计、演出，美术设计的布景和服装、道具、照明、音响及其他规定在创作时演员应该注意的一切。"在他看来，规定情境对于演员的创作十分重要。当然，与斯氏含义相对广泛的规定情境相比，我们从剧作的角度提出的，稍有不同：规定情境是促使人物产生特有动作的客观条件，是冲突爆发和发展的契机，又是故事情节的基础。因此在开场写作中，剧作家应该特别重视对规定情境的展现。在前文我们已经提到，在传统的剧作中，开端部分要交代说明故事发生的时间、地点、时代背景，介绍主要人物的情况和相互关系，交代前史等等，而这些元素恰恰构成了影片的规定情境，如何有技巧地展现它们，正是我们需要讨论的。

这里有一个业余作者张汉峰的作品《影都沉没 8·15》，剧本讲述的是伪满时期"满映"的兴衰，为了尽快把观众引入故事讲述的年代，作者首先写了一场夜戏——

满映高墙下　雨中

满映警备队队长原繁吉牵着一条德国狼狗站在架着电网的大墙下，狼狗凶狠地吠叫着。

靡靡细雨中显露出满映主楼灰色的轮廓，这时一辆黑色轿车在雨幕中闪过，轿车向大门方向驶去……"

剧本的第一场戏，我认为很不错，它通过人物（警备队队长，可通过服装表现）、狼狗、电网等视觉化地把故事发生的时代背景都交代清楚了，而随后"细雨中显露出的满映主楼"言简意赅地交代了故事主体，而黑夜和细雨作为一个时代的意向，也是较为贴切的。

故事便在这样一个阴森而潮湿的夜晚开始了……我们期待着精彩，可是随后作者却用了一个极为老套的方法——字幕来介绍人物和展开故事。冗长的字幕介绍了日本人不但以武力建了满洲国，还在这里建了满映，还指出满映拍国策电影的原因并介绍了负责人也就是本片的重要人物甘粕正彦。

以字幕的方式交代故事背景和主要人物这在以前的影片中，尤其是小说或戏剧改编的电影里经常出现。我们看到在美国影片《海蒂》里，索性把字幕做成书的扉页的样式，介绍完故事发生的时间、地点、重要人物，扉页翻开，再开始正式的影片，可这毕竟是三十年代的电影了。在我国，这样以字幕开场介绍背景、人物的电影在最近几年也不多见了，毕竟，电视的普及让观众已经可以完全用眼睛来思维，观众更喜欢能看懂电影而不是读懂字幕。电影是视觉艺术，能够视觉化地表现出来就不要再这样面面俱到用文字来表达，生怕观众不知道故事发生在伪满时期，不知道为什么日本人要拍摄国策电影，不知道甘粕正彦的来头，其实，这些都可以通过其他表达来交代。比如，为什么日本人要拍摄国策电影，作者其实在随后用了一整场戏来交代原因。而人物的介绍，更加不需要在字幕里写出，任何一个旁人的对白就可以解决这个问题。

当然，这只代表笔者的意见，我实在是觉得用冗长的字幕来参与叙事，引领观众进入规定情境这样的电影观念太陈旧了。当然，也不是所有的字幕都应该被排斥，最近看了一部日本新片，是深作欣二导演的《大逃杀》，写的是未来时代发生的一个看似荒诞的故事——四十二名中学生由班主任带领，被迫到一个荒岛参加大逃杀死亡游戏。他们当中只能有一人生存……这样的故事就是通过一个简短的字幕来开场的，语言简单干脆，搭配的视觉形象也很有冲击力。首先，黑地的银幕上旋转着出现两个鲜红的字母"BR"，音乐急促而有力，字幕打出——"新世纪之初，一个国家的崩溃，失业率逾15%。一千万人失业，80万中学生杯葛学校制度，成年人失去信心，因惧怕青少年于是通过一条法律《新世纪教育改革法》(通称BR法)。"随后，电影通过一个新闻记者的现场采访展示了BR法的残酷性，它每年在全日本挑选一个班级到荒岛去参加3天的逃杀游戏，只许一人胜出。采访现场直升机、军车、警笛响成一片，本年度胜出的一个女孩浑身血迹斑斑，嘴角挂着恐怖的笑容。我们看到提出BR法的字幕实际是融于影片的叙事，而不是用字幕来叙事。随后，银幕上出现一张班级合影，这就是影片里倒霉的参与逃杀的学生们，然后，镜头聚焦于一个男学生七源，开始作人物介绍。

只是简单的开场介绍，就已经把观众的胃口提起来了。学生们是否真的会自相残杀，他们逃杀的命运如何，观众很快进入了影片的规定情境。入戏自然没有问题，强烈的恐怖氛围进一步强化了观众的好奇心。

总之，对编导而言，尽快把观众带入影片的规定情境，是创作要注意的重要问题。

三、在冲突向高潮推进的时刻开场

易卜生的剧作多是在冲突向高潮推进的时刻开场，他善于通过出场人物的动作把开场前发生的事情和错综复杂的人物关系逐步交代出来，交代的过程也就是构成戏剧情境的过程。这成为越来越多剧作家效仿的方式，也是能够很好吸引观众的一种方式。

高潮是动作的基础和顶点，是事件体系的关键，在劳逊的古典剧作理论中，他把高潮理解为“影片中全部动作线在此加以集结。在这里，个人的意志冲突导致社会力量的运动到达最有爆发可能的强度，而个人的命运也就在社会生活中获得最高度的成功或遭到最彻底的毁灭。”

在易卜生的名剧《玩偶之家》中，娜拉和海尔茂之间的性格冲突是全剧戏剧冲突的中心内容，推动这一冲突爆发的内因是冲突双方的性格及其相互关系。我们看到人物关系是具体的，他们夫妻之间不仅存在着两种思想观念的对立。而且，娜拉在八年前为给海尔茂治病曾经伪造签字借了一笔钱，她瞒着丈夫，如今往事就要揭开，两个人对这件事抱着截然对立的看法和态度。人物面临的情况、处境也是具体的，解雇债权人的通知已经发出，债权人马上就要公布真相，他们面临着身败名裂的威胁。具体的情况、环境和具体的人物关系，构成了促使冲突必然很快爆发的尖锐情境，故事也就在这样的情境中拉开帷幕。

四、悬　念

悬念是关系到剧作和影片能否引起观众兴趣的重要问题之一。所谓悬念，指的正是人们对作品中人物的命运、情节的发展变化的一种期待的心情。善于让观众由始至终处于有所期待的心情之中，这是剧作家必须掌握的一种基本技巧。悬念大师希区柯克说：“你必须记住观众是抱着某种期望走进电影院的，他们已经在广告上对影片有所了解，所以问题在于你在影片的开端部分怎样制造紧张气氛……”

那究竟希区柯克是怎样在影片的开端部分制造紧张气氛的呢？我们看看他的著名影片《蝴蝶梦》。

《蝴蝶梦》文学本节选：

影片中女主人公“我”的梦境。

寂静的夜晚。

月亮、天空、行云。

通向曼德利大路的铁栅栏关着。

“我”（画外音）：昨夜，我在梦中又回到了曼德利。我好像站在铁门前停了一下，被铁门阻挡着不能过去，路被阻断了。

镜头向大路推进，在铁门前停下。

“我”（画外音）：像所有的梦中人一样，我突然产生了一种神奇的力量，像一个精灵似的穿过了面前的障碍。

镜头推进，从铁门的栅栏穿进去，照着大路，昔日的大路两旁已长满野草。

……

“我”（画外音）：逐渐，一些树干和枝叶像长长的手指一样，侵入大路。

路，越来越窄，月光透过树的空隙，洒向大地。

“我”（画外音）：慢慢地，我沿着曾经一度是我们的大路而如今已经变狭窄了的小径，终于走到了曼德利。

曼德利的远景，月亮照在窗玻璃上，发出微弱的亮光，房屋依稀可见。

“我”（画外音）：曼德利，神秘而寂静。时间并没能够损坏这非常匀称的墙壁。月光可以使幻觉变得更为奇特。突然，我感到光亮好像是从窗内射出来的。

月亮被乌云挡住，大地暗淡下来。窗上的光熄灭了。停了片刻，月亮又悄悄从乌云中露出来。

“我”（画外音）：一片乌云遮住了月亮，像一只黑手在人的脸上停留了一下。幻觉随着消失了。

镜头推进，房间逐渐清晰。

“我”（画外音）：我看到的只是荒凉空荡的旧居。

被烈火烧过的曼德利，只剩下房屋的外壳的残垣断壁。

“我”（画外音）：面对着残垣断壁，回忆着往事，我悄然无语。

曼德利从全景推到近景。在昔日壮观的大厦墙壁上，已经生满了绿苔，四周野草丛生。

“我”（画外音）：我们再也不能回到曼德利了，这是很清楚的，可是有时在梦中我还能回到那里——回到我生活中那些奇妙的日子里——那是从法国南部开始的。

由曼德利的景色，化出法国南部的海滨……

我们看到，希区柯克通过神秘的旁白、神秘的画面创造了一个极其富有魅力的开场：在一片迷茫梦幻般的景色中，传来主人公“我”的画外音：“昨夜，我在梦中又回到了曼德利……”紧闭的铁栅栏、杂草丛生的道路中朦胧浮现出府邸废墟的画面中，伴以情意绵绵、无限怅惘的声音，情境交融中造成极强的悬念：她是谁？为什么梦中要回到这荒凉的废墟……

五、突如其来的动作

理论家贝克说：“动作是激动观众感情最迅速的手段。”如果影片的开场是一个突如其来的激烈的动作，那观众的好奇心肯定会被迅速地激发起来，至少强烈的动作会用一些刺激的视听手段来达成，这样既可以让影片更加光怪陆离，又可以满足观众的猎奇心理，这也是观众最有理由留在影院的原因。

日本电影《鳗鱼》的开场就是突如其来的凶杀，男主人公山下接到邻居的匿名信，揭发他的妻子在他钓鱼的时候与别人偷情，他将信将疑，终于还是在钓鱼的中途回到家里看个究竟。结果，妻子果然不忠，仍和奸夫在床上欢娱，他一气之下，就闯进去，乱刀捅死了赤裸在床的妻子，并主动投案自首。其实要看下去，我们知道这只是全片的一个引子，影片后来主要是写服刑八年后获得假释的山下到了一个陌生的地方，他独自经营理发店，惟一吐露心事的对象只有一尾鳗鱼，一日，山下救了准备自杀的女子服部桂子，桂子决定抛弃过去，央求山下让她留在理发店帮手，二人一起工作，渐渐地相互了解……

其实，除了开场整部影片都是娓娓道来的叙述方式，按照一般的剧作方法，也可以把造成他坐牢的原因以回忆或者他人介绍的方式表达出来，这似乎和整部影片的风格更加一致，但是如今的完成片是在开场将其坐牢的原因——杀死红杏出墙的妻子——以触目惊心的方式展现在观众眼前。先是倒霉的丈夫聆听着妻子和奸夫欢娱的声音，实在难以忍受，再拿了把尖刀冲进去，然后，是尖刀捅进活生生的裸体妻子的身体里，血流如注，丈夫还来不及脱掉的黄色钓鱼服被喷出来的鲜血染红了。强烈的动作充斥了整个银幕，从偷情到凶杀，都是极其刺激而危险的行为。观众很快被吸引甚至感到震惊，窥私的欲望和猎奇的心理被极大地满足。

美国影片《龙卷风》的开场是一场突如其来的风暴，傍晚，原野上吹来一阵疾风，小女孩的父亲麻利而有序地招呼家里的各个成员一一进入地下室，甚至不落下女孩的宠物小狗。龙卷风气势汹汹地吹来了，即便在地下室也能感觉到头顶的天翻地覆。风越来越大，地窖的门快被吹开了。女孩的父亲紧紧地拽住门把，可是巨大的龙卷风终于把父亲连人带门吹走了……母亲的惊恐，小女孩的尖叫，风暴造成了巨大的灾难。

龙卷风是大自然一个狂暴的动作，影片一开始就给了人类猛烈的一击，作为观众，更是一开始就被银幕上强烈的视听冲击给彻底征服了。这个开场非常快地切入正题，本片要讨论的主题是龙卷风，风过之后，一片狼籍，房屋被毁、庄稼全无，甚至造成人员伤亡。龙卷风是可怕的自然灾害——这一场戏就确定了主题，那人们要怎样预防甚至战胜它呢？这是观众顺理成章想到的，观众已经对影片有所期待了。当然，有经验的编导显然不会浪费任何一个机会介绍人物和推进情节，随着故事的展开，我们看到当年那个地窖里的小女孩变成了一个追风的科学家，而当年造成父亲死亡悲剧的五号龙卷风成为她必须要战胜的灾难。可见，用那个突如其来的风暴之夜开场，不仅一开始就加强了影片的紧张气氛，更是开门见山给出主题，并顺便对于女主人公的性格形成给予了强有力的动作支持。这比起旁人的介绍可要直观和有力多了。

综上所述，用激烈的动作吸引观众的眼光，让他们在突如其来的事件里迅速被电影吸引。这也不失为一种讨巧的开场方式。

六、人物出场

电影艺术的对象是人，观众所关切的也是人，人的遭遇，人的生活道路，人的命运……观众也只有关心人物的遭遇、命运才会真正去关心人物参与的冲突。人物出场不是简单地人物介绍，尤其在一部由人物性格及其相互关系构成冲突的剧作中，人物出场成为开场写作最重要的部分。

在希区柯克的名片《后窗》中，男主人公的出场就很有意思，而且还很有电影感，因为希区柯克向来倡导“纯电影”，即：完全以电影手段演示剧情而不靠对白或旁白讲故事，这也是给剧作家的一个好建议，记得让你的剧本更加视觉化。

我们看到，影片一开始，杰夫家的窗帘升起，庭院周围楼房窗户尽收眼底，摄影机徐徐摇摄各家窗户，在近摄了几家有人物活动的窗口后又摇回杰夫家，男主人公杰夫正躺在轮椅上睡觉。随后镜头摇向杰夫的腿部，他左腿敷上了石膏，上面写着“杰夫里斯”(他的名字)。镜头继续摇向旁边桌上砸坏的照相机和后面墙上几幅放大的照片，第一张是一辆赛车的车轮脱出，正向镜头飞来，其他几张也多是车祸、战争等惊险场面。镜头最后又摇向一幅女人头部特写照的底片和摆在旁边的一摞杂志，杂志的封面就是这张底片印出的妙龄女郎时装照。虽然影片到此为止没有一句对白、旁白，或者字幕，但是仍然说明了很多问题。首先，它展示了影片的整个视觉空间。其次，它不著一词却完整勾画了主人公的形象：杰夫是位摄影记者，被赛车车轮砸坏了相机和左腿，眼下只能坐在轮椅上活动；他酷爱冒险，专门抢拍富有刺激性的镜头，甚至不惜自己付出代价；他与一位时装模特过往甚密，很可能会有罗曼蒂克的发展。

开场两三分钟，编导完全靠画面就直观地交代了人物，并为以后剧情的发展做好了铺垫。杰夫因腿伤行动受到限制，但是他的职业和好冒险的个性为剧情提供了最初的动力。作为记者，他好奇心强，遇事喜欢刨根问底。他好动而又不能动，只好以窥视邻里隐私来满足好奇心和消磨时光，透过窗框观看邻里生活就好像透过相机取景器捕捉有意义的镜头，而窥视又成了他战胜腿伤、继续职业生涯的心理欲望的外化。此外，他的冒险个性还引出了与模特丽萨关系的纠葛。

当然能像希区柯克这样有技巧地展示人物，介绍人物，毕竟需要经验和才华，这也需要大家不断学习，多多揣摩。

获得第72届奥斯卡金像奖最佳原著编剧奖的《美国丽人》，在人物出场的安排上采取了另外的方法——他人的介绍，自己的解说，加上银幕动作。

影片一开始，我们看到女中学生珍斜躺在床上，手枕着头在评论着自己的父亲："我需要一个能成为榜样的父亲。我可不希望当我带着女朋友回到家里时，看到他穿着短衫短裤。我不喜欢他这样，他把我妈妈也弄得非常痛苦。"访问者："你讨厌他？"珍坐了起来："是的，有时候。"——这其实是女儿对父亲的一个恶评，而父亲就是我们要讨论的出场人物，看起来他碌碌无为，经常不拘小节让女儿难堪。

然后是俯瞰的街区，这是一片典型的美国中产阶级家庭的住宅区。一个男子的画外音冷静而平和："我叫里特·伯纳姆。这里是我住的社区，这是我住的街道，这是我的生活。我今年42岁，再过不到一年我就要死了……”——这就是刚才那位被讨论的父亲的自诉，这一段画外音让我们明白主人公是一个典型的美国当代中产者的代表，他已经人到中年。

随后，我们看到莱斯特慵懒地从床上爬起来，然后一边淋浴，一边享受着他自称是一天中的高潮时刻——手淫。这副关于“堕落”的画面被置于一位社会中坚者一天生活的开端不能不令人感到震惊。

短短的三场戏给我们勾勒了一个陷入生活危机中的男人形象，这样的人物出场仍然是非常精彩的。

我这里有一个业余作者的本子叫《大哥不哭》，讲的是一个半工半读在北大学习的农村青年张天宇对从前在农村刻骨铭心经历的回忆。作品开始于张天宇骑车上学进入课堂的场面，伴随着画外音的介绍，很快进入记忆中的时空，张天宇以青年农民的状态出场。

这样的开场对观众有一定的吸引力，毕竟，从北大学生到乡村农民的反差是很大的。画外音里说：“我不但是一个地地道道的农民，而且我离开校园已经有十年之久了。”这就更让观众好奇，那究竟是怎样的经历让张天宇能重返校园呢？

但是，在叙述剧情的同时一定要注意用细节表达人物性格，尤其是人物出场的时刻，如果在一开场，就把张天宇求知若渴，执著追求的性格特征通过一些细节来表达，而不只是流水账一般地叙述剧情，也许效果会好很多。

总之，重视人物出场，写出漂亮的人物出场，是写好开场的重要一环。

七、第一句台词

人物要说话了，没准他的第一句台词就成为观众看下去的理由，有这样的机会你干吗不好好利用呢？

经典的例子是美国电影《真人活剧》，剧本里的第一场是浴室里，主人公 TRUMEN（楚门）擦干一面雾气朦胧的镜子，并开始对着镜子里的自己说话了，仿佛正在参加电视台的访谈节目。

TRUMEN（楚门）：私下里说吧，我觉得目前还没有征服的南部区域是仅有的一片有待探索的地方——当然，那是一片面积达两万英尺的冰墙。但是以前又有什么能阻止我呢？就我内心而言，我真不想借助氧气瓶、登山冰鞋和冰镐去登山——这很冒险？——当然，对这些冒险我很清楚——要不然，你认为我在人寿保险公司呆了 7 年做赔偿评估师是为什么？

我们知道 TRUMEN（楚门）是在戏中戏 TRUMEN - SHOW（楚门秀）里被蒙在鼓里的男主角。他生活在一个硕大无比的摄影棚里，他的所有生活被 24 小时直播，而自己却不知道。在电影里，他将渐渐发现自己可怕的生活，并离开这里。这是主人公的第一段台词，一开始就指出离开这里是冒险，虽然有可能性，但作为赔偿评估师他自己并没有这种勇气。那他究竟会不会离开，我们都有所期待。

仍以前文提到的《美国丽人》为例，珍的第一段台词是对自己父亲的恶评，而导致父女关系如此恶劣的原因是什么，他们这样的关系还会导致怎样严重的结果，这些恐怕就是这段台词带给观众的期待和思索，并成为他们看下去的理由吧！

本文讨论了关于开场和开场写作要注意的几个问题。所有的电影都需要一个好的开场，剧作者们应该可以对它多下些工夫。

思考题

1. 开场与全片的关系如何？
2. 分析《美国丽人》前 12 分钟的段落，它是如何引出故事的。
3. 先行事件的交代方法有哪些惯例？

第七章
影片的推进、高潮与结局

影片的高潮、推进与结局像看不透的色调一样，是个美丽的谜。一个希望仅仅凭着激情和体验就写出好作品的人，可以成为好诗人，好作曲家，好画家，但当他开始伏案写电影剧本时，很快就会产生新的体验，因为他发现自己最需要的是一个巨大的废纸篓。

是的，剧作就是这样，它要求技术，需要结构，并且结构中有规律。这规律产生于自然，包括社会生活中的某种人化自然。

2002年秋天的一堂影片剧作分析课后，发生了这样一段师生对话：

生：我可以不上您的课吗？因为我很难接受自己深爱的影片被您拆解为剧作的元素——推进、高潮、结局等等，我认为这些发乎本心的电影作品被肢解是对艺术的不尊重。

师：我知道影片分析课有时侵犯了你观赏的乐趣，但是剧作法能帮助你认识到自己剧本中存在的问题，是个很好的练习工具。你应该来上课。

生：我的剧本中不会犯什么错误。我有自己的感觉和周围来自全国各地的同学的意见做参考，不会随便写的，很抱歉您的指导我不能接受。

师：你是在排斥一种工作方式，剧作法与发挥你个人的才华和吸取各种生活经验间没有矛盾，相反，对影片的各角度的分析本身是另一种形式的创造，同样需要有思考和讨论，也是有发乎本心的乐趣的。你还是应该来上课。

生：我觉得您这样的“工作方式”是想对一部影片重新定义。而这个读解本身就等于把电影指鹿为马地变成了您自己意志的抒发物，不客气一些讲，这甚至不符合基本的崇尚真实的电影观，真实没有了，自然也不会美到哪里去。

师：你说的问题已经超越了我们谈话的范围，你可以去和教务科商量一下你的课时安排，或者，你愿意的话，可以尝试写出一个完全回避我们所讲内容的剧本——一个不强调开场、不建置推进、不激发高潮——

生：很容易啊，安东尼奥尼的电影就——

师：我还没说完呢，而且获得全胡同60%以上街坊欢迎的剧本。

一周后，这名学生回到了课堂上，并坐在前排。他说，他现在坚定地要把剧作中的所有情感内容都量化到具体指数，直到可以为每一阶段人物的情感强烈程度打分，计算后再决定高潮是不是到来了。

这个单纯的学生后来的想法也是非常天真和有创意的，他的思考却体现了我们剧作过程对某种秩序的依赖。这秩序就是结构，就是关于推进、高潮和结局的相对稳定的规律。

结构是剧作中各元素间的逻辑关系。各元素间可以是线形的因果关系，也可以是受现代时空观影响的环形互递关系，还有不止一种结局的AB剧、发散形等等。另外，各元素间的逻辑关系的建立也是剧作的风格之一。在结构中，我们首先回顾一个约定俗成的定律：

整部影片的核心是高潮

本文调整一下学习顺序，把高潮放在推进和结局前，这样后面在学习推进和结局时就很容易地有了一个原点作参照，这也意味着本文将推进与结局作为高潮的统一来看待。在经过开场酝酿情绪、交代背景和带出主体动作后，推进、高潮、结局是注定了一个电影剧本的成败。

一幅地图上，任意两个地点间都可以有无数条走法，但是，无论走哪一条路，最终的目的地是不变的。这就像一个故事，它可以有无数种编织剧情和穿插细节的可能性，但是，作者的创作思想，作者在动笔前对于整个故事的“目的地”应当是在出发前就了熟于胸的。这个“目的地”就是“高潮”，这曲直不一的路线就是推进。

什么是高潮?

亚却：一个戏剧性场面是一个危机（或高潮），它导向一个决定性高潮（或动作中心）……戏剧结构的秘密主要在于紧张这两个字：在于酝酿、维持、悬疑、加剧和解除一种紧张的状态。

贝克：一出戏能吸引住观众，主要是依靠清楚和正确的强调……它引起持久的兴趣和迫切要求知道后事如何的心情……每一场，每一幕，甚至整出戏，都应该有起伏不断的浪潮。

麦基：意义，从正面到负面或从负面到正面，或有反讽或无反讽的价值巨变——朝向绝对而又不可逆转的具有最大负荷的价值的摇摆。这一变化的意义可以打动观众的心。

影片《美国丽人》一开始就告诉观众：“我的名字是里特·伯纳姆，这是我的社区，这是我的街道，这是我的生活，四十岁，一事无成，在一年内，我将死掉。”这里，故事的起点和终点在一开端就交代了，并暗示观众，我们的故事的目的地是里特的死亡。

我们剧本写作可能有很多的出发点：一幅画，一则新闻，几个词语意外地组合，或者在某个瞬间一掠而过的情绪，读了一首诗后的灵机一动等等，这时我们开始播下故事的种子，开始用自己未来的若干个月去浇灌它。这个打动我们的想法一般就是一个故事的点。故事点发展壮大，成为可以解决一场戏的决定性的矛盾时，成为一场戏的“戏眼”；故事点继续被丰富并被赋予有逻辑序列的动作性后，能够表达作者的整体创作观点，凸显为一部影片中人物主体动作的决定性段落时，它就构成了高潮。

所以，我们力图将一切术语都用一句话来解释：高潮，就是主要角色的核心动作获得解决的段落。

一些商业剧作家是带着预先设定的“高潮”来写作的。对于普通观众，剧中人的出场意味着一种性格的出场，一个带着特有逻辑的人物形象在银幕上发生行动。对于剧作者，人物出场时，却是带着他的终极使命，带着他的高潮动作在行动的。观众期望的是人物下一步要去怎样做，能否成功，剧作者却在构思如何在高潮的到来前使人物的行动线真正丰满扎实，以使高潮尽可能以陌生意外的方式合情合理地到来。

由此不难推导出所有素材价值的大小都由其与高潮的关系决定的。在集中的故事线索中，这些素材或者是引起了高潮事件的爆发，或者是催化了高潮事件的反应，或者是恰当延宕了高潮的到来，使悬念危机更加舒展充分。高潮不仅决定着每一个材质的某种正面或负面价值，同时也影响了所有材质在人物性格逻辑线索上排列组合的顺序。

材质的正面价值是沿着已定的人物性格和故事情境线索，推动走向高潮的，它的表现是为人物性格形象朝特定方向“加分”。如《美丽心灵》在讲述对数学达到痴迷程度的年轻纳什的故事时，从一开始就连连显示出他对生活中的数学现象的浓厚兴趣：在聚会上通过酒杯的反射他观察到与朋友领带花纹吻合，在夜晚他将星空指点出各种形状，宿舍的窗玻璃也被当作黑板用来运算，这些都是为他的人物性格“加分”设计用的。用以塑造数学家的形象。

材质的负面价值是在沿用人物性格线同时，提供相反的信息。

这种负面价值或用来刻画人物性格的另一面，使人物显得更丰富更具有多义性，或用来与先前情境造成对抗冲突，更好地推进人物的动作线。

纳什有一回在酒吧里见到被众人追捧的美女，他也露出了人间烟火味的一面，朝女郎勇敢地走过去，但是数学家露骨的求爱失败了——纳什的这个举动只显示出了他是一个不善交际的普通人，与我们设立的“痴迷的数学家”逻辑没有明显一致，但随后，当众人再一次聚会时，他竟受启发地修改了权威的管理学理论——人物性格以另一个角度被再次确认，并构成了动作的前进。

《哈姆雷特》的高潮是主角哈姆雷特复仇行动最后获得实施并取得决定性成功的整段戏。《无间道》则是警匪双方互派的卧底在确认对方身份后做的决战。《美国丽人》则呈现了一个类似于曹禺先生的《雷雨》里“决战之夜”的场景——在一个雷雨交加的夜晚，所有人命运在同一地点给出决定性答案：里特昙花一现地实现了追求安吉拉的愿望，并结束了自己的生命，可丽莲终于鼓起勇气要向名存实亡的婚姻生活挑战了，珍和男友里奇也终于要离家出逃到纽约。

在这里的人物动作与高潮的统一性可以通过“美国海军军士长”、里奇的父亲卡而宾来观察：

> 卡而宾从一出场就显示出与环境格格不入的举止。作为一个深受煎熬的同性恋者，他的心理动作一直潜流在对白和生活表面之下。他若有所感地凝视里特光膀子举哑铃，并用一己的揣测去猜疑儿子与邻居的“特殊”关系，当看到三个健壮男人做晨练时，更刻薄地揶揄道：“这是什么？马戏团么?”这些都构成了一个沉睡的悬念，直到大结局之夜才让他同性恋的身份露出，引爆了全戏的高潮，从自家里取枪杀了里特。此时，立刻使前面所有关于他的细节价值翻番，这里恰好又直观地印证了另一句关于高潮的格言——当第一幕的墙上出现一枝枪时，

要在最后一幕让它打响。

高潮可以是一整部影片的高潮，同样，像上文引述的贝克的，每一场戏中，也存在着每场戏的高潮——“戏眼”。单场戏或一段落的戏的高潮应当与整部戏的高潮保持统一性，一部影片的每一场的戏都是我们从起点出发后的中途，它是向着高潮去的，尽管它根据作者的奇思妙想呈现出了千变万化的图景，但高潮是所有殊途共同的归宿。

传记片是文艺片中的相对特殊的体裁，有时为表现人物的各个方面而在段落中较明显地设立了段落高潮。它多数用人物自身的知名度或是性格身世的某些魅力保持对观众的吸引。

《甘地传》用纪录化的电影语言讲述了甘地青年投身独立运动后的一生。在每一段落戏中，都设立了各有侧重的高潮。比如：殖民地人民要求独立的运动高涨之际，手无寸铁的抗议人群一排排走向对他们施以暴力的英军士兵。这个段落中的民众争取独立的核心动作被阻止，行动价值急遽从正面转到负面。

《卡萨布兰卡》的段落编排则呈现出此起彼伏的壮阔。它的全片高潮是里克把拉兹洛夫妇送上飞机的段落。为了迎接这个高潮核心的到来，全片从一开始就无不围绕与这一行动有关的条件做交代。开场旁白介绍卡萨布兰卡的地位，指出这里是逃往美国的跳板，接着以信差被杀引出过境函，给出了高潮的第一个条件；纳粹军官史查沙的到来强化了拉兹洛离开的阻力，加剧了高潮动作的危险。

在具体的情节中，我们还可以凭直觉轻易地辨认出这些细节中的“戏眼”。到底戏眼是什么，它是一种形象化的说法，——如《卡》片中士兵满大街叫嚣的时候，有必要用一个无政府主义分子的当街被毙做戏眼；里克与史查沙在酒吧初次相遇，彬彬有礼的交谈后，戏眼落在话不投机的先行离席。这些具体细节中的提供引起人兴趣的内容，是戏眼。戏眼这个说法是提醒编剧在创作时，时时为观众提供戏剧价值，增加影片的戏剧性密度的。尤其是在铺排交代的段落里，尽可能让同一段情节富含更多的内容——性格、冲突或条件交代，是现代商业片的基本特征。

推进：延宕与进展的艺术

并非所有的影片都有幸像《七宗罪》那样找到一个与高潮极端一致的天然框架。它用系列的罪行做龙骨，在最后的“愤怒”罪行到来前，利用层层上升的前六个版块排列了整个故事的推进阶段，其设计甚至体现了一种数学化的精密。

在高潮之前我们要做的就是要让它合理而意外地到来。恰到好处的推进来源于剧作者的种种想象：没有不可能发生的事情，只有编剧没有说服观众相信的事情。合理的推论是，没有失败的高潮，只有失败的推进。因为高潮无论怎样设立，其都可以由推进阶段来充分完善其戏剧性。我们假设高潮是一对刚刚办完离婚手续的夫妇在法院门口紧紧抱在了一起，那么推进阶段怎样写呢？

按照高潮统一原理要从这一情境的各个戏剧性元素中来生发出他们前面的故事。他们是怎样离婚的，他们又是怎样言不由衷地走到今天，这可能性是无穷的。每一种选择都要求推进能够合情合理地走到这一步。编剧要做的就是将这一场面的各种戏剧元素发挥到极致。

推进惯常以这样的方式出现：

1. 推进是在高潮到来前设立段落的迂回进展。如：《哈姆雷特》是把王子复仇行动分解成了若干节拍：

高潮：王子复仇成功

推进过程：王子遇到父亲鬼魂示意——王子假装疯癫——王子受到情人奥菲丽娅误解——王子犹豫——王子吩咐在宫廷演出按照他意愿设计的戏——王子完全确定叔父是真凶——王子差点在克劳迪斯祈祷时杀死他——王子在和母亲交谈时误杀了大臣波格涅司——王子被遣送往英格兰并获得海盗帮助逃回丹麦——奥菲丽娅死亡——哈姆雷特与奥菲丽娅的哥哥决斗——在中毒剑临死前终于杀死克劳迪斯。

在这个故事中，哈姆雷特至少有三次机会是可以杀死叔父从而结束故事的。但是莎翁没有让故事过早结束。因为高潮的到来并不能决定一个剧本精彩，高潮在何时到来、以怎样的方式到来才决定了它是否更具有震撼人心的力量。

假设让哈姆雷特刚一接到父亲鬼魂的暗示就立刻创造机会杀死了仇人，我们就得到了一个线形的直观纪录。在这个纪录中，人物除了吐露出一些珠玑妙语外，再无更丰富的心灵世界可以流露。而丹麦王子在得到一个鬼魂的示意后，就立刻开始与整个国家的首领——克劳迪斯作对，甘愿独自站在全国家的对立面，与已经在社会取得统治地位的君王对抗，并不符合其特定的身世。

假设我们在他叔父祈祷时复仇——这将更加不可接受，因为在基督教统治的欧洲国度里，一个正在祈祷的人被视作是无须承担自己罪愆的，哈姆雷特假如在这时复仇，只有一种可能——他已走向道德和信仰沦落的深渊。也是不符合全剧主旨的。

我们看到，借助哈姆雷特的犹豫所达成的多次的延宕，增加了高潮前蓄积的情感，强化了复仇的动机，人物带着自己的目的在反复的斗争中体现出了更多性格特点。

那么除了剧中的设计它就没有别的选择了吗？当然选择不是惟

一的。但是，能够完全符合我们剧作出发时的人物性格的逻辑和规定情境的逻辑，才是令人信服的过程。

2. 有的推进段落人物心理发展是停滞的，但是借助于情绪性的刻画或悬疑、紧张以及高潮的“假到来”可以使其获得节奏上的停顿或进展。

《阿甘正传》里，中年的甘似乎一生中他要做的事都已做过了，事业有成，就连珍妮也与他在家乡度过了一段美好的日子，这一天，珍妮还是独自离开了，他坐在自己门前，突然想跑，于是起身朝外跑去，跑到镇界，又跑到州界直到海边，又从一边海跑到另一边……这时，在戏剧性的层面上看，故事是停滞的：核心动作没有进展，人物性格没有新的揭露，人物关系没有新的变化。

为了从反面看停滞，我们假设阿甘偶然看到一个高速公路收费员相貌与珍妮非常接近，从而歇下脚步在收费站旁搭个帐篷住下了，那么人物行动线在继续，他自小就在追求珍妮这一动机前进了；如果他在求爱不成决定绑架这个收费员了，那么我们看到了阿甘性格的另一面，是过去所没有的；如果绑架的结果是女收费员出乎意料地反而制服了他，两人结伙成为一对雌雄大盗，那么人物关系发生了新的变化，在上面这些情境中，故事都没有停滞，都在走向新的方向，新的段落高潮。

《无间道》始终都围绕着卧底身份的暴露来铺排故事。与《哈姆雷特》不同，它的授予任务、获得身份、确立目标这一系列行动都在开场就已经通过一组短镜头剪辑交代完成。剩下的，是在决战爆发前两个卧底的几回合的暗中较量，他们的身份都曾反复遭到暴露的威胁，每一次几乎露底，都制造了紧张气氛，但此时剧情仍然是停滞的。这种设立一个危机令它数次陷于将要爆发的险境的手法，被称为“西西佛斯情境”——动作反复经过滑落——上升的过程，并无限逼近高潮的临界点，而又迟迟不予解决。

高潮的“假到来”也是一种推进。这时，主角的行动仿佛要获得了决定性的解决，让观众在期待中获得了一次满足，但这里并没有到达编剧的目的地。这样的做法在现代爱情片中被编剧们乐此不疲地反复使用：多角恋爱中最后究竟谁与谁走到一起，似乎每过 10 分钟都有新的答案。

一些扑朔迷离的侦探片里，“假高潮”大有用武之地。侦探片编剧的乐事之一是让“假高潮”骗过观众，使一些性急的观众几乎在起身等待片尾字幕了，却峰回路转又带来的新的高潮。

大侦探波洛在将凶手绳之以法前常常爱先给我们一个“假高潮”：《阳光下的罪恶》里，他使预谋杀人的夫妇洋洋得意地办理离店手续，此时观众以为他们要逃脱了；《尼罗河上的惨案》则交给观众一个假凶手，让后面的真凶出场显得更离奇和意外。

许多编剧已经懂得一部影片往往是服从于主人公欲望驱动的集中动作来最后达到高潮的。但非常有意味的是，许多剧本无论是 40 页还是 160 页，都是一个只有开场和高潮的剧本。因为作者感到他在明确了主人公的目的地——高潮后，似乎任务只剩下了开场做足够的交代。洋洋洒洒数万字的剧本，其实只是堆砌的人物行为，如果我们寻找其中的情境，就发现只有两个情境——开始的和终了的。在我们提倡作者“带着高潮写作”时，并非要求大家念念不忘“目的地”（因为高潮往往是作者最想交给观众的）。如果作者把高潮当作了刻意的心结，他只注意到了系结和解结，却忽视了中间推进情节。而正是这些中间推进的情节里，通过矛盾的逐步解决，才显露出了人物性格，才满足了观众对戏剧性的渴望。

有的故事甚至没有阻止高潮的过早到来，为什么会这样？至少表面的原因是推进和延宕的材料都没有用充分。

港产《喜剧之王》是一部成功的影片。但瑕不掩瑜，它因高潮过早到来而显得有些特别：

（当然，我们也不排除另一种可能：编导把这种处理也当作某种暗喻。）

本来把尹天仇与张柏芝扮演的酒吧女孩清晨惜别视为一个极好

的段落高潮，由此拾级而上可以说离经典只差5公分了，那时主人公电影梦的实现与破灭显然应当是全片的高潮。但遗憾的是这个原本应有的高潮被离散了：尹天仇获得爱情后，这作为一段落的故事结果揭开了。但此时观众自然在期望他的演艺事业东山再起，他却改行做起了卧底——一个新的任务，一个主角的新启动的动作线，尽管新身份也沿用了人物的一贯性格，可毕竟没有再回到全片的主要行动上来，只在最后牵强地收场在《雷雨》公演的体育馆。

对观众而言，天仇在电影圈的失败通常会被视作是一个“假高潮”的铺垫，意外的是这却是一个真的交代。这种处理固然可以寄托编导的一些特定语汇。但是这不并能减轻该剧本结构上的双重性，所以《喜剧之王》这一个多小时的剧本倒有点像是两个剧本接在一起的。这两个剧本从主要人物的行动线上可以分别成立。

结局——用思想统帅结构

“只展现状态，不表达思想观点”这样的故事片是不存在的，任何故事片都不可避免地要流露出作者的视角与态度，并在结局中给予一个属于作者世界观最高顶点处的答案。

（一）什么是结局

如果把影片视作对一段线形时间内发生的事件的截取，那么显然结局是指片中这段时间的终点时，剧作者所给予的戏剧关系和故事内容。

这个界定已经能够区分出结局与结果。结果是事件的简单终端，结局则联系了事件的前后因果，并构成可供审美鉴赏的故事因素。结果是一个平面，结局是一个立方体。

《荆轲刺秦王》中，荆轲的结局是行刺未遂被杀。《英雄》中则以荆轲主动放弃刺秦离开大殿被乱箭射死为终，同样的结果不同的结局。《罗生门》则使用了多种可能性的的结局，让观众去猜测。

一些后现代影片则探讨了结局更为丰富的可能性，这一点留待后面章节介绍。

“结局”是整个剧本最容易被忽略的矿藏，它在结构中的功用常常能四两拨千斤，用来确立和提高整部影片的价值。

（二）结局的价值和原则

我国古代对文章讲究“凤头、猪肚、豹尾”，结局要求“豹尾”就是指有力度。

这个力度指思想、情感的力度。影片给予什么样的结局，受限于作者的世界观和需要表达的意念。

万金油式的结局在商业片大量生产的现代是可以作为技法的一部分归档保存的。如各种仪式：婚礼、葬礼、颁奖典礼、阅兵、授勋，以及一群苦苦奋斗的地产商在新大厦的开工典礼上等等。这种结局很少继续承担故事的进展，讲究在不痛不痒的皆大欢喜中让所有矛盾和解，这样的结局观点是明确的，作者为社会唱赞歌。

《无主之地》里，结局则让躺在地雷上不能动弹的人继续躺在地雷上，渐渐转动画面叠入无尽的星空，这是一种颇有涵义的结局，可以表达作者对时世的某些悲观情绪。

而结局的价值在结构上仅仅体现了一小部分，它早已不是单纯的剧作结构的一部分了，它超越了技术的层面，可以决定一部影片的思想意义。严肃的编剧是不会放过结局的精心雕琢的——无论如何，这毕竟是影片与观众的最后道别，值得珍重。

一部影片应当有个什么样的结局，最有权威的发言人就是你的主角。这被霍洛道夫总结为“人物性格原则”和“戏剧情境原则”。如果你在开场、推进高潮阶段都是完全忠实于人物性格和生活逻辑的话，那么在结局，你只要再忠实于自己的思想就够了。一部影片在高潮以前的阶段是为了打动观众的感情的，用生动的故事引导观众来参与。到结局时，就轮到编剧的思想和立场闪光了，结局无论怎样去设计也总有说服的成分在里面。因为这是编剧向观众展现自己世界观底牌的时候了。

所以我们提出：

结局就是思想观点

这就是结局的原则和大部分价值。

托马斯·沙兹在《旧好莱坞，新好莱坞：仪式，艺术与工业》中谈到："类型片歌颂我们的集体态度、价值和理想；而这种歌颂的仪式在叙事结局的成规化模式中是最明显不过的……正是通过结局，类型片才能最终实现它的仪式的社会功能。"（第137页）

所以历来影视作品一旦服务于某种特定的宣传需要时，首先被人关注的就是结局。在结局里，什么样的社会力量和观点占了上风，故事冲突的各方面达到了一个怎样的均衡，矛盾解决后各个角色的反应等等，都显示出了作者的观点与立场。

剧作者当然不是传道士，也并非所有的剧作者都要有明确的立场并努力施加于人，但是，一个电影播放的后果就未必全由编导们控制了。从观众的角度来看，大家首先是从作者给予人物的结局来为自己寻得教益的。往往是在最后的结局里，剧中人应该思考构成全片前面动作的那些事件，为自己银幕经历做出总结。如果碰巧你的剧中人不是那么爱思考，也一定会有所行动来体现某种态度，最终构成了影片的劝世隐喻。

（三）结构中的结局

毕竟，结局还是剧作的一部分。那么结局在剧作结构上常见到价值还有哪些呢？我们尝试整理一下，这当然不是结局的全部功用，这是一个对结局出现形态的搜集，它可以帮助我们设计自己剧本的结局。

1. 高潮

与其说把结局设定为高潮，不如说编剧在高潮处打住，将其点化为结局。因为这样的结局显然不交代出关于主角更为明确的进展信息，只将高潮动作呈现后就收住。

《末路狂花》里，塞尔玛和路易斯从循规蹈矩的家庭主妇、酒吧招待一步步走向社会的对立面，最后在片尾，一起忘我地开车冲向悬崖，此时音乐起，出字幕，壮烈之余让观众连唏嘘回味的余地也没有就要准备离开影院，两个女强人的壮烈结局就这样干劲利落地交出了。这似乎也是在暗示观众：两个女人的选择无需人同情，更不要眼泪。

2. 颠覆

结局的无与伦比的庄严妙用在于它能对整个故事进行颠覆，体现新的叙事美学追求，重新确立整部影片的价值。

马其顿的影片《暴雨将至》里，共有三个段落，分别发生在马其顿、美国、马其顿。这三个故事在该片结束前本来是有线性时间关系的，结尾小孩子惊恐地跑向教堂，与开端的青年修士摘番茄连结在了一起，令人惊讶地完成了一个环型嵌套的故事结构。第一个故事与第三个故事连接在一起了，并构成了因果链条关系，那么，整部影片就在结局处呈现出封闭的时间怪圈。剧中人刹那间被时间囚禁了起来，暗喻了苦难的无边深重。当然，这样的例子是罕见的，是结构上的少有的现象。

有的结局对全片的内容做重新认识。譬如结局发现整部影片是主人公的一个梦，或者连梦也未必是，而可能根本就是一份臆想。

3. 延伸

结局是对于高潮的延伸，扶摇而上。结局是对主旨的深化，意犹未尽；结局是对故事的反思，若有所得。

最宏伟、最充满才气的结局一定可以包括《地下》了：在经历了无穷的战乱后，水下死去的人们从四面八方游来，登上一片洒满和煦阳光的大陆，把酒欢歌，尽情欢笑，将“无法原谅”的既往全都“忘却”掉了。在没完没了的狂欢中，人们脚下的土地与大陆缓缓分开，向着大海深处漂去……

《色情男女》中，张国荣一干人等历尽千辛万苦终于使一部三级影片顺利杀青，此时，作为故事它达到了高潮，人物的核心行动已经圆满完成。但出字幕前，张国荣带出一个全体工作人员都赤身裸体参加剧组工作的惊人场面，又一次延伸了全剧的主题。

4. 圆满

结局有时候是编剧保留的一点点积蓄：它在前面整个故事中，有未完成的副线动作，或者副线人物关系的交代未尽，需要完善来使故事圆满，观众舒畅。这样的交代，有时造成了别开生面的新情趣，有时也可能是与制片方协调的结果。《卡萨布兰卡》是电影有史以来最伟大的剧情片之一。它的主线是里克与伊尔莎的爱情故事，而副线则纷繁复杂又秩序井然，有十余个国籍的公民出镜，几乎囊括了二战影响到的全部欧洲国家。在里克枪杀德国军官史查沙少校后，伊而莎和抵抗运动领袖拉兹洛乘飞机顺利投奔美国。这时，一直善于见风使舵的警察首长雷诺在闻风赶来的警察面前为里克解了围，两人一起走向茫茫大雾，"最美好的友谊"由此开始。这里，里克与雷诺的关系在结局处获得了新的进展，使整个故事竟终结于爱情之外的男人间的友谊。这种处理丰富了爱情片的内涵。

5. 再生

结局多在故事结尾，按照对立统一原理，又可以随时转化为新故事的开端。《侏罗纪公园》在主人公的冒险经历结束后，镜头在陈列室缓缓下摇，一个恐龙蛋突然又破壳了，引发人无限遐想，直接的效果当然是观众期待续集的上映了，这除了是一个轻巧的广告外，更体现出作者注意随时吸引观众的良好编剧意识。当然，还有衍生的范例：有些商业价值大的影片本身被当作结局来拍摄前传——《星战前传——幽灵的威胁》。

结局的另一个价值是它还可以作为编剧的故事的生发点。有时候，一个现成故事所提供的丰满的人物和命题立意都是宝贵的灵感来源。鲁迅就曾问道："娜拉出走之后会怎样？"这个问题倒不妨考虑由剧作家来回答。

思考题

1. 延宕是什么？高潮是什么？二者关系如何？

2. 如何理解“结局就是观点”？

3. 从《水浒传》中选择一个复仇故事，如林冲、武松等，与哈姆雷特的复仇故事作节拍比较，并尝试把小说段落改编成电影剧本。

4. 上文中提出“尽可能让同一段情节富含更多的内容——性格、冲突或条件交代”，请在《卡萨布兰卡》中找出几个这样的段落。并分析他们是怎样统一于剧情进展的。

5. 以“一对刚刚被裁定离婚的夫妇在法院门口突然眼含热泪紧紧抱在了一起”为高潮，尝试完成一个有层次推进的故事。

第八章

类型片剧作策略（1）

——经典好莱坞类型片剧作简论

到今天关于类型片尚缺乏一种十分确切的定义。关于它可以上溯的理论渊源包括亚里士多德定义“类型”的概念，索罗门提出电影中的“样式”和托马斯·沙兹对现代电影艺术特征的总结。可以认为这些案头理论都没有为普通观众准确地区分类型影片提供一套参照（似乎也没有这个必要）。但这并不妨碍我们在无数成功的影片中辨认出类型影片，因为类型片总有属于自己的某些可以被识别的特质。如西部片具有相对稳定的视觉造型图景——喀斯特地形的沙丘，带双扇转轴门的小酒吧、牛仔、左轮手枪等等；音乐歌舞片则总是流光溢彩、载歌载舞；侦探片里，永远有我们的或贤或愚的侦探在开动脑筋寻找罪犯等等。

本文观察对象以美国出品的影片为主，也涉及了受其影响的亚洲影片。主旨侧重于对类型的剖析和几个主要类型影片剧作叙事模式的整理。但类型是艺术还是技术，要留待个人在创作中得出答案，毕竟，天才是不需要类型的。

寻找每一个类别的模型

什么样的电影剧本是最好的？有没有一种公式化的编剧法则可以帮助我们源源不断地生产出好剧本？

其实这样的问题没有实际意义，发现各类影片中不同的剧作表现手法才是重要的。

好的电影剧本中，各剧作元素间的亲密组合才是我们的兴趣所在。一些融会了不同经验的创作套路渐渐受到关注，我遇到的多数商业片编剧也热衷于总结这些类型影片所体现出的一些“编剧定律”。因为他们在这些套路中发现了一种自由度。这个自由的原理便是：没有限定的自由并不存在，在完全没有模型和条件的情况下编造故事要辛苦得多。只有在限定条件下，并且限定是严格和准确的情况下，编剧才有自由和灵感。

在一个相对成熟的模型中生发的新故事，即使还有很多的瑕疵与漏洞，也可以通过关于类型片的集体经验来弥补和修改，最终获得相对满意的剧本，同时，还给了作者意外的惊喜：“天呐！我找到了在一个梦境中生活的感觉！”当然，我们并不是说，剧作模型是梦幻制造的工具，而是指我们在一个可以持续流动的故事中，获得了心灵的解放，释放了才华与能量。而这个持续流动的原因就是有现成的故事流，它来自类型。

前面我们已经谈过，一位严肃的剧作者在下笔以前必须考虑的是：要表达什么？以此来决定形式与内容的关系，以及后来选择不同的人物、细节、对白、场景、情境等等。越来越多的剧作者认同，考虑自己要表达的想法之前，应当看到观众是有群体效应的。观众会对一些固定的情境和细节产生特定反应：一对俊男靓女的接吻镜头或者漫天的流星焰火总会使多数少男少女怦然心动，一个越狱大盗如果在抢劫的时候总是笨手笨脚搞的反而做了好事，就能令人会心一笑；一个盛气凌人天天板着脸孔做圣人的领导被侍者的奶油蛋糕扑了一脸也能带给观者格外愉悦。戏剧学院的老师们也常常会开玩笑地说：“没有不能写的人物和故事，只有写不好的人物和故事。”

那么我们就有权力向缪斯女神定做关于自己的礼物了吗？恐怕不行。因为一个故事的可能是无限多样的，只要我们还没有一门学科能确切无疑地教会人写诗，我们就很难说电影故事有什么具体的类型套路是百试不爽的。但是，正如我们在下一章节就要谈到的，电影与诗的区别之一是它明确地属于大众传媒，商业影片所面对的是有相似集体经验的受众，类型片则是在这种互动关系中由制片公司与观众共同制造出来的，是市场调节的产物。这是电影与纯文学的一大区别。

可以说电影工作者在长期的工作中发现了一套相对稳定的能引起观众兴趣的电影制作系统，就形成类型。类型片就是制片公司与观众间不断协调的结果，我们研究类型就是为了寻找与观众的某些默契，从而建立一整套可供重复生产的故事系统。

在这样的故事系统里，编剧可以最大限度很快获得“观众缘”，在一开场，从片头字幕到前10分钟的段落，影片就已经提供了关于类型的足够信息，这是一个喜剧、正剧、惊险剧等等。接下来，编剧的任务仿佛是：交代给观众一个故事，以便尽快与他们的观影经验契合，进入体验之旅。在你沿着这样的思路草稿初就时，请审视自己的剧本是否达到了这个要求，如果是，那你就有资格把自己的故事讲给别人听了。

当你念着自己的稿子，看到有你所预期的反应在听者的面孔上慢慢显现的时候，似乎意味着你已经大功告成了。实际上这种想法只对了一半，还有更多的工作要做，难道有谁会愿意在好不容易找到的成功故事后面，放弃那魔法般的创造机会吗？是的，不用犹豫了，在原有的故事模式、传统观念上继续前进，突破它们，到那时，你会发现，无论类型还是作者论，都无法剥夺你继续创造的乐趣。在你的策划下使观众获得新的惊讶和愉悦的乐趣。

这才是我们学习类型片剧作的初衷，当你的剧本在这个层面上获得肯定的时候，你就是一个合格的类型片编剧了。下面我们整理几个主要的类型片的剧作规律，限于篇幅可能这些探讨还有待细化和深入，权作一个学习的纲要吧。

1. 西部片

可以认为我国新时期电影真正走向世界始于对本土西部片视听形式的探索挖掘。西部片是最早成型的类型片。它的主题多为伸张正义，除暴安良，以及文明取代落后。其基本故事模式明显地与经典神话原型故事有着某种近亲关系。这可能的原因是：一、早期有声文艺电影受戏剧的影响较重，与文学资源关系密切；二、该类型的视觉形式适合承载一些形而上的精神母题。

西部片通常讲述英雄克服重重阻力战胜邪恶，最终获得尊敬，有时还包括爱情（爱情片元素的介入）。

西部片是类型影片中场景元素限定最为明确的一种。它一般发生在蛮荒的西部荒漠小镇或美洲土著部落，到处是陡峭的山谷和丘陵地形。由此在剧作构思上具有“场景先行”的特点。特定地域空间所延伸出特定气质和情绪是剧作的主要出发点。这种类型的场景通常是荒凉、孤独、略带忧伤，然而又雄浑大气、令人意兴勃发。这是西部片的诗意所在。同时，当场景表现蕴涵意念并参与叙事时，西部片的信息含量将获得极大扩容和生发。如将人类社会的宏大内容一一映射为具象空间造型中：

小镇——社会
荒野——非法律约束的，无序的竞争环境
小镇的良性建设——文明的生长
法院、警察局——秩序、法律、人类道德行为规范的建立

由此象征系统的建立，西部片常常可以探讨一些宏大的命题，如：

文明——蛮荒
法律、秩序、道德伦理——非法、掠夺、道德沦丧
移民文化——原居土著的部族文化
和平、宽容、共存——排斥、争斗、互相残杀

西部片的这些天然具有的可供追索的内在思想含量，使该类型的剧本无形中多了一些“潜规则”，如：西部片很难做成喜剧，（当然成龙的《上海的正午》具有西部片的一些特征，但这是极端的例子，与成龙本人的表演风格有关），也使西部片具有了特定的美学品格。

西部片的人物设置程式影响了后来许多类型的影片。它的人物配置颇具有中国戏曲中生、旦、净、末的有序对应和图谱化。

如代表蛮荒的世代定居的土著群落：

象征人性善良的权威酋长——象征人性弱点的心怀鬼胎的贵族

蕴涵进步倾向的善良的年轻人——守旧落后的促狭巫师

在象征先进文明的拓荒小镇群落中：

代表法律和新秩序的警长——代表破坏资本主义社会秩序的强盗

代表拓荒进取精神的牛仔——代表资本生产方式下诞生的小市民

作为和平因素的美丽女主人公——不断挑动是非的白人或土著中的败类

此外，还有“小丑”型的或好或坏的人物随时出现在小镇上，偷听偷盗，爱管闲事，其中部分还酒色财气样样都沾，他们联系着剧情，经常作为主人公的行动的一面镜子，传递戏剧性信息，催促着剧情推进。

普通观众可以轻易说出若干在西部片中常用的道具：手枪、鞍鞯、牛仔裤、马刺、翻毛皮鞋、木质走廊等等。他们除用来交代人物形象还能刻画人物性格。在艰苦的沙漠生活环境中，因为一些生产生活用具对人物具有了特殊的不可替代的价值和含义，所以产生了戏剧功能。如一壶水在沙漠长途旅行中的互赠，改变了两人的关系；射在白人身上的箭刻有部落印记，带来了巨大的矛盾；或是牛仔视为荣誉的马鞍被敌人抢走，令他感到无比羞耻等等。

2. 爱情片

绝大多数故事片里都有爱情。爱情片则指其中以爱情为主题，追求爱情的人物为获得爱情而做出的行动为主要表现内容的影片。

故事片里男女双方经过重重阻力最终有情人终成（或不成）眷属。当要表现两个人的爱情时，只有将他们的感情放入具体情境中，加入各种性格鲜明的人物和造成冲突的事件，才能显现出绚烂的色彩。最常见的爱情阻力首先是阶层——经典爱情片中永恒的障碍，这也常常成为人物设置的先行条件。女主人公要么是灰姑娘，（自然要有一个王子型人物与她对应《风月俏佳人》），要么是崔莺莺（会有穷书生为了她去博取功名）。其他还包括天灾人祸（《泰坦尼克号》），世仇（《罗蜜欧与朱丽叶》），竞争者（《情迷索玛利》），贫困（《甜蜜蜜》）等等。

爱情片在经过近百年的发展（作为文学传统的爱情故事已经过数千年的演变）后，今天的编剧的任务是在剧作中寻找爱情的巧妙的阻力和巧妙的促进。这个阻力是决定你的爱情故事有无新意的关键。比如从过去的“志趣相投”到现在的“欢喜冤家”型、从经典的“英雄救美”型到后现代的“野蛮女友”型，寻找时尚的，具有社会共性的阻力和推进力量成为获得新爱情故事的重点。如《人鬼情未了》《吸血僵尸惊情四百年》选择了生死作为爱情的障碍并非首创，但由此为起点驱动故事的发展就弥足新意了；《我的野蛮女友》《我的老婆是大佬》选择了女权主义反弹时期，用女性个人性格身份作为爱情的直接阻力；《西雅图夜未眠》《网络情缘》则利用现代传媒——广播、网络来推进人物关系等等。

爱情片的故事内容动作线是相对固定的，惯常体现为爱与非爱的层层推进的反复较量。但是对待爱情的态度、获取爱情的方式、得到（失去）爱情后的选择成为当时代人们价值观和社会伦理的多重指涉。这使得我们在以创作为前提来研究经典爱情片时，必须时时注意调整自己的眼光和思维方式来重新看待过去的爱情故事。

如对待爱情的态度，是把爱奉为神明，用虔敬之心不顾一切地生死相许呢（《罗蜜欧与朱丽叶》)，还是把爱情当作一种可供选择的生活方式，随遇而安《甜蜜蜜》？获取爱情的方式是刀光剑影地强迫索求《红高粱》(《红高粱》应当属于中国西部片的范畴，但这里我们侧重关注它作为爱情故事的一面)，还是通脱旷达地勇于放弃（《我最好朋友的婚礼》)？在失去爱情后的是念念不忘抱憾一生(《时光飞逝七十年》)，还是重拾勇气春暖花开《泰坦尼克》？

道具的价值在爱情片剧作中可以说被发扬光大了，观众的审美心理是容易对熟悉的老的事物产生眷恋，通过情感印证的东西甚至可以被人终生接受。因此我们看到，男女主人公分别离散之际互送定情物几成“编剧定律”。这在中国古典情爱戏曲中早有传统。如《桃花扇》就以一把扇子为叙事线索，借世事变迁，写兴亡之感。好莱坞类型片也充分使用了小道具重复出现产生的抒情性。如《魂断蓝桥》中，罗依一开场就手持象牙雕护身符睹物思情。这个护身符不仅在视听层面上叠化连贯了画面，而且在叙事上保持了线索的集中——它是女主人公悲惨人生的惟一见证。

爱情片元素与其他类型的并置混合是必然的。这样的爱情元素常常把剧作的核心动力原点设在爱情之外其他命题中。比如侦探片中，以案件的扑朔迷离为爱情起伏的依据。没有必要去严格地区分爱情片与其他影片，灵活地运用爱情本身的魅力去写出感人的剧本才是重点。

3. 惊悚片和侦探片

惊悚片和侦探片是否一个类型目前评论界意见不一，但从剧作叙事研究的角度，把他们合并来研究显然是有利于归纳出一些共性的。

惊悚片又叫惊险片、悬念片。一种观点认为是表现当代人精神世界的紧张不安，如人格分裂和心理压力；另一种观点认为它体现了现代人物质生活极大丰富后在和平年代渴望获得极端精神体验的需求。

同恐怖片一样，惊悚片要使人物处于对身心伤害的等待中，时时处于极度紧张的状态中。惊悚片剧作有两个原则：一，影片在这样的紧张段落中不断给予信息显示伤害即将来临，使影片保持惊悚效果。但应当明确，真正的伤害只有被作者扣押时才有惊险价值，直接侵犯一经交代给观众，这个场面就只剩下外部动作性的价值了，也就是一个惊悚段落结束的时候了。二，借助“戏剧动作性”的理论，惊悚不应当仅仅是外部的陷阱和袭击等各种危害，而是人内心的绝望、猜疑、焦虑。

惊悚片的人物多是普通人，场景多是司空见惯的公共电话亭、卫生间、楼道等，这样的设计让观众极容易进入情境，担心片中的险境发生在自己身上（如《电话亭》）。

惊悚片的别名是悬念片。虽然悬念并不为这一类型所专有，(如《野东西》通片以悬念带动，但不属于惊悚片)，显然在这里悬念的价值被放大了。惊悚片的高潮是用来解开悬念包袱的，是为前面核心动作做的决定性解决。

侦探片是以至少一桩案件来启动。由此，它的故事结构就依据叙事开端给予观众信息的多少来分类。

一种是开端或推进阶段前就把罪犯交代给观众，让观众成为“全知者”目睹着查案人如何误入歧途，如何遭到罪犯的种种阻挠陷害，又如何一点点接近真相，最后终于找出罪犯。相对于故事整体它可以被认为是一种非限制叙事。在这种叙事模式中，罪犯和主人公同时正面面对观众，作者可以并行展现两种截然对立的生活状态。(《国民公敌》)

另一种是把案情本身作为悬念，引导观众与剧中人一起寻找罪犯，并时时同片中人一起猜测罪犯是谁。在这种限制型叙事中，通过隐藏故事信息而加重了悬念，引起观众的重重期待，作者将隐藏内容一点一滴地展现给观众，渐次抵达非限制型叙事的领域，最后才交代给观众全部故事内容。(《东方快车谋杀案》)

《七宗罪》是我们观察上述两种叙事结构并置兼容的绝佳范本：

该片从开端完全是一副绝对“限制型”的叙事手法——情节诡秘离奇，凶手屡次得手，而警察却举步维艰，处处被动。当一老一少两名探员又一次将要出击逮捕罪犯时，凶手却突然自己投案了！——这时，后面的段落成为一个先交代罪犯后交代罪行的非限制型叙事影片，但当悬念从谁是凶手转变为罪犯的下一次罪行是什么的时候，新的叙事限制又诞生了：观众不知道投案后的他能进行下一桩罪行么？怎样进行？受害者将是谁？而最后的交代则弥足撼人心魄——凶手自己就是最后一个受害者。他借助这一举动维护了自己的世界观。

编剧在侦探片类型中使用悬念艺术的能力将体现在：在开端和推进阶段为高潮事件的到来提供足够的信息，同时又尽量阻止观众将信息识别为已经设定的高潮。

这个技法带来的效果就是常说的“情理之中，意料之外”。“情理之中”就是在开端和推进阶段要提供足够的叙事逻辑，这逻辑要为动作的发展埋伏下足够的细节，并与将来出现的高潮达成统一。与此同时编剧又要抛出足够的干扰信息，不使观众猜到高潮和结局会怎样，否则悬念失效。只有建置了足够铺垫信息的高潮才是可信和有效的，否则，无论高潮怎样到来都会显得牵强和莫名其妙。大侦探波洛系列的影片充分体现了这一规律。在《东方快车谋杀案》中，观众目睹了谋杀发生前的种种琐碎日常活动，也见证了之后波洛与各位乘客的交谈，而所有这些看似平淡的内容都最终印证了影片的高潮——全车厢的乘客都是同谋！

4. 武侠片（动作片）

观看同类的肢体舞动并获得快感是人的本能之一。放在电影中，它就应当区别于体育频道里浑身涂满橄榄油的壮汉搏击打擂节目。作为含有剧情的商业片，动作片中的动作是应人物特定之需有必然性的，是“非打不可”的。好的动作片会强化动作的剧情功能。让动作在具体的情境中起到动机和道具作用。武侠片区别于上述类型片，是它同歌舞片一样有一些相对稳定的形式元素，如功夫、打斗、武器道具等，其良好的故事传统直接来源于古典文学，本段则着重对其叙事策略的关注。

香港武侠片和印度歌舞片被认为是仅有的诞生于亚洲的类型电影。它集动作片之大成，又是所有类型片中历史文化渊源最为深厚的一个。可以说它的首要创作资源是中国丰厚的侠文化宝库。它们取材内容大多在史书中有据可依，这使武侠片在民间获得了题材上的先行认同。武侠片的故事主题上承了千百年来的中国侠文化，呈现出了鲜活强健的具有长久生命力的文学形态。这些武侠故事中的主人公们是一群在险恶江湖中凭借小众力量和品格不断打击权贵，实现个人理想的成功形象。他们“言必有信，行必有果”（司马迁《史记·游侠列传》）的一贯作风更满足了大众在面对强大的暴力不义和混乱行为时，渴望通过另一种暴力来强行推进理想道德规范，进行惩恶扬善的愿望，是大众情感宣泄的载体。在精神内涵上，它又远远超出了这个范围：故事中所弘扬的这些侠客武士又是古代文人理想人格的化身，负载着他们的人文理想的抱负，也积淀了数千年的中华民族对侠的审美取向。如壮怀激烈的荆轲，有胆有识的黄飞洪，抗击外辱的霍元甲等等，这些都成为武侠电影的题材。以黄飞洪系列影片为例，从早期的胡金铨、中期的张彻到今天的徐克系列，达到了一百多部，足可创造纪录了。

除此外，武侠题材从来不刻意承担过分深刻的命题，但却常常在搏杀斗争中流露中了种种劝世观点。侠客们指点江山、劈云斩日、大漠长歌的浪漫主义灵动气息的无所不在地飘逸在江湖迷幻梦境中，武侠的精神和侠义故事的模式也无一不是随着时代发生着悄悄地衍变，不断缔造着新的神话。

传统武侠片常用的故事模式有：复仇模式、夺宝模式、比武模式、除害模式及公案类等。可以认为武侠片的前身是中国早期的戏曲影片。在上述故事模式中，线形的故事情节直接以中心矛盾（如宝物归原主、比武大会的胜利、反面人物被除去等）的解决为指向即可支撑起一部影片。因此，也造成了部分武侠片情节拖沓的问题。在经典武侠故事中，也渐渐产生并完善了一些类型化人物如：天下第一高手、复仇者、“花和尚”、女侠、身体残疾的高手等等。

武侠片在近年的发展陷入了徘徊期。探索之一是其他造型手段的融入。如大量使用电脑特技的《风云雄霸天下》《华英雄》等，但是这种单纯视觉上的华丽并没有能在开发武侠片所特有的精神表意内涵上多走一步，以至于该系列很快急流勇退。

探索之二是叙事策略上关注国际认同度。如《华英雄》特意将故事放到早期美洲开发的大背景中来。剧作将主要人物华英雄设计成是到美洲淘金的华人劳工，敌对力量则是原始积累阶段的资本主义势力符号。纵观近年的影片，华人导演能成功转型进好莱坞的国际大舞台的，大多以这一类型为敲门砖。吴宇森的暴力美学，以及张艺谋开启中国大片等等都可例证。在当下这个“重度能指”的时代，借助武侠片这种“能指”意义上的丰富多彩，使华语影片在左右突围中终于获得了一定发展。在注重国际化的叙事策略这条路上获得最大成功的当属是《卧虎藏龙》。它取材于老式评书《玉蛟龙》，在视觉场景上先期做了调整来适应国际观众，如新疆马贼和大漠荒原的段落，十足西部片味道。不限于此，编剧在电影蕴涵的主题和人物的精神状态上也悄然做了调整，既保留了中国传统文化中的一些基本特色，又暗合了西方世界在世纪末对传统伦理和自我约束观念的回归，其间还似乎浸染了时尚的女权主义因子。该片讲述了个体对自身的主动约束（虎是“卧”的，龙是“藏”的)，同时探讨了社会规范力量对人性的约束的必要。在人物设置上，李慕白是作为英雄形象出现的，他被称为“李爷”，武功足以傲视江湖，但他人性化的一面却成为全片的主要内容：有心爱的人却不可以爱，有如神的剑却被封存，一副自囿于传统的模样。与之相对的玉蛟龙则率性而为，敢爱敢恨，恰好体现了另一种现代处世观。二人的这种关系对应参照的是西方世界在经历了崇尚个性解放的风潮后，对传统的回归。恰如在好莱坞近年的许多获奖影片那样，常常可以看到用一个中老年人的回忆的口吻的倒叙做开始，以深得人生百味的浑厚沉郁来观照整个故事。（《拯救大兵瑞恩》《阿甘正传》等等）

5. 强盗片（黑帮片）与警匪片

可以认为黑帮片和警匪片都是强盗片的亚类型，从剧作分析的角度把它们放在一起是成立的。

强盗片、警匪片的故事的多以城市为背景，城市这一巨大的场景成为影片最基础的心理动因。城市作为有阶层的人类密集混和居住的地区，是最丰厚的戏剧性的土壤，具有充足的人文涵义。强盗片的故事往往就发生在城市中观念冲突和财富对抗最激烈的部分。如赌场、贫民窟、酒吧、银行等等。

警匪片则服从于其相对明晰的执法——犯法格局，场景相对明朗，多设计为社会生活的日常层面：警察局、超市、百货商店、幼儿园、广场、公园等等。

强盗片多以具有反社会行为的人物（俗称“犯罪分子”）为主角，所以一般前者多宣扬友情爱情信义忠诚等一些所谓终极命题，有更多的浪漫的剧情设计，如强盗把大半积蓄用来资助贫弱（《英雄本色》），强盗带领女友逃离冷漠的生活（《邦尼和克莱德》）等等，这也是强盗片的魅力之一。让城市中在各种看见看不见的规则中冲杀的人们获得心灵的解放。

警匪片则多以维护社会秩序的警察、侦探为主角。宣扬社会正统价值观念，人物基本关系是秩序与反秩序，剧中主角一般都要么是社区优秀青年，要么就典型主流家庭中的一员，他们的举动带有很强的教化意义，在影片的开场阶段，常常可以见到这样的主流青年在生活的各个方面都堪称模范市民，即使有些缺点也是可爱的缺点。如李修贤的警察系列影片等等。

强盗片在观赏时最大的愉悦感来自人物可以藐视日常生活中的一切困难，在强盗那里，普遍意义的正义被搁置，取而代之的是以主角为辐射的利益和情感圈，它提供了在社会中不断获得金钱权力和地位的某种阴暗的可能性。如《疤脸大盗》中，艾尔帕西诺本是一个无业移民，但通过勇武果断和精明的头脑，一步一步爬向黑帮大亨的宝座，获得不可一世的财富和地位。在这些行动中，虽然主角始终是穿梭于法律内外，并不成为可供教化的楷模，但是他的一举一动恰好暗合了资本主义社会崇尚个人奋斗、勇于竞争的利己思想，又引起了无数人的共鸣。

警匪片则更多弘扬社会中的正义力量，显示法制力量的强大，增加大众对社会秩序的信任，教化安抚社会。基本都表现为警察这一国家机器中的执法者，不畏强权，忘我牺牲，锲而不舍，除暴安良，最终伸张正义的。如香港《谈判专家》，美国的《诺言》《洛城机密》《纽约大劫案》。

强盗片的主要人物的结局一般有两个：死亡或回归主流社会。这是由电影这一大众传媒的特性所需要的。强盗在通过非法手段以个人行为反对社会秩序后，必然受到惩戒和救赎，这有时是要以主角付出生命为代价的。虽然强盗作为一个已经获得观众同情的受害者越来越显得无辜，但是这并不能使影片逃脱善恶终有报的社会主流是非观的审鉴。所以出现了一批很悲壮死去的强盗，赚尽眼泪(如《英雄本色》)。当然，有时罪犯可以不被编剧“处死”，但条件往往是他要回归主流社会——改过自新或者受到惩罚而与犯罪行为告别。如港片《三合会》以倒叙手法讲述三合会的兴衰，一开场就是晚景凄凉的刘青云来给警察办讲座，使观众在看到他青年鏖战江湖的时候，始终都带着这个受到惩戒的先行印象。《教父 III》里，则让老年柯里昂白发人送黑发人失去心爱的女儿。

强盗片和警匪片的道具少不了武器。武器——枪、砍刀、毒药等强化为随时扭转人物关系的戏剧价值按钮。例如：在一个只有看守和人质的场景中，枪在谁手里是决定了两人间的胜负关系。道具也成为动作线推进、延宕和进入高潮的有效的原料。在这种特定类型影片中，武器还常被赋予了更多的剧作功能，展现人物性格和刻画心理状态。有时，枪本身就构成足够紧张的气氛，枪作为决定性的力量，随时可以打破人物间力量对比，又随时进入新的平衡。

强盗片类型发展后，今天已经产生很多兼容并蓄的衍生物，直接的体现就是强盗片与警匪片的并置相容。如《喋血双雄》，其中李修贤扮演的警察与周润发扮演的杀手作为先平行后交叉的两条叙事线，都得到充分的展现，分别体现出两种类型片的特质。

6. 几个“形式先行”的类型：灾难片、科幻片、音乐片、歌舞片

上世纪七八十年代，美国温馨的家庭伦理片热潮消退后，取而代之的是天旋地转的灾难片和科幻片的勃兴。

灾难片与科幻片在理论界定上不能等同，但他们的剧作都探讨了对人类现状和未来的某些近乎超现实的状况。

灾难本身的剧作价值在于它提供了足够极端的情境：关乎集体大众的生死——这个对人类来说也许是最庄重的命题之一。因此很显然，灾难片的制作应当不仅仅停留在画面音响的宏伟博大上，更应当刻画出特定条件下的人性。

科幻片则极大容纳了我们时代最丰富的想像力，甚至可以作为对未来生活的设计——不仅仅是物质上的，也包括了对人类各种政治体制、价值观念、生活方式的设想，同时映照着今天现实世界的某些方面。

音乐片和歌舞片的视听表现是其主要的卖点。本类型并不像侦探片或爱情片那样有相对固定的叙事结构。但是因其电影风格造型的特点还是可以归纳出一些常见共性。从故事建构上，它依据音乐歌舞在剧情中的“表现性”和“叙事性”可以分为两类。

“表现性”指音乐歌舞作为一种唯美化的抒情手段，可以随时随地自如地进入表演，如《油脂》《雨中曲》《红磨房》等，这样的影片虚化了音乐歌舞与现实生活的关系，多具有一种间离效果，在剧作中，歌舞段落多用来渲染情绪或深化主题，如果将其剥离出来

并不改变故事的结构。

"叙事性"即音乐歌舞是作为一个动机或确定的环境出现（这里的叙事性指讲述故事的狭义叙事性）。这包括《红菱艳》《名扬四海》《霹雳舞》等等，片中的歌舞出现都是依托于剧情本身，大多具有假定性的前提。若将这些段落去掉会破坏故事动作的完整。如曾在我国风靡一时的美国影片《霹雳舞》，讲述一群热爱跳霹雳舞的青年，通过自己的不懈努力，终于让这一"街边舞"登入大雅之堂的故事。其中主要舞蹈段落都是一个明确的表演，非表现性的，如马达在商店门口一边扫地一边跳舞，令路人侧目。

部分影片中也有音乐歌舞"叙事性"与"表现性"的轮番出现。如在《音乐之声》《出水芙蓉》里，交替出现以表演为前提的歌舞段落和在日常生活中自然进入的歌舞段落。

类型的发展

正如古典乐式为贝多芬建构了可供打破的模型一样，类型片的剧作模式也为当代电影人提供了丰富的剧作法资源。剧作家对类型叙事模型的重复、叠加、戏仿、又构成了新的模式。类型的发展多是通过自我反省、自我完善，融合其他类型来完成的。

类型发展的结果之一就是不断涌现的亚类型。亚类型是类型影片为适应观众而主动"以变应变"的结果，它使我们耳熟能详的电影类型达到数十种。如强盗片的亚类型就涉及了黑帮片、警匪片、侦探片、犯罪片、黑色影片等等多个片种。亚类型吸纳了实验电影的一些成果，使原类型的表现手段和叙事能力得到多样发展，逐渐细分了电影的品种。

与单个类型发展壮大这一现象相映成趣的是，类型的相互交叉渗透也成为当今影片的另一道壮丽风景。如《泰坦尼克》同时被认为是爱情片和灾难片，《骇客帝国》由科幻电影工作室和动作导演一起创作。

我们可以用间谍片的流变来观察类型的发展、反省、并置、融合。以著名的邦德系列影片来看，它以间谍片为基本类型，其基本故事架构已经维持了四十年之久的稳定。其中从 1965 年的《霹雳弹》开始，成功转型为动作片。尔后在 1979 年的《太空城》里，又加入科幻片成分。到今天，007 电影已经成为集动作、科幻、政治和罗曼蒂克为一体的间谍片。人物形象上，早期的邦德是神话般无所不能的超人；在世纪之交新出的《择日再死》中，邦德的全能形象似乎稍有调整，加入了人性化设计，他也可以蒙冤受辱遭受长期监禁，身心饱受摧残，显现出一派蓬头垢面的酷酷的颓废形象。至于邦德女郎的形象设计，早期多是纯然的花瓶和点缀，最多在某些时刻为剧情起个穿针引线作用，到近年这一点似乎有了巨大的变化。以《明日帝国》为例，杨紫琼在剧中成为有史以来第一个没有被邦德的爱情“征服”的邦德女郎。她不仅有模特般的外观，能拳脚相向地与人争斗，还游刃有余地周旋于上流社交场合，并成为剧情的推动型人物，构成故事行动副线。间谍片受 007 系列的启发，甚嚣尘上成为一大景观。有同样反映精明强悍女性形象的《查理的天使》，也有对其做调侃反类型影片《巴拿马裁缝》，更有商业时代必不可少的喜闹剧风格的如《王牌大贱谍》《临时特工》等。在《巴拿马裁缝》里，以饰演邦德著名的皮尔斯布鲁斯南成为一个间谍中的“小人物”。他身边少了倾国倾城的美女，还要通过要挟这一不光彩的手段采取情报，结果又被精明的本地人用假情报玩的团团转。在《王牌大贱谍》和《临时特工》里，人物则以搞笑为能事，这种风格并又激生了一批模仿影片，如香港的古装片《大内密探 007》《国产凌凌发》等。另一种间谍片的反类型则力图重新定义间谍英雄，如《极限特工》。美国媒体称这是“好莱坞创造的告别邦德的新间谍英雄”。主人公赞德·凯奇朴素得出奇，他只是一个能从 70 英尺高的桥上跳下来的普通光头文身青年，意外被情报机构看中，赶着鸭子上架做了间谍，他不抽烟不喝酒，没有美女相伴，常常不知道怎么行动，怎么监视，不会用枪，每次遇到特殊情况，都必须就地现学现用，但这没有妨碍他出色地完成使命。

此外，像充满了后现代解构意味的《白头神探》《反斗神鹰》，则图解化地把既往经典影片段落支离破碎地重新拼贴起来，也影响了后来一批喜剧电影的创作思路。当然，作为没有类型的类型片，喜剧影片又成为一个新的话题。卓别林说，只要有一颗幽默的心，就有一个喜剧的世界。那么我们也可以尝试，用一双类型的眼睛，去观察那些广受欢迎的影片。现在我们明确，在成为一个好编剧之前，类型片的剧作法给了初学者很多立刻改正错谬的机会，是个很好的练习工具，值得把它用作我们发挥想像力的益友。

思考题

1. 从主题、人物设置、视觉图景角度分析《无间道》或《教父》的类型元素。

2. 类型剧作法受哪些因素影响而不断发展?

3. 近年来，我国武侠片有哪些新时尚特征?

第九章
类型片剧作策略（2）
——试析20世纪90年代后期的韩国类型片剧作

第一节　20世纪90年代后期韩国类型片

类型片最初出自经典好莱坞时期的大制片厂制度。按照托马斯·沙兹的定义，类型片首先是成规模的生产，是在制片公司与观众之间不断协调的结果，体现的是经济原的辩证法[①]。八九十年代，无论是美国还是其他国家、地区，纯粹而完整的类型产品正逐渐消亡，代之以多种类型的融合与交叉，以及对传统类型的反思和嘲讽。然而，主导类型依然可以辨认，类型片的种类和发展情况，既是一个国家或地区商业电影繁盛与否的指标，也是研究该国（地区）电影的进入契口。

九十年代后期，韩国电影的繁荣也主要体现在商业类型片上。韩国国内对本国影片的传统分类主要有剧情片（Drama）、动作片（Action）、喜剧片（Comedy）、历史片（Historcal）、恐怖片（Horror），其他还有宗教片（Religion）、动画片（Animation）、社会片（Society）、战争片（War）教育片（Educational）等。但这种分类显然已经跟不上九十年代中期以后形势的发展。新的类型片，如黑帮片就

---

① 托马斯·沙兹：《旧好莱坞/新好莱坞：仪式、艺术与工业》，周传基、周欢译，中国广播电视出版社，1993年，第38页。

是 1994 年以后才出现、在 1997 年才被普遍指认的一种类型。类型片的研究例证，之所以选择韩国，是因为韩国也是亚洲国家，在传统伦理、观念上和我国有很多相同之处，作为剧作文本分析更有借鉴价值。

韩国类型片有以下几个特点：一、种类丰富多样，主要类型有爱情文艺片、黑帮片、浪漫喜剧片、恐怖片、动作片、社会题材喜剧片等；二、类型片特征比较明确，具有其类型叙事、空间上的成规模，并维护韩国社会主流意识形态；三、“韩国”特征比较明确，并体现在叙事策略、空间构成、意识形态策略等诸类型要素中；四、爱情文艺片和黑帮片是主导类型，不仅影片数量繁多，在类型内的拓展也有较好成绩；五、受美国、香港等地电影的影响，韩国商业片中，类型的融合、交叉现象也开始出现，一部影片常常交融着二至三种类型特征。

爱情片和黑帮片是主导类型片

爱情片和黑帮片是 20 世纪 90 年代后期韩国电影的主导类型。

首先，自 20 世纪 90 年代后期至今，二者是韩国电影中数量最多的类型片种，并在市场票房上占有突出的位置（如下图所示)。

其次，与韩国其他类型片相比，爱情片和黑帮片在类型片本身的拓展上成绩显著。爱情片与韩国电视连续剧、其他流行文化互相映照，彼此促进，在叙事策略、技巧和影像文化上具有突出表现。而黑帮片发生、发展时间之短，数世之多与类型之深化引人注目。

第三，爱情片和黑帮片从两个不同的侧面，突出地反映了 20 世纪 90 年代中后期韩国社会的发展变迁，对韩国观众、韩国电影发展的影响巨大。一个偏向于为女性观众，一个偏向于为男性观众；一个体现朴素、阴柔、含蓄的民族文化气质，一个体现阳刚、坚强、悲壮的民族文化气质；一个彰显现代都市文明的成就并试图弥合中产阶级的情感、意识形态困境，一个则关注社会巨变时期的边缘人并对现代化进程和韩国传统进行一定程度上的反思。从两种类型片中，可以明确地看到韩国社会在传统与现代。东方与西方、开放与封闭、民族与世界……之间不断进行选择的演变进程。

韩国电影票房前 30 名（1990 年—2001 年，汉城）[①]（图中灰底的影片为爱情片，加边框的影片为黑帮片）

为了更加深入了解韩国类型片如何依靠韩国社会生活中的基本冲突来建构叙事的策略，发挥意识形态功能，及其在类型片技巧，特别是剧本结构上的借鉴与开拓，后面将具体分析 20 世纪 90 年代后期韩国电影中的两个主导类型片种：黑帮片和爱情片。

排名	影片	年度	汉城观众人次
1	朋友	2001	2,579,900
2	生死谍变	1999	244,399
3	共同警备区	2000	2,447,133
4	我的野蛮女友	2001	1,765,100
5	脚踢月亮	2001	1,605,200
6	黑道老婆	2001	1,309,860
7	西篇记	1993	1,035,741
8	加油站被袭	1999	905,500
9	武士	2001	837,490
10	两个警察	1993	860,433
11	犯规王	2000	787,423
12	信	1997	724,747
13	Bichunmoo	2000	717,659
14	承诺	1998	704,600

① 罗伯特·瓦尔肖：《即时的经验》中《作为悲剧英雄人物的强盗》一文，美国双日出版公司，1962 年。转引自《新好莱坞/旧好莱坞：仪式、艺术与工业》第 73 页。

排名	影片	年度	汉城观众人次
15	爱的截肢	1999	685,935
16	将军的儿子	1990	678,946
17	上网	1997	674,933
18	冷酷无情	1999	664,861
19	两个警察 2	1996	636,047
20	女高怪谈	1998	621,032
21	银杏木床 2	1999	616,349
22	快乐到死	1999	546,071
23	Libera Me	2000	530,768
24	结婚的故事	1992	526,052
25	爱的蹦极	2001	507,400
26	最后的礼物	2001	461,750
27	银杏木床	1996	452,580
28	八月圣诞节	1998	422,930
29	驱魔录	1998	419,201
30	美术馆旁的动物园	1998	412，472

第二节　韩国爱情片结构研究

一、爱情片界定与浪漫喜剧片的影响

爱情片通常被笼统地称为文艺爱情片或爱情文艺片，本文认为

这一概念过于模糊。本文的观点是，存在着一种爱情类型片，其主要故事情节是男女主人公的爱情故事，主要叙事矛盾集中于男女主人公冲破各种阻力而结合在一起（生或死的方式）或彼此确认爱情关系。狭义的爱情片即指这种类型片。广义的爱情片，则指以男女主人公爱情故事为影片主要叙事内容的影片，包括上述爱情类型片和艺术片，或从情节角度分为情节剧爱情片和非情节剧爱情片。其他一些包含有主人公爱情故事但不作为叙事重点的影片，如《生死谍变》，本文不将其列入爱情片的范畴。

1992 年的《结婚的故事》（金义硕导演）讲述了一对男女结婚、吵架、分手、和好的故事，由于矛盾设置的现实性，情节编排的紧凑，拍摄手法的新颖、年轻，这部影片获得了巨大的成功，仅在汉城就创下 52.6 万观众的票房纪录。这部影片虽然具备爱情片的一些类型要点，但基本上是一部浪漫喜剧片，这在下文中会进行具体分析。

第一部成功的爱情片是 1997 年的《上网》。这部反映当代社会人与人之间的沟通与隔阂的爱情片，仅在汉城的观众人次就达到 67 万，在韩国则在 100 万以上。1997 年底上映的《信》，讲述了一对男女相遇、相爱、结婚，之后男人突然病死的故事，这部影片赚足了正深陷于金融危机中的韩国民众的眼泪，成为当年票房最高（170 万人次）的韩国影片。1998 年和 1999 年中出现的几部影片《美术馆旁的动物园》《承诺》《八月圣诞节》《我心中的风琴》等则把这一类型片推向一个小高潮。

浪漫喜剧片及其带来的影响

《结婚的故事》带来韩国 20 世纪 90 年代上半期一系列的浪漫喜剧片《Mr. 妈妈》《有胸之男》《虐待老婆》《那男人、那女人》《封大夫》。浪漫喜剧片是 20 世纪 90 年代上半期最重要也几乎是惟一成功的商业类型片种，此外还引发了社会题材的喜剧片风潮。20

世纪 90 年代后期的浪漫喜剧片有《保险套先生》(1997 年)、《婴儿大拍卖》(1997 年)、《燕》(1998 年),不过单一特征的浪漫喜剧片相对越来越少,而是渐渐与其他类型片合流,如 2001 年的票房亚军《我的野蛮女友》是浪漫喜剧与爱情片的混合类型,《黑道老婆》是黑帮片与浪漫喜剧的混合类型。

浪漫喜剧片在内容上一般有如下特征:

1. 人物设置——男女主人公是夫妻或同居关系,是大城市中年轻的双收入家庭。所有女主人公都是聪明美丽、受过高等教育、有高收入职业的女性,而男主人公相对较弱。

2. 情节设置——戏剧矛盾尖锐对立,冲突激烈,情节紧凑,并以大团圆结局告终。

韩国 20 世纪 90 年代上半期的浪漫喜剧片,其实是女性地位提高和女权意识觉醒的普遍社会现象在电影中的反映。新一代女性对社会地位和权利的要求与韩国家长制,特别是家庭中的大男子主义之间的矛盾是影片根本的意识形态矛盾,但作为主流商业片,浪漫喜剧片虽然在一定程度上肯定了女性的地位和权利,但又把这个意识形态冲突转化为情感矛盾和戏剧冲突,通过戏剧矛盾的消解——大团圆结局——而象征性地解决了这个不可调和的文化矛盾。而且男女主人公的和好一般以女性的让步为前提,更体现了韩国社会仍然以男权为主宰的主流意识形态。

《结婚的故事》中,善雨是电视台的主持人,有着许多不合传统的生活习惯,其细节如挤牙膏从中段挤起、总是忘盖牙膏盖儿,梳头时碎头发堵住了盥洗池等等,这些都是新婚丈夫所不喜欢的。当善雨有机会提升职位时,丈夫虽内心不悦,但还是向她表示了祝贺。但在对于性的态度上,两人截然对立——善雨认为女人不是为丈夫提供性满足的工具,而应是既有权拒绝丈夫,也有权追求性满足。这一矛盾通过一系列喜剧性的小冲突不断积累,终于在善雨向外人提及丈夫的性能力一般时,丈夫痛打了她。两人分手,又几经周折,最后通过善雨的让步以和好告终。

《有胸之男》则直接把男女矛盾置换为新女性与整个男权社会的对立。金慧贤是能力超群的女性，但在代表着大男子主义和家长制的韩国现代企业中始终被压制，她干脆化装成一个男人来谋求事业的成功。当她向因为爱“他”而为自己的“同性恋”倾向痛苦的男同事指出真相时，对方却一掌掴了过来。金以事业上的成功而凯旋，最后与恋人也好事相谐。有趣的是，使金获得事业成功的是美国人，是他们最先认可了金作为女人的价值。这是一个现代花木兰的故事，甚至更像迪斯尼的动画片《花木兰》，只不过影片中金不断面临来自于男权社会的尴尬位置，大量低俗噱头甚至厕所文化的出现，既揭露了男权当道的现实，也在客观上满足了观众的低俗趣味。

但不可忽视的是，浪漫喜剧片和爱情片有许多共同之处，前者中女主人公的身份设置、空间设置、影像风格，甚至影片中大量具有现代都市特征的影像编码系统，都很大程度上影响了20世纪90年代后期的爱情片。

二、爱情类型片两种叙事策略

如果说类型化的爱情片其主要故事情节是男女主人公的爱情故事，那么其叙事策略则是男女主人公冲破各种阻力而结合在一起（生或死的方式）或彼此确认爱情关系。本文认为，爱情类型片基本上只有两种叙事策略。

一种表现为“罗密欧与朱丽叶”类型的古典爱情片，这一故事原型的东方文本是中国的民间故事《孟姜女》《孔雀东南飞》《白蛇传》《梁山伯与祝英台》和韩国的民间故事《春香传》等。故事中的男女两人一见钟情，但来源于阶级差异、家族矛盾、父权意志、天灾人祸等外部条件的阻力，禁止两人结合，最终两人冲破各种障碍而“结合”——生前结合或通过死亡来获得灵魂上的结合。无论表现为悲剧还是喜剧（如灰姑娘的故事），这些故事其实都是张扬人性自由、歌颂青春与爱情，同时必然批判了与之相左的非人性的等级制度、阶级压迫、门第观念等等。

自电影发明以后的爱情片大多直接承袭这种叙事策略，不过因时代、国别地域的不同而空间设置、具体情节设置也不尽相同，矛头也指向不同的标靶而已，似乎不必再举例。韩国的传统爱情片也大致如此。1995 年以后的影片有《假如太阳从西边升起》(1998 年)和林权泽的《春香传》(2000 年)等。

正如好莱坞经典影片《罗马假日》是“王子与灰姑娘”故事的“角色反转”版,《诺丁山》是《罗马假日》的现代都市版，《假如太阳从西边升起》则与《诺丁山》同时出现在 1998 年的韩国电影市场，互为映照。影片讲述一个普通交警（林昌正饰）与女大学生（高小英饰）相识相爱，而高在出国留学前拒绝了林；林转业后去当棒球教练，在事业上有所成功，这时他发现高已归国，而且成了著名影星。但两人相爱的事实最终战胜了世俗偏见与利益诱惑。《春香传》原是韩国妇孺皆知的民间故事，与中国的《玉堂春》(民间故事，京剧保留剧目，“苏三起解”是其中著名段落）非常相似。电影版《春香传》是林权泽导演的第 97 部作品，叙事策略基本没有变化。

另一种叙事策略，则以《当哈利遇见莎莉》(1989 年）这样的现代爱情片为代表（以此片作为类型代表，是因为笔者暂时没有找到更早、更精确的原型影片)。男女主人公并非一见钟情——即在最初就彼此确认爱情关系，而是恰恰相反，他们彼此确认爱情关系的动作发生在最后。这种叙事策略与前一种相比，既是一种巨大的转变——所产生的时代背景根本不同，主要矛盾、叙事进程都完全不同；又是一种异质同构，因为爱情片的男女主人公要相爱，所不同的是阻力不再来自外部，而是来自人物内部——人物不知道“他们彼此相爱”这个“事实”，影片的叙事过程就是他们发现“彼此相爱”的过程；对个人而言，则是发现“自己的需要”的过程。其他西方影片还有《西雅图未眠夜》(1993 年)、《四个婚礼和一个葬礼》(1994年)等等。而《漂亮女人》(1990年)则是混合了古典和现代爱情片的两种类型，且前一种类型占更大的比重——两人社会地位的差别是两人结合的主要阻力，只是他们并不自知。

三、时代背景与意识形态表述

从《罗密欧与茱丽叶》《罗马假日》到《当哈利遇见莎莉》《四个婚礼与一个葬礼》；从《春香传》《假如太阳从西边升起》到《上网》《美术馆旁的动物园》，无论在美国还是韩国，叙事策略的转变，都一致地体现了其时代背景的转变和社会主流意识形态的转变。

古典爱情片是前工业社会和工业社会的产物，基本的叙事动力在于人的自由意志与社会规范、集体利益、社团价值(常体现为封建制度及封建观念)之间相对立，“故事”要通过爱情的胜利来张扬“人”的胜利，肯定人的内在价值。这就是东方的《玉堂春》与《春香传》。同样，正是在资本主义的萌芽(上升期)出现了针对落后的封建制度、门第观念的莎士比亚戏剧《罗密欧与朱丽叶》，在资本主义繁荣昌盛、竭力扩张其价值观念的时期出现了《罗马假日》。

而在后工业社会，无论八十年代的美国抑或九十年代的韩国大都市，等级差别、门第观念、父权意志都不再是主流社会的矛盾所在；而人与人之间的冷漠、疏离，人与社会之间的脱节，“人的孤独”成为大众所关心的命题(在后工业社会来临之前，精英知识分子早已提出了这个命题)。因此，关于人与人之间沟通、人与社会秩序、社团利益之间融洽相处便开始出现在以男女主人公之间爱情故事为表象的现代爱情片中。

由此，现代爱情片中的“爱情”也发生了质的变化——扩展为友情。在古典爱情片模式中，一见钟情的爱情包含了很多“性”的因素在内，甚至可以说是以性为基础的，还是以《春香传》和《泰坦尼克号》为例。而现代爱情片中，爱情既然承担了人与人心灵沟通的重要使命，则必须超越性的层面，在无性的基础上实现相知。《当哈利遇见莎莉》中男女主人公关于“男女能否成为朋友”的看似矛盾的说法（哈利认为不能，因为男人看见女人就只想着把她搞上床，而沙莉认为友情可以超越性的层而），其实从不同角度证实了这一现象：现代爱情中相知之必然，而性之不必然，哈利与莎莉的离合线索充分印证了这一点。在韩国的现代爱情片中，亦同样如此，性不再是两人相爱的充分因素，甚至必要条件。

换言之，在九十年代中后期的韩国大城市——对于中产阶级的青年观众来说——阻碍那一见钟情的一个男人与一个女人相结合的外在阻力已基本不存在，如果想再度搬演以人对抗社会规范的爱情故事，就常常需要把故事背景搬到前工业或工业社会，比如《春香传》，比如《泰坦尼克号》。但如何翻新爱情片，如何表述并维护后工业时代的主流意识形态——沟通、理解、协调，必然地成为《上网》等现代爱情片的任务。而且，现代爱情片不仅在原型故事、主题意旨上满足了新的中产阶级观众，还以其充满现代都市感性的主人公生活细节和精致影像，为他（她）们构筑了一个关于现代文明城市的美好假想空间。

四、现代爱情片的情节设置、空间模式分析

现代爱情片的人物身份设置大体承袭了九十年代上半期的浪漫喜剧片，男女主人公均属于典型的白领，尤其女性表面上的社会地位一点不输于男性。但作为爱情情节剧，最重要的当然在于主人公的困境设置。

个人情感困境

常见的设置如“并置的双三角恋关系”——男女主人公各自卷

入一个三角关系中，陷于情感困境。在《上网》（韩石奎、全道燕饰）中，全道燕扮演的电视商场导购员卷入了室友及其男友的三角恋中，伤心不已，而韩石奎扮演的电台 DJ 不但伤于过去的爱情经历，在工作环境中又遇到一个三角恋关系，只不过他作为被动者，颇感无奈。在《爱情万岁》中，金喜善扮演一个广告公司的摄影师，男友因一个女孩抛弃了她，金为了报复找到那个女孩的原男友张东健（他的职业是动物园的兽医），两人开始行动——结果自然是他们认识到他们其实是相爱的。《美术馆旁的动物园》中，沈银河扮演的婚礼录像师单恋他人，而李成宰扮演的退伍军人则刚刚被女友甩掉。

个人性格、个人世界观困境

主人公在性格上的弱点与世界观上的特征，不仅造成他们彼此之间的直接交流困境，还体现在他们与他人或社会规范上的不适应。《承诺》中，全道燕扮演的医生刻板而冷漠，朴新样扮演的黑帮老大，则认为“承诺”这个词与他的生活方式太不相称，既不想陷入爱情，也不想摆脱自己的黑帮生活。《美术馆旁的动物园》中的沈银河喜欢美术馆，认为爱是圣洁的，而李成宰则喜欢动物园，认为爱只是相互肉体上的需要。沈尽管生活中不拘小节，大大咧咧，但她却无力向所爱者表白自己，只能通过写剧本来满足自己；李成宰同样无法说服自己的原女友，他帮助沈写剧本也只不过是表达自己的一种方式。《我心中的风琴》将故事背景设置在六十年代，全道燕扮演的女主人公是乡村女中学生，单恋着自己的老师（李秉宪饰），只能将爱情写在日记里，而李秉宪感到与周围陈腐的教学环境格格不入，惟一喜欢的女同事又另有所属。

时空困境模式

《情迷报话机》（2000 年）和《触不到的恋人》（2000 年）将男

女主人公设置在不同的时空中，令他们以超现实的方式来实现沟通。既然现代爱情片不在于结合，而在于相爱，在于完成个人与世界的沟通，因此也可以理解这种设置；而且，不是美国式的跨越时空见面，只是以书信、报话机中的声音来交流，一方面更突显了现代爱情“性之不必然”的特点；另一方面也显示了韩国传统文化中朴素、感伤（有论者称之为“恨”）的特点。

情节发展模式

现代爱情片的情节发展，即：男女主人公的彼此沟通的过程。韩国爱情片在男女主人公的交流方式上，展开了极为丰富的想像力，非常具有类型片的开拓性。而诸种沟通过程，本质上却是个人在自说自话，通过自说自话来摆正个人与社会的关系。《上网》中的男女主人公自始至终通过网络来沟通，而二人之间的见面就成了一个可以不断延宕以构置误会与悬念的重要仪式。《美术馆旁的动物园》中，彼此厌烦却被迫同居一室的俩人通过一起写剧本来交流，剧本中的男女主人公原来是两人各自的爱情对象，但在被“写”的过程中慢慢变成了俩人本人，随着剧本中男女主公的相爱，两人自然亦相爱了。

《我心中的风琴》通过一个少妇回眸往事的叙事观点，将思春少女与初为人师者两人之间若即若离、似有心还无意的生活细节点染得极富魅力。而且，最重要的始终不是两人之间的沟通，而是少女个人情感与性格的成长经历，也正因如此，在60年代的乡村他们不可能确认这种爱情关系，而只有多年以后——如片尾所点明的——少女成长为一个现代都市时空中的成熟女性时，他们才会结合在一起。

大团圆模式

所谓大团圆，不仅是男女主人公最终的必然相爱——如同《上网》在片中早就点明的男主人公的网名——“喜剧收场”，而且是男女主人公最终成熟的性格与心态，一个能够与社会相融合的自我——如同《美术馆旁的动物园》最后一个镜头的视觉象征——美术馆与动物园和谐共处。

空间模式

现代爱情片的空间一般是在大都市，当然也有例外。但不管男女主人公跑到60年代的乡村（《我心中的风琴》），还是跑到济州岛上（张东健和高小英主演的《恋风恋歌》），这都是一个“文明”的空间，其中社会秩序与人物的行为编码都是规定好的，主人公需要的只是从偏离摆正自己的位置。

这是一个封闭的空间，由好莱坞镜语系统为主导叙事手段，将观众诱入主要人物心理和情节，而导演伪装起自己的存在的所谓“现实主义”空间。其无限繁多的变奏在于分别从以上“人物困境”聚合、“情节发展”聚合、“大团圆结局”聚合中选择出不同的元素，加以横向组合，点缀进唱片、车载收音机、电话等等一类道具，再选择某个商业明星来把他们串起来，以获得更多主流观众的认可。韩国现代爱情片的类型化和规模化，已经达到了相当高的水平。

此外，尽管如前所述的“人与人沟通、人与社会相适应”的主题阐释是现代爱情片的主导意识形态，但在大多数韩国爱情片中，依然昭示着以男权为中心的社会主流意识形态、即使如《我的野蛮女友》中举止像个小太妹般的女主人公，其实却是小鸟依人的感情受挫者。《上网》一片的结尾，韩石奎坐在咖啡馆二楼，看着广场上焦急等待、茫然不知所措的全道燕，这个视点镜头，即是多数爱情片的男女性别主题体现。

第三节　黑帮片结构研究

世界范围内，美国和香港拥有黑帮片传统。在美国，30年代初期即出现了《小凯撒》《人民公敌》和《疤脸大盗》等强盗片。严格意义上的黑帮片则产生于70年代，代表作品有《教父》系列《穷街陋巷》《疤面煞星》《美国往事》《毒枭的黎明》《好家伙》等片，它们以现代黑帮组织为故事背景，利用资本主义高度发达时期的社会秩序与“美国梦”之间的冲突与矛盾来结构叙事，具有现代主义的反思气质。90年代则出现了《落水狗》《低俗小说》《老大靠边站》等具有后现代主义特征的黑帮片。香港八十年代以吴宇森电影为代表的英雄片（代表作品《英雄本色》《喋血双雄》《纵横四海》等），则将江湖道义、兄弟情仇包装进现代社会的黑帮故事中，既缅怀了传统伦理道德，又对正在到来的现代契约化社会充满信心。90年代中期以后，英雄片被充满游戏色彩的《古惑仔》系列和长于表达英雄末路的杜琪峰电影《一个字头的诞生》《再见阿郎》《枪火》所取代。

韩国没有黑帮片传统，在90年代中期以前，韩国只有“武打片”，如林权泽的《将军的儿子》系列（1990年）、1991年、1992年），故事的时代背景不是现代，而是日本战败后，主人公则是民族英雄。韩国第一部黑帮片《游戏规则》就参考了香港英雄片和美国黑帮片的类型策略，有意识回避了老式动作片的模式，背景转移到现代大都市，黑社会分子变得组织化，主人公容代是徘徊在都市夜色中的阴暗欲望的象征，因一心攫取利益而最终被毁灭。

日益强化的资本主义竞争体系、传统家长制、男性地位的下降，是令韩国黑帮片大行其道的三大原因。作为韩国电影中被津津乐道的一个类型，黑帮片通过上演的暴力，再现了九十年代韩国社会长期以来被压制的本能和冲动。虚拟中的黑社会不仅是男性实现其社会价值的绝好选择，暴力更以心理的方式弥补了男性观众普遍的内心能力不足。银幕上频频出现，且日益激烈的暴力，使男性观众从压抑的社会现实中逃脱出来，在虚幻中使他们达到了自我的欲望，打斗造就了他们的快感。而黑帮片中不断出现的夜总会、酒、脱衣舞女、豪华汽车、棍棒，这些视觉符码无一不是韩国现实中男性欲望的展示。

短短几年间，韩国黑帮片类型达至繁荣，既有风格迥异的传统意义上的黑帮片，如残酷青春片《搏动》，现实主义风格的作品黑帮片《绿鱼》，借黑帮传记展示韩国社会空间演变的《朋友》；也出现了类型的被解构形式（如《NO.3》《加油站被袭案》），以及类型的融合混杂形式（如《黑道老婆》）。

一、叙事策略及人物形象分析

韩国黑帮片集中表现为一个黑帮成员的传记，并突出主人公个体的精神成长过程。与美国、香港的黑帮片不同，它通常表述一个社会边缘人的伤痛经历。

美国黑帮片普遍描述了主人公在社会中横冲直撞，最后覆亡的经历。主人公一方面具有社会秩序所不能容忍的个人暴力、邪恶和无政府倾向；另一方面又体现了主流美国社会所提倡的有进取心、有生意头脑和勤奋献身的精神。香港八十年代的英雄片则常常是一个英雄受辱——反击的故事，吴宇森电影中周润发所塑造的主人公(周润发在韩国观众中拥有较大影响)，一方面有着强烈的物质追求；另一方面，他们最重视兄弟情谊，富有爱心、同情心（典型影片如《英雄本色》和《喋血双雄》)，而最重要的是，“周润发”们从没有真心与社会秩序作对，他们只是除暴安良，铲除奸人——主要是黑帮中不重道义或违反契约的分子，他们与警察总是不得已而开战。

相对来说，韩国黑帮片集中表现为一个黑帮成员的传记，并突出主人公个体的精神成长过程。除《加油站被袭案》《黑道老婆》等具有后现代游戏意味的黑帮片外，悲剧类的韩国黑帮片常常描写一个男人进入黑社会，混迹其中，最后被打死的经历。

《搏动》以主人公民的悲壮独白“我没有明天”为开场，讲述了他终日打斗的高中生活，令人缱绻的青春爱情，高校后开快餐店的努力，最后进入黑帮，为朋友报仇而惨死桥下。《朋友》从四个朋友的童年时代开始讲起，直到加入黑帮的两个主人公一个被杀，一个被囚为止。《绿色》讲述退伍军人莫东怀着与家人一起开个小饭店的梦想回到家乡，却最终沦入黑帮，死于非命的故事。影片严格以主人公莫东的视点来组织叙事，开场即是典型的视点镜头段落，通过行进中的火车、神秘的女人和飘然而至的红纱巾，极为精确地传达了退伍还乡的莫东对未来充满浪漫的想象和必胜的信心。当英东看到那个女人被流氓欺负时，毫不犹豫地施以援手，却被一阵暴打。从此，开始了莫东不断失落的现实和心路历程，直至他戴上墨镜、烧掉红纱巾（精神上的死亡），杀人后又被杀。

在成长经历中，一是主人公接受学校和家庭教育的过程，二是主人公在社会上以正当方式谋生处处碰壁的情况。韩国黑帮片所展示的学校里，总是老师体罚、暴打学生，学生之间动辄棍棒相加，群殴群斗。家庭常常残缺不全或问题多多。《朋友》中元瑞的父亲是黑帮老大，东素没有母亲；《搏动》中民的父母被设定为不在场；《加油站被袭案》中则为四个混混戏拟了四段被扭曲的成长经验。这样的主人公或被退学或主动打出学校，但接下来在社会中的谋生变得相当不易，并且开始受到社会秩序与黑帮秩序的双重挤压，成为力孤势单、无人理会的社会边缘人。他们在地下停车场工作，被老板训斥（《游戏规则》）或者被黑帮骚扰（《绿鱼》）；他们开快餐店被流氓敲诈并被政府勒令拆除（《搏动》）。韩国黑帮片突出描述主人公的成长经历，一方面揭露了一定的社会现实，并表明韩国教育体制中的暴力问题和社会边缘人的生存状态，已普遍受到社会关注，另一方面也体现了叙事者的意识形态策略。

韩国黑帮片产生于90年代中后期，尽管吴宇森电影在韩国曾有很大影响，但那种高昂的个人英雄主义与整个社会现实相比毕竟已不协调。从《游戏规则》开始，主人公就是徘徊在现代大都市夜色中的一头受伤的幼兽，他的野心远大于社会给他的空间，他的理想大于他的能力，他的理智无力束缚他的情感。他是物质主义、英雄主义以及韩国家长制的奇异混合物。韩国黑帮片中很少出现政府势力，即使出现也常常是以一副无能的面孔或干脆与黑帮同流合污。值得注意的是，韩国黑帮片中的主人公，几乎无一死于政府势力，而是被黑社会势力本身所消灭。《搏动》中的泰洙（刘五性饰）杀死了另一个帮派的成员，而他的老板与对方和解，他们一起杀死了泰洙，主人公民为给泰洙报仇，死于两个黑帮之手。《绿鱼》中的莫东为老大裴太昆去杀人，接下来便被裴太昆除掉。就连《朋友》中的元瑞（刘五性饰）和东素（张东健饰）由朋友反目，彼此仇杀，也有一句重要的台词做注解：元瑞到夜总会见东素时说，“我从来没有怨恨过你，如果是你，你也不会。我们不都是奉命行事吗”？

因此，韩国黑帮片中的主人公不是与政府势力对抗的英雄，而是被整个社会势力（混杂了政府势力与无政府势力）挤压在角落里的边缘人。影片不是描述他们与政府势力以及不守信用的黑帮之间激动人心的作对，而是他们在整个社会中处处碰壁，最后拼死一搏的伤痛经验。

美国黑帮片和香港英雄片结尾中主人公仪式化的死亡最终造就了一个英雄，分别是彻底个人主义或充满侠义精神的英雄，他们死得其所，光荣、壮烈而且心满意足，而韩国黑帮片中主人公的死亡仪式则显得暴烈和伤痛。作为残酷青春片的《搏动》，主人公民和泰洙都默默无声地死在他们曾为之服务的黑帮的棍棒之下，阴暗的公路桥下是他们一生的见证。《朋友》中东素根本不知死之将至，却被自己的已经被元瑞收买了的手下们连扎30余刀，他忧伤而疲倦地说：“你把我刺够了吧，走吧。”杀手走后，露出画面上翻在泥地上挣扎的鱼，最后东素雕像般悲壮苍白和死不瞑目的脸倒在地上，镜头摇向街头的雨水，雨水流入下水道。这是在现代文明的仓促进程中，在韩国家任制的僵化及其崩坏过程中，社会边缘人充满伤痛和悲壮的临死嚎叫。

二、视觉系统

黑帮片的叙事策略是以其视觉系统为依托来实现的，视觉系统可以概括为空间与视觉符码。在韩国黑帮片中，原本属于“地下城市”的黑社会空间被拓展至学校、家庭等普通城市空间。是现代化进程中的大都市创造了黑帮，又毁灭了他们。

1. 空间构成

与爱情片不确定的空间场所——可以是任何时间任何地点——相比，黑帮片的空间是现代大都市，主要表现为夜总会、酒吧、阴暗的街道及仓库等。这是一个象征性的舞台，一个竞技的空间。在美国黑帮片和香港英雄片中，男主人公纵横驰骋、游刃有余，最后死在那里的地下世界和法外空间。“它不是真的城市，而是一个想象中的危机四伏和忧郁的城市，这更为重要，这就是现代的世界。”①

相比美国黑帮片和香港英雄片，韩国黑帮片将类型空间扩展至几乎社会的各个角落，不仅是夜总会的卫生间，黑暗的铁道桥下，还有街边的小饭馆都随时会被掀翻，因为黑帮中的下层人物总是在那里吃饭；学校里永远弥漫着暴力气息，不是老师在体罚学生，就是主人公在挥起棍棒将教室的玻璃窗、放满奖杯的学校展示窗砸得粉碎（《搏动》和《朋友》）。在美国黑帮片中，拥有女人的家庭是黑帮主人公的一个避风港（《好家伙》和《毒枭的黎明》），而家庭、女人、儿童是香港的“周润发”们要保护的主要对象（《英雄本色》

① 金美淑：《〈朋友〉未获奖的遭遇》，《韩国日报》娱乐每日报道，2001年12月。

和《喋血双雄》)。但在韩国黑帮片中，要么家庭中充满暴力（《朋友》中的元瑞对妻子打骂有加)，要么家庭正在不可避免地解体(《绿鱼》)，或者主人公根本无力组织起一个家庭。《绿鱼》中莫东与美爱只敢谈爱情却不言及家庭，他们在床上相对而卧，两张苍白的脸同样迷茫。只有在《搏动》中，民与露美曾暂时组成了一个家庭，他们在那空荡荡的黑帮的办公室里令人眼花缭乱地布置家具，并体会了一夕的温暖。

韩国黑帮片中的空间毋宁说是那个处在现代文明进程中的大城市，那个被高楼、工地、没有尽头的高速从以及欲望水远得不到满足的各色人等所充斥着的混乱城市。传统的家长制已经被打破，而所谓现代文明秩序尚未建立起来，社会边缘人拥有的只是往昔的美好记忆和混乱无序、欲望纠缠的当下，以及更加晦暗的前景。

《绿鱼》：秩序的混乱与重建

影片中有两个相邻的地理空间，一是莫东的家乡一山，90 年代中后期被列为汉城新的开发区；一是莫东、裴太昆、美爱等人活动的永登浦，70 年代建成的开发区，已是汉城的市区。一山和永登浦之间的对比是破解《绿鱼》一片的关键所在。

莫东退役后回到一山的家时，最后一个镜头充分视觉化了现代城市对传统农村的入侵，以及主人公的尴尬境地：薄暮，镜头环顾整个村郊——从行驶的汽车摇至远方的火车，前景是大片的农田——再摇至村路上迎面而来的莫东，跟着莫东平摇，直到莫东的背影往纵深处走去，而纵深处是莫东的村子，最远景是隐约的大片高楼，中景是村口的几个年轻人在路边打架，视觉中心是两手空空的莫东。

裴太昆是 70 年代的莫东，正如汉城是一山的未来。影片中莫东的父亲早死，而裴太昆实际充当了他“在场”的父亲。裴太昆把莫东领入黑社会并发给他第一份薪水，还以自己的奋斗经历来鼓励莫东。在一山，莫东和四弟开车狂追警车，拿着卖鸡蛋用的话筒命令警车停车。秩序的混乱是一山的现实，而在汉城，市议员候选人在夜总会喝酒、打人，为了掩饰丑闻而把工程发包给裴太昆；惟一出现的警察科长在夜总会里向裴太昆抱怨生活不如意；裴太昆则正努力成为一个合法的商人——这是秩序重建的过程。

因此，不是政府势力与无政府势力的对抗，而是整个社会秩序的混乱（一山）与重建（汉城）。没有现成的秩序势力，只有更强大的势力——当裴太昆以前的老大金扬济出现时，裴太昆要么俯首贴耳，忍气吞声，要么就是干掉金扬济。莫东厌恶黑社会却总是被裴太昆描画的美好未来所折服，美爱也总是坐火车出走却又回到裴太昆的身边。因为裴太昆既是反秩序势力，又是秩序本身——影片末尾，裴太昆俨然已是一个事业有成的企业家，他是现代化过程中的韩国的缩影。

影片浓缩了莫东的一生，序幕中展示了他由小到大的一组照片，分别是与村民、与班级、与家人、与朋友合影，然后定格在一张俯瞰莫东家整个院落及村庄的照片上，构图稳定、和谐。当莫东退伍还家时，这个构图被林立的高楼与过往的车辆所打破，影片结尾，莫东一家终于有了属于自己的小饭馆，远景中是林立的高楼，但整个画面重又变得和谐、干净。然而，莫东死了，在这个秩序混乱与重建的过程中，是个人成长的创痛经历。

2. 视觉符码

黑帮片中的内部逻辑和视觉形象都是经过“编码”的。在剧作中，这是必不可少的“专业化”设置，同时在具体道具和动作上进行不断的“换汤不换药”的更新。在美国黑帮片中是疯狂扫射的机枪和连发手枪，乌黑发亮的豪华汽车，湿漉漉的黑暗的街道和嘎吱作响的皮鞋，珠光宝气的女人等等；在香港英雄片中周润发的风衣，只剩一发子弹或藏在花盆中的枪，被英雄救助的女人或儿童，火光冲天的码头等。这些无一不既合于黑帮片的叙事要求，又合于黑帮英雄的形象塑造。而韩国黑帮片既有与之相似之处，又多了许多韩国特色。

男　人

几乎所有韩国黑帮片中都能看到，黑帮老大那喜怒无常令人无法捉摸的脸，动辄跪地求饶的某个黑帮马仔，刀子划过主人公的脸时刚毅而仇恨的表情，杀人时冷酷的眼神，死亡时脸上的悲壮或者伤痛，形象而类型化地塑造了韩国家长制下的一个个男人的脸谱，《加油站被袭案》一片中，更是把这些形象彻底游戏化了。

女主人公形象设置

一方面她们是男人的附属品，是男人权力的一种象征物，另一方面影片表现了她们自身的困惑，《搏动》中的露美曾试图自杀、出走，最终归来；《绿鱼》中的美爱经常坐火车出走又回到裴太昆的身边；《朋友》中的贞淑曾是众人倾慕的校园歌手，嫁给元瑞后被打骂，却最终委曲求全。她们是歌女或者没有职业，她们是不知往何处去的女人，美丽而幽怨，正是为那个四处碰壁但依然热血的男主人公配对的另一个边缘人。

刀、棍棒、啤酒瓶

韩国黑帮片中几乎从不出现枪，他们群殴时用棍棒，杀人时用刀，桌前用砸掉底儿的啤酒瓶。《朋友》中的元瑞训练新手使刀时关于刀插入身后旋转90度的一套“理论”，似乎体现了韩国男性观众对刀的热爱，片中使用了一个交叉蒙太奇段落——当时东素正以相似的手法铲除元瑞的诸手下。

雨

主人公被杀时多用用来渲染不同的情绪。《绿鱼》中是在主角死后悄然下雨，而《朋友》中东素被杀时则是倾盆大雨。

三、意识形态困境

正如列维·斯特劳斯所提示的，神话的目的就是提供一个能够克服矛盾的逻辑模式，这正是类型叙事的过程，也是类型电影再造意识形态的功能。黑帮片是关于现代大城市自身矛盾的诉说。与其他经典类型片相比，黑帮片天生具有一种现代主义的反思气质。这可能也说明了，在后工业社会来临之后，为什么黑帮片是最先被解构的类型片之一。

正是韩国社会高歌猛进似的现代化进程，吞没了莫东家的土地（《绿鱼》），拆除了民的小饭馆（《搏动》），令他们丧失了“在红桥下抓草绿色鱼”和“在海上亲密无间地悠闲漂浮”（《朋友》）的美好过去，却只是赋予他们一个充满幻像与骚动的他人的空间，一个倍受挤压的屈辱的存身之处。

在韩国的警匪片如《冷酷无情》（1999 年）中，尽管同样是这个大城市，高楼与小巷并置的、充满混乱与暴力（无论是匪徒的家中还是警察局内）的空间，但性格粗暴/平和的警察（朴中勋/张东健）怀抱着一种维护秩序的超然正义，他们最终能将黑帮成员捉拿归案。而在黑帮片中，黑帮主人公往往是被他的老大或下级所杀害的，能够为观众提供安全感的秩序势力并不在场，秩序势力本身正在构建之中——那是韩国家长制与现代城市文明的奇妙混合。

《朋友》：时间对空间的胜利

《朋友》是到 2001 年为止票房最高的韩国电影，但在 2001 年大钟奖电影节上却一个奖项未得。韩报载一位评委说："那是什么好电影呀，不就是个纯粹的黑帮片吗？韩国电影要想有所成绩的话，要靠爱情片，而不是什么黑帮电影。"

《朋友》的确是一部纯粹的黑帮片。它是两个黑帮成员的传记。影片的主人公是元瑞和东素——黑帮中的一枚硬币的正反面，元瑞出身于黑帮世家，他在经过短暂的吸毒史后，立志要整顿黑帮秩序，他不用吸毒者、酒鬼、色鬼，像军队一样训练新成员。而东素出身低微，认为做黑帮总比像父亲一样做火葬场殡仪员强，他在黑帮里不顾一切往上爬，贩毒、陷害、背叛无所不为。不像元瑞常思考"朋友"的意义，东素从来没有把元瑞当成朋友，他认为自己是元瑞的跟班而痛恨元瑞。只有一次他顾念到朋友之情，但他还未及行动之时，就被失望的元瑞派人杀掉了。因为黑帮中没有朋友，只有垂直关系的家长制。当然，本质上他们都是无政府势力，一个敲诈议员得到建筑开发权，一个暴力掠夺深海渔区，帮派之争使他们自相残杀，先后毁灭。

真正的朋友关系被设置在叙事人山泰和元瑞之间，是元瑞在中学时"发"女孩给他，为他打架，在他计划退学加入黑帮时劝阻了他；反过来，是山泰陪着吸毒后的元瑞去给死去的母亲买圣诞卡，鼓励他振作起来。元瑞说"你是我的惟一知己，我认识的都是黑帮分子"。因为是山泰实践着元瑞因家庭出身而无法实现的另一个自己——服从秩序，跟着主流社会走，将来一定事业有成。而元瑞则是山泰高中时向往的自我——能够轻易得到想要的女孩，能够打倒欺负自己的人和大学以后那个被抑制的自我——他差点成为那个人。

影片通过一两个场景和只言片语交待了山泰的经历——这也是韩国主流观众所共同或心向往之的经历：上中学时家里贷款买房，上大学时曾到国外做过交换生，如今从美国学成回国，还没有成家。但是，另一个朋友因为家住釜山还能够疏通法院，为元瑞进行开脱，山泰却只能用父亲给他的钱到监狱探视元瑞，镜头将二人对等地分切于铁网之后，山泰充满困惑地追问元瑞为何选择认罪被因，元瑞回答说："我是黑帮，而黑帮不应该困惑。"如果说元瑞通过认罪而救赎了自己，终于可以穿越监牢回到童年时四个朋友在大海中嬉戏的场景，那么山泰剩下的只有"回忆在我脑海里像零星四散的海岛"（开场白），只有把黑帮故事随记忆一起埋葬——1990 年卢泰愚执政期间就开始清除大的黑帮，1993 年囚禁元瑞时文人政府已经上台——正如影片在 1976 年所展示的充满汽车尾气的小城镇（具有象征意义的道具则是日本录像机和色情录像带，李小龙的电影，美国的成人杂志，黑帮漂亮的汽车，小店里出售的刀），到 1981 年通过四个奔跑的黑衣少年所穿越的响彻美国摇滚乐的大工地段的釜山城区，到 1984 年圣诞节灯光明亮的商业街，再到 1990 年的高速公路与大酒店——所以，希望在于时间对空间的胜利，在于画外的黑帮之外的广阔社会，在于"从美国学成归来"之后，正在展开的那个世界。

然而，影片真正的魅力仍在于元瑞和东素那悲剧性的传奇经历，杀人时无比残忍的脸，被杀时充满悲壮美感的脸——电影的全部就是两个悲剧英雄的雕像画，填满了银幕。《朋友》在此陷入了意识形态困境。

小　结

电影始终是工业、艺术、意识形态三者合一的事物。韩国商业类型片能够在充分吸取好莱坞类型片的类型特征的基础上，融入韩国民族心理特质，把艺术、商业和流行文化成功地结合起来，演绎成熟的、多样化的商业类型片。

本文从宏观的角度出发，探讨了韩国主导类型片的生存环境，进而具体分析了韩国爱情片和黑帮片的剧作结构，是如何与一种工业化大生产体制相适应，并一步步发展、修正，进而趋于成熟的。

类型片的剧作，是有其自身特定规律和规则的，探索类型片剧作的结构及其叙事策略是一件非常有意思而且有意义的事情。

思考题

1. 韩国爱情片的剧作开发使用了哪些亚洲文学资源?
2. 黑帮片在亚洲的发展有哪些新特点?
3. 类型片叙事策略的基本特点是什么?

第十章
后现代电影剧作简述

我们用后现代主义（postmodenism）鉴定电影之前，需要弄清楚“后现代主义”所包含的文化内容。“后现代主义”艺术产品到底是一种什么样的艺术产品？

最初，“后现代主义”一词所涉及的艺术、知识与学术领域非常广，包括音乐（凯奇、斯多克豪森、布列尔斯、霍罗威、特雷迪奇、劳里·安德森）、美术（劳申伯格、贝斯里兹、马赫、斯纳贝尔、基菲尔、也许还应该包括沃玻尔及其六十多个流行作品，甚至包括培根）、小说（冯内古特罗德的《第五屠场》、巴塞尔姆的《白雪公主》以及巴思、派恩孔、巴勒斯、巴拉德、多克特罗等人的作品）、戏剧（主要是阿托德的戏剧）、摄影（谢尔曼、莱文、普林斯）、建筑（詹克斯、凡杜里、波林）、文学理论与批评（斯潘诺斯、哈桑、桑塔格、费尔德）、哲学（利奥塔、德里达、鲍德里亚、瓦蒂摩、罗蒂）、人类学（克利福德、泰德、马尔库塞）、社会学（邓金）、地理学（索嘉）……“后现代主义”倾向在艺术与学术领域迅速交换与循环起来，在确定“后现代主义”创作特征之前，我们想一想这个词汇的原生意义与理论前提。

第一节　后现代主义的理论前提

“后现代主义”是由两个词汇生成的，即“POST”（后）的前缀与“MODENISM”（现代主义）组合而来。后现代主义其实是在现代主义的断裂中产生的，更多是对现代主义创作特征的一种彻底的遗弃与否定。否定与遗弃其实也成为后现代主义的一个基本创作方向。利奥塔在《后现代状况》一书里，把后现代描述为“一种情绪，或者更准确来说是一种心灵状态”。以一种颠覆姿态面对现代主义庄重叙事，面对现代主义试图建立文化秩序的野心。“颠覆”是后现代主义的一个中心词汇。

我们先粗粗理解一下现代主义创作的基本方向，现代主义只是二十世纪之交一场包括多种艺术的艺术运动和艺术风格，经常被提及的人物有：文学领域的乔依斯、叶芝、纪德、普鲁斯特、萨特、里尔克、卡夫卡、托马斯·曼、穆齐特、洛卡、劳伦斯、科尔纳、庞德、T·S·艾略特、瓦莱涅、皮兰·德娄、斯廷伯格等，绘画领域的马蒂斯、毕加索、布洛克、塞尚及表现主义、达达主义、超现实主义，音乐领域的德斯特拉文斯基、勋伯格、伯格、拉威尔、德飙西等。现代主义在两次世界大战前后发展为完整的艺术运动，我们可以从英国诗人 T·S·艾略特叙述中粗粗看看现代主义的基本特征。艾略特是现代主义诗歌的主要代表，他的长诗《荒原》象征性地把现代工业社会比喻为一个人情隔离、疏远的荒原。他的《四个四重奏》里有一段诗，“那么多人流过伦敦桥，我没想到死亡淹没了那么多人……叹息吐出了口，又短又稀，接下来，是残酷的沉默……”，艾略特关注的是现代工业社会对人的压迫与抽离。

我们再从典型的现代主义电影导演意大利的安东尼奥尼的《红色沙漠》去了解一下现代主义的表达方向。《红色沙漠》（1964 年）是安东尼奥尼对现代人异化的全面解释。影片的主人公是一个工程师的妻子，她在一次车祸中受到刺激而失去心理平衡，对周围世界产生病态的恐惧反应。这种恐惧感是影片的真正主题。《红色沙漠》的故事发生在意大利拉维纳斯郊区的一个工业区，在这里技术几乎完全破坏了环境，放眼看去，满目疮痍，都是浓烟滚滚的烟囱、冰冷的水泥建筑物、仓库与炼油厂，河里飘浮着污染严重的石油，机器和船上汽笛的噪音始终在空气中回荡。女主人公的精神病症其实是由于潜伏在这个环境中的恐惧产生的，其实更多还是在个体完全疏离的人际关系中产生，所有人都处于无法交流的孤独中，女主人公的丈夫、情人、孩子都无法摆脱，精神上的空虚感与孤独。萨特哲学化坦言，现代人的本质生活状态就是孤独。孤独是现代主义反复表现的一个主题。《红色沙漠》是安东尼奥尼第一部彩色电影，但电影整体基调是灰色的，是在烟雾弥漫的气氛中开始的，就像现代主义绘画蒙克的《嚎叫》。《嚎叫》其实是现代主义最经典的一种深刻的表达姿态：痛苦、压抑、人性的扭曲、孤独、无法沟通的隔绝……现代主义是精英知识分子深深地一声叹息。

现代主义过于沉重的表达带来后现代的反动，后现代主义的反动首先表现在对现代主义精英化表达的反感，后现代主义磨平了艺术与日常生活明显的界限，磨平精英文化与大众文化绝然的对峙。可以说后现代更多表现为一种大众文化的狂欢。后现代的基本特征可以归纳为表达与阅读的快感、纷繁风格的拼贴，像东拼西贴的大杂烩、反讽、戏谑、艺术原创性特征式微。似乎后现代只存在一个假设：艺术不过是重复。后现代关心的只是艺术重复的方式。

现代主义产生于两次大战之后，现代主义怀疑工业社会以后的文化秩序，试图重新建立一套意识形态体系。萨特的存在主义也因此应运而生。可后现代在是晚期资本主义经济环境中产生的，具有一个消费时代的文化特征。如果后现代主义有一个物质前提的话，那就是一个工业消费的前提：文化作品，尤其是影像成为一个可以不断复制，不断消费的文化产品。文化成为一种商业，是后现代能够成为一种文化的前提。张艺谋拍《大红灯笼高高挂》之后，香港迅速出现了一个 XO 的广告就是模仿《大红灯笼高高挂》的场面与挂灯笼的风俗，甚至挂灯笼的演员都用了同一个人。广告与电视媒体是后现代能够成行的最大动力。后现代不仅仅消费性地利用现代主义的文化产品，而且消费性利用所有人类已有的文化成果。“消费”是后现代的一个关键词汇。消费首先满足快感、消费不需要太深度的意义，它只是一种大众行为。我们讨论后现代电影剧作，首先应该看到后现代整体艺术特征。

第二节 后现代电影一观

首先进入学术界的后现代电影，比较重要的应该是大卫·林奇《蓝丝绒》(1986年)。《蓝丝绒》利用了一个黑色侦探片的模式，故事从一个游手好闲的小镇年轻人突然在城外草地里发现一只爬满蚂蚁的耳朵开始。青年关心耳朵背后的故事，逐渐地，他发现了一个被幽闭的美丽少妇，少妇始终穿着一件蓝丝绒睡袍。电影并不关心少妇被幽闭的原因，只是时隐时现地提示一个可能的犯罪背景，更多关心的是青年在接近少妇的过程中，被少妇吸引。电影的最终也没有表现青年跟少妇有什么关系，少妇的结局如何也不重要。只是青年走出了心理好奇与诱惑，他不再关心那个幽闭的少妇，小镇阳光依然明媚，白色的栅栏，栅栏旁的郁金香格外鲜艳。《蓝丝绒》借用侦探片的模式，首先带来悬疑的快感。但故事迅速偏离悬疑片的模式，表现青年被性诱惑的狂乱。偏离我们已经建立的悬疑片的基本观影经验，在这个层面上，《蓝丝绒》首先颠覆了我们已有的文化经验，颠覆了悬疑片的基本叙事模式。大卫·林奇的所有电影基本都有后现代的倾向，他总是借用黑色侦探片的故事模式，经典黑色侦探片的视觉符码，在故事与视觉模式背后，做一个后现代跳跃，瓦解了我们对黑色侦探片的观赏习惯。但他的电影背后能有什么样的深度主题呢?！其实没有，只是一种黑色的情绪：恐惧、诱惑、恍惚……

现在谈论比较多的后现代电影，还包括西班牙导演阿尔莫多瓦的一系列电影。阿尔莫多瓦以西班牙人的热情狂乱地使用色彩，基本是饱和的广告色，大红大绿，浓艳美丽。甚至连监狱的墙壁都是饱和的绿色（《高跟鞋》)。阿尔莫多瓦的电影故事多半都来自庸俗的地摊文学，有乱伦（《高跟鞋》）、杀夫（《为什么我命该如此》）、小说家为了找素材杀妻（《基卡》）、出狱的罪犯爱上三级片女演员（《基卡》）、一个男人让植物人怀孕（《对她说》）、一个女人为了孩子找丈夫，却发现丈夫已经成了变性人（《关于我阿妈的一切》）……阿尔莫多瓦电影中缤纷的大众色彩让他进入后现代的电影的视野。

近几年比较流行的后现代电影还有《低俗小说》（1994 年戛纳最佳电影）、《大话西游》《天生杀人狂》《罗拉，快跑》《滑动的门》《爱情是狗娘》《两只大烟枪》《浅坟》《猜火车》《欺蒙拐骗》……我们就《低俗小说》与《大话西游》讨论一下后现代电影的基本剧作特点。

第三节　后现代电影剧作讨论：《大话西游》与《低俗小说》

后现代电影剧作其实没有根本的模式，我们通过《大话西游》与《低俗小说》（PULP FICTION）试图讨论的是后现代电影的几种剧作方向。

之一：戏谑性瓦解已有的文化经验

后现代一个典型特征就是戏谑——一种嬉笑怒骂的电影态度。在后现代电影里，不再存在严肃与高尚的主题，严肃与高尚都成了一个玩笑。后现代电影首先的一种创作方向就是以戏谑模仿的方式瓦解我们已经建立的文化经验。

《大话西游》现在是一个广为传播的电影，很多台词都成了经典开玩笑的“流行语”。这部电影最初的创作背景是香港电影工作者想把美国电影《土拨鼠的节日》复制成香港版本。《土拨鼠的节日》讲述一个电视台节目制作人在一个小镇上陷入了时间怪圈，每天都在重复同样的事。这个故事模式后来发展成为《大话西游》里月光宝盒制造前世今生的故事原型。

《大话西游》真正有快感的部分并不是月光宝盒的时光穿梭，更多快感产生于对《西游记》已有阅读经验的颠覆。没有《西游记》大量的阅读群落，《大话西游》不可能有这么流行的效果。在《西游记》小说里善良、迂腐的唐僧在《大话西游》里变成了一个“话痨”，连观世音都差点伸手掐死他，他可以把牛魔王的两个看守生生说得自杀谢世。孙悟空成一个情种，跟白骨精有一段前世今生的爱情，跟醋坛子铁扇公主还“有一腿”，更有丰姿绰约的紫霞姑娘在他心里留下一滴眼泪，让他刻骨铭心。《大话西游》更多的喜剧噱头来自我们对重新组装《西游记》带来的陌生感。唐僧乱用月光宝盒，在各个时空穿梭，一会穿着古罗马战袍，一会是印度服装，一会打扮成埃及艳后出场，唐僧在监狱的说教居然是声情并茂的英文歌曲“ONLY YOU ”……各种文化经验都被《大话西游》戏谑性地使用，《大话西游》彻底瓦解《西游记》留给我们的阅读经验。这种瓦解就像巴塞尔姆瓦解经典童话《白雪公主》。在巴塞尔姆的《白雪公主》的小说里，巴塞尔姆重新讲述了这个经典童话，纯真美丽的白雪公主在巴塞尔姆笔下成了一个黑美人，身体上一溜下来有七颗大大的黑痣。黑公主酗酒、吸毒、不停勾引七个男人。我们记忆里那个遥远美丽的白雪公主被巴塞尔姆的粗俗花哨的堕落女郎彻底颠覆。

1994 年的《低俗小说》也是瓦解已有文化经验的一个范例。顾名思义，《低俗小说》里几个故事来源都是典型通俗文化：黑老大的老婆勾引小弟、拳击手为了爱情故意输掉了黑老大的赌注、两个小弟为老大讨回被骗的黄金。故事沿用了动作影片的模式，黑社会、杀手、枪战。但在影片的进程中，导演昆廷·塔伦蒂诺让一切都偏离了动作片的模式。片头特洛屈维塔演的那个酷酷的杀手文森特没多久就被击毙在厕所里，连屎都没拉完，那个更酷的黑老大麦索特（影片开始只表现他的背影）后来被两个混混鸡奸，缪塞尔扮演的那个杀人不眨眼的黑人杀手威格居然在杀人中发现宗教“神迹”，两个杀手杀完人之后为如何清理车里的血迹伤透了脑筋，拳击手那个在西方文化象征家族荣誉的金表居然一代一代从屁眼里遗传下来。《低俗小说》可以说杂糅了多种文化内容，我们所尊崇的宗教、爱情、荣誉，包括英雄主义都被彻底瓦解，我们似乎能看到昆廷在电影背后玩世不恭的一脸坏笑。昆廷本身就是个驳杂的电影爱好者，他长时间开录像出租店，从各种各样的电影中吸收营养，最终把所有电影经验全都打碎。《低俗小说》在美国的放映效果比中国要好得多，因为其中大量噱头对美国文化经验的嘲讽，中国观众因为文化隔阂没能理解得更深。

塔伦蒂诺其实在此之前编写的一个电影剧本已经表现出他颠覆固有经验的爱好与趣味。在后来被奥利弗·斯通拍摄的《天生杀人狂》里，昆廷杂糅的文化因素更多。《天生杀人狂》套用了两个经典故事模式：《邦尼和克莱德》与《胜利大逃亡》。但跟《邦尼和克莱德》杀手悲剧相反，《天生杀人狂》里两个杀手一路欢歌，他们到处杀人，被世界各地媒体、青年人疯狂崇拜，成了媒体明星，跟《胜利大逃亡》里人群在纳粹集中营逃脱不一样，《天生杀人狂》里最后一场监狱暴动成了一次快乐的暴力冲突，因为监狱长狭隘、愚蠢，招人讨厌，暴动在观众看来是一次愉快的破坏行为，影片的高潮不是正义战胜邪恶，而是邪恶战胜正义，常规主流电影里扬善惩恶的道德主题被彻底颠覆。

之二：拼贴的碎片

后现代电影剧作的另一个方向就是把文化符号拼贴在一起，我们在一部后现代电影中可以见到各种各样被瓦解留下的文化碎片拼贴在一起。

《大话西游》杂糅的文化因素很驳杂。熟悉的人绝对能记住周星驰的那段经典独白，“当时那把剑离我的喉咙只有0.01公分，但是四分之一柱香之后，那把剑的女主人会彻底爱上我，因为我决定说一个谎话，虽然本人生平说了无数的谎话，但是这一个我认为是最完美的！……（新郎装束的孙悟空双眼泪流）你应该这么做，我也应该死，曾经有一份真诚的爱情放在我面前，但我没有珍惜，到了失去的时候，我才后悔莫及。你的剑在我的喉咙上割下去，不要再犹豫了，如果上天能给我一次再来一次的机会，我会对那个女人说三个字，我爱你，如果非要在这份爱上加一个期限，我希望是一万年。”这段流传开来的台词就是对王家卫《重庆森林》的滑稽模仿。

《大话西游》青霞、紫霞共用一个肉体，让我们不得不联想到现代哲学里双重人格的论调。日本电影《情书》与波兰导演基耶斯洛夫斯基《维洛尼卡的双重人格》都是两个长得一样的女人的故事。不过《情书》是个伤感的爱情故事，《维洛尼卡的双重人格》是个神秘的心灵感应的故事。《大话西游》的两个女人身份绝对没有那么复杂，是个更通俗的仙女思凡的故事。我们还能从《大话西游》里看到其他多种多样的文化碎片，比如：周星驰带领一群体型丑陋的男人跳草裙舞；梁朝伟以《东邪西毒》的“夕阳武士”的造型出现在片尾的城头；吴孟达中举之后，拽着两个娘子唱起了京剧，模仿戏曲电影片断。《大话西游》中各个片断都滑稽模仿已经存在文化产品形式，然后拼贴在一部电影之中。这就是我们所有的后现代电影拼贴的文化碎片的创作方向。

《低俗小说》同样组装了大量电影经验碎片。第一段落，文森特带着黑老大老婆去夜总会吃饭，你会发现夜总会里简直就是明星模仿秀，每个服务员都打扮成好莱坞经典明星的造型，夜总会节目主持人完全就是玛丽莲·梦露在《七年之痒》造型：金黄的卷发，吊带喇叭裙。在我们的经验里，演文森特的演员特洛屈维塔是七十年代歌舞片明星，吹的飞机头，跳着扭胯舞，于是电影专门有了一个段落，文森特跟黑老大老婆一起跳摇摆舞，一个变型的模仿片断。第二段落，给拳击手佐治讲述越南创伤的演员主演过《猎鹿人》，他在《猎鹿人》里疯狂玩着俄罗斯轮盘赌，战争让人扭曲与异常。可在《低俗小说》里，他循循善诱地跟小佐治讲述他们家祖传的金表在两代先人的屁眼里流传下来。其实谁都可以演这个只有两分钟的角色，但《猎鹿人》的影响让这个小段落有了格外的意义。似乎给人一种误会，一个从电影表现的越战下来的老战士在讲一个关于荣誉的故事，这种方式故意混淆了电影与日常生活的界限，电影制造了我们的生活。金表讲述段落的嘲讽效果，首先是因为有了《猎鹿人》。成了《猎鹿人》留在《低俗小说》中的一个文化碎片。成年佐治的女朋友是一个欧洲演员，她曾经主演亨利·米勒小说改编的情色电影《亨利和琼》，如果大家对《亨利和琼》有印象，会发现在《亨利和琼》中佐治的女朋友徘徊在情欲之间，同性、异性，来者不拒。于是到了《低俗小说》里，佐治为了她不惜生命代价，似乎有了一个潜台词的暗示，佐治爱这个女孩，更不如说被这个女孩的床上功夫所迷惑！《低俗小说》基本在每一个段落上都做了模仿，甚至连最细节的地方都不放过。比如第二段落，拳击手佐治小时候出场的时候，居然在看一个因纽特人的动画片。这是个一个六十年代出生的美国中产阶级的孩子必读的动画片。

《天生杀人狂》除了故事框架模仿《邦尼和克莱德》与《胜利大逃亡》，在具体段落处理上，也掺杂了多种媒体手段。首先我们看看两个主角的名字：米奇（MICKEY）和麦罗伦（MALLROY）。米奇是迪斯尼动画片《猫和老鼠》里那个可爱多事的小老鼠的名字。可电影中成了一个粗俗、暴力的屠夫。麦罗伦跟米奇离家出走那个段落模仿典型美国家庭肥皂剧的形式，舞台化的艳俗景片、不断出现的场外观众的掌声、舞台化的表演。可电影的内容却完全违背肥皂剧伦理道德，父亲逼着女儿乱伦，米奇烧死父亲，一把火烧了那个家。甜美的美国肥皂剧上演的是暴力与乱伦的故事，这里面有一种强烈的反讽。《天生杀人狂》里用黑白粗颗粒制造了一个西部片里典型的赛牛场景，龙卷风的特技大家都很熟悉，可内容却是越狱的故事。MTV 视觉风格，假定性的媒体放映充当世纪场景，比如米奇跟麦罗伦开着车走在一片斑斓的放映鲜花影像之中，他们遭遇到“此路不通”路标，居然也在影像投影之中。加上夹杂在真实场景中的动画场面，让整个影片风格驳杂不堪，支离破碎。这正是后现代电影希望达到的效果。

为了满足拼贴效果，后现代影片多半做一种剧作结构上的尝试。《大话西游》在五百年前和五百年后跳跃。孙悟空一觉醒来，发现水帘洞成了众人旅游参观的文化遗址，导游在五百年前是一个流氓，之间化身菩提大师，之后成了一个导游。不变的是他跟孙悟空之间始终欠着宿世的一刀之仇未了。《大话西游》利用轮回的月光宝盒连接起不同时空的板块。每个人物都能在故事找到自己的前世今生。《大话西游》把几个人的前世今生组装在一个具有颠覆性的故事里。

《低俗小说》索性把故事分成三个段落：1. 文森特、威格和麦索莱太太；2. 金表；3. 邦尼的处境。三个段落的时间、故事颠倒。按照线性故事，第二段落拳击手佐治带着女朋友远走高飞应该算是整个故事的结尾。可《低俗小说》偏向打乱故事结构，让第三段落跟第一段落衔接在一起，使影片不再是一个完整的故事，而成为三个故事的交叉与拼贴。序幕里两个混混准备抢咖啡店，跟结尾连接在一起，文森特跟威格正讨论“神迹”的时候遭遇到他们，观众看电影像是玩一个拼图游戏，需要重新组装故事情节。

玩结构最突出的后现代电影应该算是《罗拉，快跑》。一个简单得不能再简单的故事情节，罗拉为了不让男朋友曼尼为十万马克丧命，开始狂奔，为他凑钱。三个段落讲述了三种不同的凑钱方式，也带来不同的三个结尾。《罗拉，快跑》似乎提出一种后现代的艺术理论，故事讲述真实与否并不重要，重要是让人看到故事是如何被制造出来。像法国最著名后现代建筑代表蓬皮杜艺术中心，所有钢筋水泥都袒露在外，让人清楚看到这个建筑是如何被搭建起来的。后现代电影并不是如何圆满一个故事，让人信服，而是坦诚地拼贴着情节，而且看人清楚地看到，故事就这样，让观众看到：我们就是这么编造一个故事的！

像英国小成本独立电影《滑动的门》把两个假定性的故事索性并置在同时的情节流程中。海伦没赶上地铁，于是没看见男朋友外遇，生活正常进行；海伦赶上地铁，看见男朋友外遇，于是离家出走。两个故事线索就像蓬皮杜的结构一样袒露在外，让我们清楚看到故事的构成。这个结构让我们料想到基耶斯洛夫斯基的《盲目的机会》，这部直指波兰社会痼疾的电影在结构上所作的尝试被《滑动的门》照章接受，不过接受只是结构的外衣。后现代电影是不愿涉及社会批判的，后现代电影利用一切文化表象，实际是在制造一场叙事游戏。

之三：游戏与快感

后现代戏谑模仿与拼贴的故事风格必然带来一种游戏的快感。

前两年，我们学校一个从美国回来的老师不解地问我《大话西游》好在什么地方，所有学生都在模仿《大话西游》排练小品。我无从解释，我只能说《大话西游》最大的好处就是“好玩”，像一个游戏。后现代电影就是拿人们已经建立的文化经验做各种情节拼贴的游戏。

《罗拉，快跑》很明显就是一个电子游戏。简单直接的故事情节、电子音乐，奔跑的节奏，甚至包括用照片的方式迅速地讲述了一个人的一生。罗拉这个名字本来就来自一个电子游戏“古墓丽影”（美国也拍摄了一部完全取材游戏《古墓丽影》的同名电影）。

成龙有一部电影叫《城市猎人》，本来就来自一个电脑动画。所以其中一场动作场面全面模仿电子游戏“街霸”的人物造型与动作设计，成龙梳着小辫子上演“中国小妞”的拳脚功夫。动作片到了《骇客帝国》更完全变成了电影版的电子游戏。

香港制造电影游戏感的剧作技巧，就是“无厘头”的喜剧噱头。在香港无厘头喜剧高峰时期，香港给所有噱头打分，根据噱头综合分数高低决定是否投拍。当然，香港无厘头喜剧的集大成就者无疑是周星驰主演的电影。除去《大话西游》不说，他主演的电影已经整理成一个经典的合集。“无厘头”的概念就是噱头不需要从剧情真实中产生，只要有效果就可以随意使用。《大话西游》里唐僧穿着各种衣服在时空中穿梭就是一种“无厘头”表现。唐僧跟孙悟空大唱“ONLY YOU”也是一个“无厘头”噱头。

“无厘头”能产生喜剧作用，其实跟“无厘头”的方式有关系，“无厘头”大量滑稽模仿是经典电影片断，或者是故意打乱朝代的习惯，所有古装片都是一口现代俚语。《赌圣》里有一个片断：周星驰紧张、猥亵地出现在赌场，他出场的时候，一袭黑色风衣，故意放慢动作缓缓走下台阶，模仿吴宇森电影里英雄形象的经典出现，像《英雄本色》里的周润发，像《断箭》里的TRAVOLTA（特拉屈维塔）。《大内密探零零发》从片名到片头都是模仿美国间谍片《007》。影片里一个古代的发明家居然发明了螺旋桨飞机。时空真实的随意跳跃真是后现代制造的一个电影游戏。游戏是有快感，游戏也需要快感。后现代在破坏性瓦解人类经验的时候带来破坏的快感。

第四节　经验背后的后现代

其实我们很难描述一种后现代剧作的基本模式。因为后现代电影根本没有剧作模式可言。后现代利用我们以前所有文化产品已经出现的模式、主题、风格和经验。后现代是没有原创的，只是模仿经典的原创产品做一个拼贴，在泱泱的人类历史面前，后现代电影随意消费了所有影像经验，就像在一个影像大超市里选择自己的需要的标签。后现代电影跟现代电影完全不同，他们天生有市场的潜质（因为它们利用的就是大众化的集体经验），不像现代电影一样成为一种个案神话，个人话的艺术话语。从精英文化、地摊文化，到厕所文化，后现代无所不包容。美国有部疯狂喜剧电影《关于玛丽的一切》（SOMETHING ABOUT MARRY）就是一个美国厕所文化与黄段子大全。当年有傲人的票房记录。后现代电影提供的一种消费经验，而不是反思一种人生经验。后现代最大的力量在于解构与颠覆。可在解构与颠覆的动力，不是批判似的文化审视，而是一种游戏的快感。

后现代文化需要一个物质基础，就是文化产品作为消费品的商业事实。中国目前的经济现状其实还没有过渡到这个时候，所以电影中后现代的努力更成为一种模仿的模仿。像《大腕》利用贝尔托卢奇的《末代皇帝》的场面拍摄一个可口可乐广告。首先，中国观众还没有集体的关于《末代皇帝》的经验，第二，可口可乐本来就是外来产品，本来就是以广告的形式为中国人接受。所以这种滑稽模仿没有起到颠覆与嘲讽的效果。不如《西游记》那么有群众基础，不像《大话西游》那样讲述中国人能接受的前世今生的轮回故事。

中国制造本土化后现代电影还需要一个更强的影像传播时期，我们可以在自己的影像类型里找模仿碎片，张建亚导演做了一种努力，他拍摄的《三毛从军记》与《王先生之欲火焚身》就大量渗透中国反特电影场面，样板戏场面，美国西部片场面，红色电影中英雄就义场面的模仿，但这种模仿的努力总是被误解。《三毛从军记》获得当年的最佳儿童片“金牛奖”，可以说是政治中国最“后现代”的文化事实。

思考题

1. 尝试整理后现代剧作特征。

2. 后现代电影中对银幕叙事范围和方式的突破有哪些?

3. 既然后现代“没有剧作模式可言”，那么后现代剧作法我们该如何辨认?

第十一章
《被太阳灼伤的人们》导学*

电影剧本《被太阳灼伤的人们》（又译《太阳灼人》《毒太阳》）

俄罗斯电影委员会、俄罗斯3T电影制片公司、法国Camera One、Canal公司1994年联合出品。

编剧： 尼基塔·米哈尔科夫

鲁思塔姆·伊布拉吉姆别科夫

导演： 尼基塔·米哈尔科夫

摄影： 维林·卡留塔

主演： 尼基塔·米哈尔科夫

奥列格·梅尼什科夫

英格保尔佳·达普古娜伊杰

娜佳·米哈尔科娃

本片获1995年奥斯卡最佳外语片奖，1994年戛纳电影节金棕榈奖提名。（剧本刊于《世界电影》1997年第4期）

莫斯科的一条街。凌晨。

1936年夏天。克里姆林宫教堂的圆顶在黎明前的雾霭中闪亮。

一辆黑色的高级轿车驶近莫斯科河畔的一座多层楼房前的台阶。一个身着白色亚麻布套装的男子走出轿车，挥了挥手让车开走，走进台阶上那扇沉重高大的门。

---

* 译自《电视剧本》杂志1994年第4期（莫斯科，1994）。俄文片名为Утомлённые Солнцем，直译应是《被太阳灼伤的人们》。——译者

电梯间。陈旧的、四壁暗淡无光的电梯缓慢地把这个男子送上七楼。

这个男人吹着口哨，思考着什么，同时往镜子里打量着自己。他很帅气：一双黑眼睛炯炯有神，弯弯的眉毛也很漂亮，长长的头发梳理得整整齐齐，在他那晒黑的脸上，从眉毛到鬓角处有一道细细的伤痕。

楼梯口。凌晨。

电梯到了七层，那男子走出电梯间，从上衣袋里掏出一串钥匙。然而，他面前的那扇门自动启开了，门旁出现了一个肥胖笨重的老头儿，他穿着革命前的旧式天鹅绒睡袍。

菲利普（说法语，鼻音很重）：德米特里·安德烈耶维奇！这就是说，今天我提前了？

菲利普退到一旁，让这位身着白色套装的男子进屋来。

在这套住宅的里屋，一只挂钟敲响了。

菲利普（用法语）：三、四……确实不晚。

他微微一笑，想帮德米特里宽衣。

德米特里（说俄语）：还要强调多少遍啊，请讲俄语，菲利普。

德米特里把上衣往菲利普手上一扔，便向浴室走去。

他放了水，开始慢慢地解开衬衫的扣子。家庭教师那唠唠叨叨的声音传进浴室。

菲利普：您还没出生时，我已经开始讲法语了……1891 年，您还未满周岁呢，您父亲为此还给我加了工资。可您却不许我讲。

德米特里：我这是在救你的命，傻瓜。

菲利普：这算什么呢，就是在法国呆过几年嘛。再说，列宁也在那儿生活过……还有其他人，他们中间那些有教养的人。

德米特里：可是你看见了，他们的结局如何。你自己还给我读报呢。

菲利普在浴室门口走来走去。电话铃声。菲利普看了看钟。电话铃声不断。

菲利普（很不高兴地，讲法语）：天啊，清晨四点！瞧这些人！

在深夜的寂静中铃声是如此响亮，如此固执，连浴室里也听得很清楚。

德米特里沉思着，认真地用毛巾擦着双手。

德米特里：他来过好几次电话？

德米特里从浴室出来，把毛巾递给菲利普。

菲利普：一整天了。但我照您吩咐的那样，从未拿起听筒。我发誓，一次也没有……要不，我现在接？

德米特里：不。

他一边脱衬衫，一边向房间里走去。

把衬衫扔给跟在他身后的菲利普之后，德米特里·安德烈耶维奇从响着铃的电话旁走过，走到放着唱机的小柜旁，给唱机上发条。

在他的背上，肩胛骨下面，在吊裤带旁边，可以看见一条深深的疤痕。

德米特里放上唱片。响起了普契尼的歌剧《蝴蝶夫人》中的一段音乐，而电话铃声则执拗地透过音乐传了过来。

德米特里光着上身，坐到电话旁的椅子里。拿出烟盒，抽出一支烟，灵活地扔进嘴里，最终拿起了听筒。

德米特里（故意嘶哑着嗓子）：是的……睡了，当然……对，吵醒了。我听着。

他默默地听着话筒里的声音，想要用一只手点燃烟卷。

菲利普递过一根燃着的火柴，德米特里吸了口烟，深深地、若断若续地吸了口气。与此同时，菲利普脱下了他脚上的便拖鞋。

德米特里：那么我能说什么？我只能第六次问：为什么恰恰是我？但我没有问，因为我知道答案。好吧，我明天再给您电话。好吧，十分钟之后。

德米特里把头靠在椅子上，闭着眼睛、久久地坐着一动不动。从他还拿在手里的电话听筒里传出短促的忙音……

菲利普拿来衣架，把德米特里的上衣挂好，他事先把手枪从衣服的内袋里取出，把它放在电话旁，然后向衣柜走去。

菲利普：报纸上又写些鬼知道的什么东西……

从挂在椅子扶手的电话听筒里继续传出短促的忙音。德米特里机械地拿起手枪，从枪膛里退出五颗子弹，将它们整齐地排列在桌上。菲利普拿着一摞报纸走到桌旁。

菲利普（询问地）：给您念吗？

德米特里点头表示同意。

菲利普翻着报纸，寻找着可以开始读报的段落。

菲利普（神经质地）：在哪儿呢？对……不，不是这儿。啊，瞧……“对托洛茨基—季诺维也夫反苏维埃联盟恐怖中心案件的起诉书”……

他念着报纸，时而向德米特里看上一眼。

菲利普：……“这一中心是根据侨居国外的托洛茨基的直接指示组织和行动的。这个托洛茨基—季诺维也夫联盟恐怖中心颇为积极地开展了它的罪恶活动”……

德米特里微微摇头，示意他对这个恐怖中心的命运不感兴趣。

菲利普（有准备地）：不感兴趣？好吧，好吧……还有其他的。瞧，“革命与知识分子。伟大的十月社会主义革命结束了几个世纪以来各阶级之间的不公正，在从前沙俄帝国的领土上确立了捍卫无产阶级和劳动农民利益的制度，从而提出了一个历史性的问题：俄国的知识分子，你们将与谁为伍？”

德米特里又打断了他。

菲利普：这也不想听？好吧，那么听这个：“保守的反动派的失败……”

但是，这个消息同样不能引起德米特里的兴趣。

菲利普：德米特里·安德烈耶维奇，敬畏上帝吧。“关于清洗苏维埃机关”——这可有意思！……不?！但是我感兴趣……请允许我哪怕有一次能读读我感兴趣的东西！……

他感到已经抵制了主人的反对，便返回到这条关于清洗的消息。

菲利普（读报）："苏维埃社会主义共和国联盟人民委员会中央执行委员会关于必须立即将清洗机关的工作纳入正确轨道的决议"……

与此同时，德米特里转动着手枪的转轮。

菲利普（继续读报）："决不能操之过急——这是清洗的基本原则。斯大林同志曾多次指出操之过急和急躁情绪在改进机关工作中的危害性"……（他停顿了一会儿）……是啊，也许，您是对的，德米特里·安德烈耶维奇……没意思……瞧，这儿，找到了……这也是某种让人着迷的东西，像我们的母亲说的那样，这是上帝的安排……

他翻过一页报纸。

菲利普（读）："不请自来的客人……最近两周在莫斯科郊外曾有两起突然出现球状闪电的记录……"

德米特里又一次转动了手枪的转轮。

菲利普（继续读报）："不请自来的客人像它们出现时那样突然消失，给劳动者的生产、健康、甚至生命造成很大的损害……"

德米特里缓缓地举起手枪贴向脑门。

菲利普（读报）："目击者观察到一个奇怪的规律……"

德米特里的手指慢慢地扣动手枪的扳机，

菲利普（读报）："火球运动的方向直接取决于周围事物对其反应的积极性……"

手枪的撞针慢慢地移动。转轮平缓地转动。

菲利普（读报）："恰恰是那些企图逃跑或者采取某些措施避开球状闪电的人，更容易被它击毙……"

一个刺耳的声音。菲利普停止读报，静静地听着。

菲利普（往厨房方向点了点头）：捕鼠器……弹不虚发。已经逮住三只耗子了……"而闪电"——五个！……

德米特里：耗子？

菲利普：人！……“烧成焦炭！”……

德米特里始终拿着没有扣响的手枪。他脸色苍白。在他的前额、上唇及下巴上渗出了汗珠。

菲利普：还是让您喝茶吧，总比念这些蠢东西强，亲爱的！……

电话听筒里仍然响着短促的忙音。米佳[1]拿起听筒，在电话机上按了一下，听到了长音后，他拨了号码。

那边立刻就接了电话。

德米特里：是我。我同意！……但这确实是最后一次了。

秋雾蒙蒙的公园。

所有的长凳都空落着。只有一个小姑娘坐在一张长凳上。她合着音乐的节拍晃动着够不着地面的双脚。一支三人小乐队在露天舞台上演出：吉他手、小提琴手和歌手。他们都穿着白衬衫、白色的长裤和矮靿的帆布鞋。那歌手忘情地唱着那首著名探戈舞曲的歌词：“疲倦的太阳温柔地告别大海……”

一个农村的旧式浴室。清晨。太阳。

小小的浴室坐落在栅栏近旁的荨麻丛中。浴室里传来了孩子的笑声。

太阳光穿过小窗射进来。它那刺眼的光线融化在浓浓的雾气中。蒸浴床上躺着湿漉漉的谢尔盖。小娜佳哈哈大笑着坐在他宽阔的脊背上用笤帚拍打他。

在隔壁的一间小屋里玛露霞涮洗着孩子的东西。谢尔盖可以看见她那削瘦的双肩、湿湿的头发贴在她细细的脖项上。

娜佳喜悦又满足地用笤帚抽打父亲的脊背，而父亲则佯装着喊叫起来，引出娜佳一串串银铃般的笑声。

玛露霞不时地回头看看他们，微笑着。

---

① 米佳系德米特里的爱称。——译者

远处传来了均匀的隆隆声，对此，浴室里的人谁也没在意。

村庄周围的庄稼地。早晨。

尘土飞扬的道路上一队坦克行进着。在村边一大片庄稼地前这队坦克停下了。从村里跑出来的人们向坦克跑去，摇晃着双手，激动地向坦克手们诉说着。一个骑手不知喊叫了一句什么话，便沿着尘土飞扬的大道，驱赶着没有马鞍的那匹马向别墅村奔驰而去。

赤日炎炎。那名骑手急驰着迎向一辆装满别墅里用的家什的旧卡车。卡车的车厢里应有尽有：裤子，床，手推车等等。

卡车停住了。司机从驾驶室出来，踩着踏板，向骑手示意。骑手把马勒住。

卡车司机：老兄，兹戈良恩卡，或者扎戈良恩卡在哪儿？我搞糊涂了……

大胡子男人：也许是兹戈列恩卡？那可正相反，在另一个方向。

他指着与货车行驶方向相反的地方。

卡车司机：你明白吗，本来我衬衫里有地址的，可妻子把衬衫给洗了……

大胡子男人（打断他）：我忙着呢。我……你往那儿开吧。

他双脚拍打着马，急急地赶路去了。卡车开始调转方向。

赫拉姆①村里的一条街。早晨。太阳。

骑手穿过还在沉睡的村庄。从小树林里传来了少先队夏令营的起床号。

戈洛文家里莫霍娃的小屋。

卡佳·莫霍娃听到钟声后，从一个大盒子里取出一些药，很惬意地把药片放进嘴里，用特意放在一旁的长颈玻璃瓶喝了一口水。

旧式浴室。早晨。太阳。

六岁的娜佳坐在一个大木盆里。父亲边给她擦肥皂边呵她痒

---

① “赫拉姆”系俄语中“文学艺术家村”的缩写，读音与俄语中的“教堂”相似。——译者

痒。娜佳笑着泼水。父亲把满满一桶热水浇在她身上。娜佳嗤着鼻子，用手堵住鼻子和耳朵。……娜佳尖叫着，摇晃着小脑袋。

娜佳：哎哟！眼睛……眼睛刺得疼……小心点儿。

谢尔盖坐在同玛露霞相对的凳子上。他从娜佳的头的上方注视着玛露霞。玛露霞感觉到了他的目光，垂下了头。

玛露霞：别这么看着我。

谢尔盖充满着欲望，目不转睛地盯着她。

玛露霞：请别看了，我求你。

然而此刻谢尔盖不善于接受妻子的请求。可以看出，玛露霞竭力躲开谢尔盖的目光。

谢尔盖（喃喃地)：玛露霞……

玛露霞的双手突然无力地垂下，抓住木盆边。满头肥皂泡沫的娜佳眯着双眼，想要知道发生了什么事。

谢尔盖把手放进玛露霞的掌心，继续目不转睛地看着她，仍然那样紧张地微笑着。

谢尔盖（悄声地)：玛露霞。

玛露霞（喃喃地)：别那样！……求你了。孩子在这儿呢。

谢尔盖（悄声地)：到这儿来！来……来吧！

他慢慢地握紧玛露霞的手腕。玛露霞闭上了眼睛，竭力克制着。可以看出她全身都很紧张，她的头向后仰着。……

突然娜佳尖声狂叫起来，肥皂水渗进了她的眼睛……

村边的庄稼地。早晨。太阳。

坦克纵队缓缓地变换着战斗队行。尘土。焦味儿。履带的咯咯声。一个老太婆用棍子敲打着坦克。从舱口盖里钻出一个狂怒的机械师。

机械师（吼叫着)：嗨，你盯着我不放干吗，老婆婆？这关我什么事？走开！我们有命令！走开！要轧着你了！

老婆婆（想用棍子指点着机械师)：轧我吧！庄稼不能轧！

坦克手企图躲开老婆婆的棍子，但她的棍子却够着了他。

村里的旧式浴室。早晨。太阳。

谢尔盖把短裤套在湿漉漉的身上，从浴室里飞奔出来，穿过高高的荨麻丛。大胡子男人跑在他身后。

大胡子男人：他们不想听。径直就往庄稼地里压。

谢尔盖：那你们的主席呢？他妈的！

大胡子男人：在飞艇上呗！还能在哪儿？白天黑夜都在那儿！吼叫着，哭喊着！到现在他们也不知道，能不能飞起来？区人民委员会来人了。

穿过荨麻丛，他们跑到栅栏边。他们身后有一匹马。大胡子男人帮着谢尔盖上马。

大胡子男人：我这就跑去……您也许来得及……没有马鞍子行吗，柯托夫同志？

谢尔盖检查了一下用作缰绳的绳子。

谢尔盖：行了，追上来吧！

谢尔盖用双脚踢着马腹，那匹马便扬蹄飞奔起来。大胡子男人跟在后面跑着。急忙穿好衣服的玛露霞和娜佳从浴室跑出来，也向着消失在尘埃中的谢尔盖那边跑去。

村边的庄稼地。早晨。太阳。

在田野边调整好队形的坦克准备开始进攻：发动机吼叫着，林边初升的太阳在排气管排出的难闻的气浪中颤抖着。指挥官从望远镜里看见，在田野的尽头的山上，讯号员举着小旗一动不动地站着。一群集体农庄庄员挤在领头的坦克旁嚷嚷着。就在坦克要开始行动的那一刻，一个骑手出现在它们前面。他在一辆辆坦克间奔驰着，陡立着马，喊叫着……

谢尔盖（喊着，企图压过坦克的隆隆声）：都得上法庭去！怎么，打仗了？人们种庄稼、收庄稼。这是集体农庄的粮食，你明白吗？

年轻的坦克手害怕地眨了眨眼睛。

谢尔盖：你呆着干吗？掉转坦克，我跟你说！

坦克手：关我什么事？这是命令。我听指挥官的！

谢尔盖：他在哪儿？在哪儿，你的指挥官？

这时，一个军官已经骂骂咧咧地从汽车上跳了下来。

军官：你犯什么傻?！公羊！滚开，趁我还没毙了你！

谢尔盖：什——么?！

他翻身下马，几乎压着了那名军官。

谢尔盖：你是怎么说话的！立正！

军官抓住手枪的皮套。

谢尔盖：怎么你不知道我？没认出来？……

谢尔盖把跑过来的副官的军帽取下戴在自己头上，侧过脸去。

谢尔盖：现在认出来了？

那名军官甚至往后踉跄了一步。在这半裸着身子、赤着双脚、双眼疯狂地闪烁着怒火的男人脸上，他认出了传奇英雄师长。

军官：柯托夫同志?！难道是您？

谢尔盖：是谁想出了这个主意?！在和平时期把庄稼毁掉！

军官：军事演习，师长同志！

谢尔盖：谁在指挥？

军官：旅长，拉宾同志。

谢尔盖：米哈伊尔？

军官：正是！米哈伊尔·伊里奇·拉宾同志。

谢尔盖：通讯联络呢？

地平线上出现了几架飞机。

军官：空中行动开始了，柯托夫同志。

谢尔盖：但是，它是在空中飞行……不会把庄稼毁了！

他俩一起向通讯车跑去。可以听见无线电台中拉宾狂怒的声音。

拉宾：站着干吗？坦克呢？坦克在哪儿？

谢尔盖（拿起话筒）：我倒想对你说，米沙[①]，你的坦克在哪儿！

拉宾：什么?！谁？这是谁?

谢尔盖：这是我，米沙！谢尔盖·柯托夫。

拉宾（停了一会儿）：柯托夫？师长同志？您在哪儿？做什么？

谢尔盖：混乱不堪，米沙，我倒该在密集的队形里！用坦克把人民的庄稼毁掉是你的主意?

拉宾：可是，要知道……

谢尔盖（打断他）：停止！你是不是还想抓几个俘虏？或者轰炸城市?

拉宾：可是，师长同志……

谢尔盖：停止！米沙，你明白我的意思吗?

拉宾（稍顿）：好吧，师长同志。

谢尔盖：好样的！掉转坦克，利用策略另做一个决定。

军官：是，师长同志。

谢尔盖把军帽戴回到吓呆了的副官头上，容光焕发地微笑着向站在田野边震惊不已的玛露霞和娜佳走去。坦克开始改变队形。

戈洛文家的凉台。早晨。太阳。

早餐的最后准备工作正在进行。白色咖啡壶口上雾气缭绕。油煎吐司热气腾腾。方糖块在糖罐里闪亮。浅蓝色的桌布上整齐地摆放着白色的咖啡杯。旁边放着一小摞茶碟。一个浅蓝色的小茶碟里盛着黄色的蜂蜜，蜂蜜里还夹着一块块鲜皇浆。

奥尔加·尼古拉耶芙娜把奶酪切成薄片。一个白发苍苍面容和善的男子正在读报。他的脸庞稍稍有些发胖。这是奥尔加·尼古拉耶芙娜过世的丈夫的弟弟符谢瓦洛特·康斯坦丁诺维奇。

在离凉台几步远的地方玛露霞用白色的长颈壶把水洒到半裸的谢尔盖身上。他接着一掬水，拍打着坚实的脖子、双肩，用布满青

---

① 米沙系米哈伊尔的爱称。——译者

筋的双手把尘土洗掉。

谢尔盖：还说去洗蒸气浴呢！允许自己一个星期去一次：不，就在那儿也能把你拽出来……您干吗告诉他们我在哪儿？……谁揪着您的舌头了？……

奥尔加·尼古拉耶夫娜：他那么激动，喊叫着……庄稼！庄稼地！……

谢尔盖从妻子肩上拉下毛巾，使劲地擦着。

谢尔盖：那就让它，让这庄稼地见鬼去吧。我是米丘林吗？有命令——就得执行。把进攻给破坏了！……我还得因为他们听了我的话再把他们训斥一顿……可我自己还不知会怎么样呢……

谢尔盖边穿上玛露霞递过来的晨衣，警觉地闻了闻领口。

谢尔盖：见鬼……香水味……基里克又穿过我的袍子了?!

玛露霞笑了。

奥尔加·尼古拉耶芙娜（装做没听见谢尔盖的问题）：我总也弄不明白，为什么要去那肮脏的旧式浴室，咱们不是有美妙的、清洁的浴室吗……知道，我知道……苏沃洛夫、库图佐夫、普希金都在那种浴室洗过澡……可孩子在那儿没事干……符谢瓦洛特，请你说……（突然发火）喂，您为什么总是……总是像一个饱食终日无所事事的瑞士人？

符谢瓦洛特·康斯坦丁诺维奇：恰恰相反，我像茨冈人那样，饥饿却激情满怀……

戈洛文家的花园。早晨。太阳。

娜佳哼着《疲倦的太阳》的曲子，擎着双手，与想像中的舞伴共舞。看见两个急促地穿过松树林向篱笆旁余火未烬的那堆去年的落叶走去的两位妇女的身影，她惊呆了。

身材高挑匀称的叶莲娜·米哈伊洛夫娜双手抱着一个大盒子——家庭女佣莫霍娃的药箱。娜佳的太外婆莉季娅·斯捷潘诺夫娜走着小碎步，想要扶住盒子，但又不时地落在后面。娜佳对见到的情景惊奇万分。

娜佳：老奶奶们，你们干什么呢？

两位老太太应着声音害怕地回过身，用手指贴着双唇，示意娜佳沉默。

叶莲娜·米哈伊洛夫娜：嘘……

老太太们把盒子扔进燃着树叶的篝火里。娜佳责备地摇摇头，预感到事情不妙……

文学艺术家村里的一条街。早晨。太阳。

衣着古怪、不很漂亮的三十岁的罗马法教研室的女教师柳芭走在道旁。一辆卡车赶上了她。

卡车司机（稍打开驾驶舱门）：这儿是扎戈良恩卡吗？

柳芭（害怕地）：什么扎戈良恩卡？

柳芭无助回头望了一下，看见一辆自行车驶过。这是基里克。

柳芭：请原谅，这里是赫拉姆吗？

基里克（没有减速）：赫拉姆，是赫拉姆。还有别的赫拉姆吗?!

卡车司机（不满地）：什么“教堂”？

柳芭（高兴地）：文学艺术家村——赫拉姆……

司机随口骂了一句，摔上车门。

卡车向后倒车，掉转车头……

戈洛文家的凉台。早晨。太阳。

符谢瓦洛特·康斯坦丁诺维奇喝着咖啡，继续读报，谢尔盖在翻看邮件。莉季娅·斯捷潘诺夫娜神经质地扭着脑袋，僵呆着似乎在等待着什么危险的东西。奥尔加·尼古拉耶夫娜给自己做着面包夹肉加黄油。玛露霞从屋里出来，她已经梳洗好了，穿着鲜艳的萨拉凡①。

奥尔加·尼古拉耶夫娜（向屋里喊）：列利娅②！还要等多久啊?!

---

① 俄罗斯民间妇女穿的一种无袖长衣。——译者

② 列利娅系叶莲娜的爱称。——译者

玛露霞：这就来了……在试衣服呢……

在坐到桌旁时，她先在谢尔盖身边停了一会儿，在他耳边悄声说了几句。

玛露霞：外婆在给叶莲娜·米哈伊洛夫娜……做寿衣……只是，你别笑话，我求你了，否则她们该气死了！

符谢瓦洛特·康斯坦丁诺维奇（用报纸遮着脸，读报）：供认——公正裁判的基础。真亏得他们想得出来！

谢尔盖似乎听而不闻，继续看信件。

奥尔加，尼古拉耶夫娜：你能不能不加注释，符谢瓦洛特？你的舌头早晚会把你毁了的……

符谢瓦洛特·康斯坦丁诺维奇：如果您对我就这一问题的观点感兴趣，那么——好吧……我始终认为，无罪推定，是任何法律的基础，包括我有幸授课的罗马法。而维辛斯基[①]的信条——“供认——公正裁判的基础”，根据我的深刻理解，是反科学的怪论。您要是看到他们那一张张吓坏了的脸就好了。我却微笑着。我说，这是我的观点，我向所有的人隐瞒着，但很愿意与你们交换看法，以期达到相互理解。他们立刻喊叫起来；“快离开这儿，我们什么也没听见，您什么也没对我们说。”我只得离开。

谢尔盖并不赞许地摇摇头。可以感到，符谢瓦洛特·康斯坦丁诺维奇的故事使他不安。

奥尔加·尼古拉耶夫娜：别说了，符谢瓦洛特！出什么丑啊……

符谢瓦洛特·康斯坦丁诺维奇：是啊，我是小丑，但是，我是那些伴着自己吹的风笛跳舞的那些丑角之一，而不是别人吹的风笛……我们那儿又清洗了一次。教研室里的人有一半因为不具备足够

① 维辛斯基（1883—1954），苏联法学家和外交家，苏联科学院院士（1939）。1933至1939年任苏联副总检察长和总检察长。1940至1953年在苏联外交部担任领导工作。有关于国家和法律等问题的理论著作，其中有些著作有错误观点（对证据、犯人供词、强迫作用等等估计过高），导致在实际工作中严重违反社会主义法制。——译者

的马列主义基本原理的知识而被赶走了。但他们没碰我。（问谢尔盖）您不问问我为什么吗？嗨，请问吧！

谢尔盖（并不看他）：为什么？

符谢瓦洛特·康斯坦丁诺维奇：我回答您。他们问我："您读过列宁同志的《马克思主义的三个来源和三个组成部分》这篇文章吗？"我回答他们："不，没读过！"他们相互交换了眼色。意思是，一切都明白了。"您可以走了。"他们说。而我却请求他们："你们还是问问我，为什么我没读过列宁同志这篇如此重要的著作？还有许多马克思和恩格斯的著作我也没读过。"顺便问一句，谢尔盖，您对我为什么不读马列主义经典著作这个问题不感兴趣吗？

谢尔盖（干巴巴地）：不，不感兴趣。

符谢瓦洛特·康斯坦丁诺维奇：连您也害怕，英名远扬的师长。天啊，都干了些什么呀！我一点儿也不反对共产主义思想，但是，怎么能把恶行和恐吓变成日常生活啊？

玛露霞意味深长地看着母亲，似乎要求她干预。

奥尔加·尼古拉耶夫娜：符谢瓦洛特！

符谢瓦洛特·康斯坦丁诺维奇：而原因只有一个！政治要求残酷，但权限却不够……是啊，就是这样，我就对他们说："我没读过列宁同志的著作和其他马克思主义的经典，因为我读过斯大林同志的《列宁主义问题》，并且认为，这已经足够了！你们不这么认为吗？"您要是看见他们那一张张惊恐万状的嘴脸就好了。顺便说一句，谢尔盖·彼得洛维奇，您对这一问题的意见我很感兴趣。

谢尔盖难以掩饰地警惕地看着符谢瓦洛特·康斯坦丁诺维奇。但是，他们目光相遇之后，却忍不住笑了起来。然而笑声立刻被打断了——叶莲娜·米哈伊洛夫娜身着一件像剪裁好了的高加索斗篷似的拖地风衣，出现在门口。

奥尔加·尼古拉耶夫娜：终于……

大家都默默地望着叶莲娜·米哈伊洛夫娜的风衣，而她则像真正的模特儿那样左扭右摆着。谁也不敢首先打破沉默。

玛露霞忍不住"噗"地一声笑了出来。她的笑声很大，因为她想保持严肃却徒劳无益。

谢尔盖·彼得洛维奇责备地看着她。

谢尔盖：风衣很好……很耐穿。

莉季娅·斯捷潘诺夫娜（高兴地）：真的吗？我的天使！第一次！这是谢尔盖·彼得洛维奇第一次称赞我的作品。

谢尔盖把桌上一堆信中的一封推到玛露霞面前。

谢尔盖：你的信。

从二楼窗口传来莫霍娃的号啕大哭声。

奥尔加·尼古拉耶夫娜：开始了。

玛露霞打开信封，开始看信。

符谢瓦洛特·康斯坦丁诺维奇：莉季娅·斯捷潘诺夫娜，您这是在开玩笑——疯狂的处女比老虎更可怕。

莉季娅·尼古拉耶夫娜：那怎么办？怎么办？……她没完没了地吃药……

奥尔加·尼古拉耶夫娜：在一个美妙的早晨我们会发现一具尸体。我可不想在自己家里放一具死尸……

莫霍娃的号啕大哭渐渐止息，变成了单调乏味的饮泣。

玛露霞从桌旁站起来，拿着信向屋里走去。篱笆的门轻轻打开，基里克推着自行车向凉台走来。

基里克：早晨好！节日愉快，女士们！……就是说，请原谅，同志们……今天正准备着——斯大林飞艇制造业节……

他走到桌旁，做了个象征性的动作。

奥尔加·尼古拉耶夫娜：您怎么啦，基里尔·格奥尔基耶维奇[①]？

基里克：没什——么！……这是鸟舞，像飞艇！……

基里克坐到桌旁。

基里克（对奥尔加·尼古拉耶夫娜）：谁给我几块面包干……我

---

① 基里尔·格奥尔基耶维奇是基里克的名字及父称，基里克系基里尔的爱称。——译者

们的美妙的人儿！……多么有趣的词儿……俄语是多么丰富啊！……美妙的人儿——梯子——奇迹创造者[①]……您以为如何，谢尔盖·彼得洛维奇？……

谢尔盖翻着报纸，睨了基里克一眼，扬起眉，看了看钟。

谢尔盖：哦——哦！

基里克：什么“哦”？什么“哦”？妈妈！您听见了！……告诉他……他在找我的茬儿……

叶莲娜·米哈伊洛夫娜：对，谢尔盖·彼得洛维奇，您不公平，基里克连一滴酒也不沾，今天毕竟是节日，再说也很热。我记得，他小时候，德米特里·巴甫洛维奇公爵曾经摇着他入睡……

符谢瓦洛特·康斯坦丁诺维奇：摇过，摇过，而且……从早晨起就摇个不停……

基里克：怎么这么热？也许气温很高？符谢瓦洛特·康斯坦丁诺维奇，您就像彼佳·特里丰诺夫。记得吗，契诃夫的作品中那个永远的大学生？您——永远的副博士……您的朋友们早就都已经是院士了。

符谢瓦洛特·康斯坦丁诺维奇：哦，不，这些人不是我的朋友……像我朋友那样的人已经没有了，而这些人还早着呢……

莫霍娃哭着从房间里走出来。

奥尔加·尼古拉耶夫娜：出了什么事，卡金卡[②]？你哭什么？

莫霍娃（含着泪）：药……我找不到我的盒子。我的药箱不见了。

娜佳责备地看着叶莲娜·米哈伊洛夫娜和莉季娅·斯捷潘诺夫娜。

莫霍娃：我暂时只能吞松子油了。

戈洛文家中玛露霞和谢尔盖的卧室。早晨。太阳

---

① 俄语“美妙的人儿”这一词由前缀“美妙”及“梯子”一词组成，而“奇迹创造者”这一词由前缀“奇妙”及“梯子”这一词的词根组成。——译者

② 卡金卡系卡佳·莫霍娃的爱称。——译者

玛露霞把拆开的那封信紧贴在胸前，闭着双眼，热切地祈祷着。

卧室门口出现了谢尔盖。他被所见的情形惊呆了，甚至丧失了立即开口说话的能力。

谢尔盖：玛露霞……你怎么啦？你在干什么？你们，你们都疯了吗？你们怎么啦？你们想毁了我?！你们怎么，活腻了吗?！想失去一切吗？……得了，你那半疯的叔叔总有那些反革命的奇谈怪论。他活够了。而你呢？你啊，玛露霞，还会去教堂的。再把娜佳也带去……

谢尔盖的话音未落，奥尔加·尼古拉耶夫娜出现了。

奥尔加·尼古拉耶夫娜：出了什么事？

谢尔盖没有回答她。他从书架上取下一本书便下楼去了。奥尔加·尼古拉耶夫娜走进卧室。

奥尔加·尼古拉耶夫娜：玛露霞，发生了什么事？他为什么这么激动？

玛露霞把写得满满的一张纸递给母亲。奥尔加·尼古拉耶夫娜读了前面几行字。

奥尔加·尼古拉耶夫娜：米佳？这一切之后，他怎么敢？我的上帝啊！就是说，他活着？……沉默了这么多年……

戈洛文家的凉台。早晨。太阳。

符谢瓦洛特·康斯坦丁诺维奇的研究生柳芭挨着他坐在桌旁。

基里克：您怎么不说要来我们这儿……哈哈……否则我就用自行车带您过来了……

符谢瓦洛特·康斯坦丁诺维奇（讥笑地）：您的自行车是女式的，没有车架。

基里克：那又怎么样？……

他顽皮地哈哈大笑着盯着柳芭，弄得她满脸通红。

柳芭（不知所措地）：我不知道，我从没试过没有架子的车……

符谢瓦洛特·康斯坦丁诺维奇打开了柳芭带来的文摘。基里克把他气坏了。谢尔盖从房间里出来。

柳芭：哎哟，这不可能……柯托夫同志……我们的讲台上有您的照片。

基里克：骑着马？

柳芭：半身像。

基里克：到处都是塑像。

戈洛文家太外婆的房间。早晨。太阳。

在二楼这间屋的窗口旁，莉季娅·斯捷潘诺夫娜正在给叶莲娜·米哈伊洛夫娜试风衣。

莉季娅·斯捷潘诺夫娜：不，列利娅，拉赫玛尼诺夫[1]现在最多65岁。他到我们家来时，还因为我叫他小伙子生气了呢。坐下，否则我们俩都要跌倒了。

老太太们坐下后继续摆弄衣服。

叶莲娜·米哈伊洛夫娜：不，丽达[2]，等等。夏里亚宾[3]是哪一年生的？

莉季娅·斯捷潘诺夫娜：对啊。那么，他和费佳都快73岁了。我还记得，他俩在我家别墅里争论，谁比谁大几个月。天啊，那次费佳真是喝醉了！听我说，我们躺下吧，不知怎么，头有些晕。

两个老太太躺着还继续摆弄衣服。可以听见网球场上的击球声。笑声和喊叫声。院子后面传来少先队乐队演奏的乐曲。

叶莲娜·米哈伊洛夫娜：今天是什么节日？

莉季娅·斯捷潘诺夫娜：列利娅，我不懂这些节日。我知道，这是苏维埃的很重要的一天。我们的娜佳知道他们所有的节日。

戈洛文家的花园。早晨。太阳。

---

① 拉赫玛尼诺夫（1873—1943），俄国作曲家、钢琴家、指挥家。——译者

② 利达系莉季娅的爱称。——译者

③ 夏里亚宾（1873—1938），俄罗斯男低音歌唱家，室内乐歌唱家，导演，画家。1922年起侨居国外。——译者

娜佳和哭喊着的满脸黑烟灰的莫霍娃想要从火堆里把一些药抢救出来。

娜佳：别哭，莫霍娃。我去求求爸爸，他会从克里姆林宫的药房里给你拿些新药来的。

莫霍娃从火堆里抢出一个还没有完全烧焦的盒子，动作灵活地把火踩灭。

娜佳：好样的，莫霍娃。这是治什么病的？

莫霍娃：我不记得了。好像是治头疼的。还有，牙痛的时候也管用。

娜佳：这儿还有呢。

莫霍娃：这正是我很想要的。

听见少先队的集合号和鼓声后，娜佳把用来拨火的那根棍子扔在一边，用小手在莫霍娃的背上拍了一下，向着栅栏那边跑去。

文学艺术家村里的一条街。早晨。太阳。

娜佳幸福的小脸出现在栅栏后面。队伍沿着栅栏走过，队形不很整齐，但鼓乐声很响亮。一个很奇怪的老爷爷，长着一脸大胡子，戴着墨镜，挽着两名少先队员的胳膊，非常起劲地边敲着鼓面，边唱："更高，更高，更加高……"

惊叹又兴奋的表情凝聚在娜佳的脸上。她注视着这列行进着的欢乐的红色队伍。

走到娜佳近旁时，那个奇怪的老爷爷把队鼓还给少先队员们，从他们那儿拿回他自己的棍子，从队伍里走了出来。

娜佳饶有兴味地看着这个瞎老头儿用棍子探索路边。

走到栅栏旁，他突然停住并且倾听着。

老爷爷：谁在这儿？

娜佳甚至回头望了一下，因为除了她自己，身旁一个人也没有，而她也没动一下，没吭一声。

老爷爷：哦！上帝！我闻到谁的气息了？难道这是未来的少先队员，优秀生，小姑娘娜佳吗？

娜佳被惊呆了，她甚至闻了闻自己的领子和双手。

老爷爷：那么，这真的是娜佳啰？

娜佳：是的，是娜佳。您是怎么知道我的？

老爷爷：我怎么会不知道你呢，未来最优秀的优秀生。

娜佳：怎么，你是夏季圣诞老人？

老爷爷：是的，娜佳，我是从马格里布[①]来的魔术师。你发命令吧。虽然我又老又瞎，但我能实现你的任何愿望。

娜佳：马格里布是什么？

老爷爷：那是夏季圣诞老人的故乡。

娜佳：是苏联的吗？

老爷爷：当然啦。所有真正的夏季圣诞老人都只生活在苏维埃国家。

娜佳：那冬天的呢？

老爷爷：冬天的也是。

娜佳：也许您是医生？

老爷爷：完全正确。怎么啦？

娜佳：莫霍娃需要看医生。

老爷爷：怎么，她还活着。

娜佳：活着。只是外婆和列利娅把她的药烧掉了。

老爷爷：(非常吃惊)：怎么，她们也活着？

娜佳：那当然啦！

老爷爷：那就带我去吧，最优秀的小姑娘。

戈洛文家的凉台。早晨。太阳。

莫霍娃圆睁着双眼呆站在那儿。那个老头子用颤抖双手摸着她的脸庞。

突然，他威严地发出命令：滚开，老处女！

他边说边紧紧地抓住女佣的胸部。莫霍娃拚命大叫起来。

---

① 马格里布系非洲的一个城市。——译者

戈洛文家的客厅。早晨。太阳。

玛露霞跟在奥尔加·尼古拉耶夫娜后面，沿着楼梯，向客厅跑去。老头儿敲着棍子在房子里徘徊，一撞上奥尔加·尼古拉耶夫娜，他收住了脚步。

老爷爷：奥尔古霞[①]，该给玛霞西卡[②]洗小屁股了。

听见这几句话后，奥尔加·尼古拉耶夫娜猛拍了一下双手，摇晃着站不稳了。符谢瓦洛特·康斯坦丁诺维奇手里拿着球拍、气喘吁吁地出现了。他后面跟着柳芭、基里克和谢尔盖·彼得洛维奇。

符谢瓦洛特·康斯坦丁诺维奇：这又算是什么现象？……怎么，自己人中间的疯子还少吗?！他是从哪儿来的？

老爷爷（应声转过身去）：住嘴，你这个多妻者！

符谢瓦洛特·康斯坦丁诺维奇慌张起来，很快回头看了看柳芭。基里克吃吃地笑着。

老爷爷：你也在这儿啊，我的迷人的甜酒和不撒娇的女人的爱好者。

基里克用手挡着嘴。瞎子走过僵立着的玛露霞身边，使劲吸着鼻子，透了一口气说："扑通！"

突然，他像击剑运动员那样向前跨出一个箭步，那棍子的前端碰到了谢尔盖·彼得洛维奇的胸部。

老爷爷：2—17—36，分机13……

莉季娅·斯捷潘诺夫娜和叶莲娜·米哈伊洛夫娜出现在门口。

莉季娅·斯捷潘诺夫娜：什么？……他说什么？

谢尔盖·彼得洛维奇（吃惊地）：我办公室的电话……从前的工作。

谢尔盖·彼得洛维奇认真地审视着这个老头儿。而老头儿此刻已经敲击着棍子，颇为自信地在屋子里走来走去，并向仍站在门口的老太太们躬身行礼。

---

① 奥尔古霞系奥尔加的昵称。——译者

② 玛露希卡系玛露霞的昵称。——译者

老爷爷：向你们祝贺斯大林飞艇制造业节，英勇豪迈的太外婆们！

叶莲娜·米哈伊洛夫娜：我怎么是太外婆？我甚至还没做外婆呢……

老爷爷：请原谅，姑娘！……因为我眼瞎……

老爷爷突然掀起钢琴盖，轻巧地坐在转椅上，敲击着琴键，开始用意大利语唱歌。

奥尔加·尼古拉耶夫娜：米佳?!

老爷爷敏捷地从头上把缝着灰色蓬乱头发的头套摘掉，用一个大动作让它穿过整个客厅，飞向沙发。看见那顶飞翔着的假发头套，莫霍娃几乎昏了过去。

米佳纯熟地为自己伴奏，模仿着意大利男高音。

奥尔加·尼古拉耶夫娜：米佳！米京卡[①]……我亲爱的！鲍列恩卡[②]在玛露霞小时候总是这么对我说："给玛露西卡洗小屁股"……我的上帝啊！……

符谢瓦洛特·康斯坦丁诺维奇深深地吸了一口气，向前跨了一步。

符谢瓦洛特·康斯坦丁诺维奇：我认为……德米特里！……您……

大家都害怕了，知道此刻符谢瓦洛特·康斯坦丁诺维奇会说些什么……

玛露霞打断了叔叔的话。

玛露霞（走近米佳）：米佳……米丘里[③]，节日好！（他俩亲吻了三次）。米佳，你喝什么？茶还是咖啡？……我们刚吃过早饭……来吧……

符谢瓦洛特·康斯坦丁诺维奇对娜佳的表现感到莫名其妙，而

---

① 米京卡系米佳的昵称。——译者

② 鲍列恩卡系鲍里斯的昵称。——译者

③ 米丘里系米佳的昵称。——译者

幸福的基里克已经扑向米佳了。

基里克（高兴地吼叫着）：米佳！天啊！……你从哪儿来?！嗯，终于……

玛露霞：等一等……米佳，请认识一下：这是谢尔盖——我丈夫！……

基里克：是啊，是啊！……已经七年了！……

玛露霞（对谢尔盖）：这是——米佳，我们家的朋友，我童年的朋友，我父亲钟爱的学生……顺便说说，我的初恋……

基里克（吼叫着）：是啊，是啊！

符谢瓦洛特·康斯坦丁诺维奇：嗯……这就是说……得了，有什么办法。（摊开双手）基里克，闭嘴。

符谢瓦洛特·康斯坦丁诺维奇坚决地走出房间，柳芭跟在他后面。

米佳（握着谢尔盖的手）：非常高兴……再说，我们是熟人……

谢尔盖：是啊，我记得……

玛露霞感到奇怪。

玛露霞：你们认识?！

米佳：哦，这是很久以前的事，在另一种生活里，而且是一面之交……

玛露霞（对米佳）：这是我女儿娜佳！

米佳把手伸给娜佳。

米佳：你可以叫我米佳叔叔。

娜佳：娜佳。

玛露霞：大家都去凉台喝茶！……

这座房子里的人都向凉台走去。玛露霞和米佳稍稍落后些。

玛露霞（小声地）：嗯，你生活得怎么样？……

米佳：就这样……还可以。

玛露霞：菲利普怎么样？……和你在一起？

米佳：和我在一起……

玛露霞：大概老了吧？……

米佳：我没见他年轻过……

玛露霞：你结婚了？

米佳（不很肯定地）：是的……

玛露霞：有孩子吗？……

米佳：有。比你们的大些。三个！

玛露霞：你干什么？

米佳：工作……

玛露霞：你的专业？……

米佳：从某种程度上说……

玛露霞：弹琴？……

米佳（笑了）：是的……在人间……记得吗，莎士比亚（用英语）“随你们把我称作什么样的工具——你们甚至可以折磨我，但你们不能玩弄我”……

玛露霞：你不想说就别说！……天啊，还是这样！……我恨你这种吞吞吐吐、既不屑又做作的样子……

米佳（嘲讽地）：你们也还是那样。什么也没能改变你们。似乎我从未离开。真奇怪！……

玛露霞生气地摇摇头，向凉台走去。

米佳在门旁滞留了一会儿。看见门框上标着身高：穆霞[1]——6岁，米丘里——16岁，1916年，穆霞——7岁，米丘里——17岁，1917年。旁边的墙上挂着镶着镜框的照片：奥尔加·尼古拉耶夫娜、玛露霞的父亲鲍里斯·康斯坦丁诺维奇、穆霞和米丘里……墙正中有一张大照片：谢尔盖·柯托夫与斯大林同志握手……

河边的空地。白天。太阳。

少先队员们护送的那长长的毡布条幅现在正躺在一个构件下，

---

[1] 穆霞系玛露霞的昵称。——译者

在条幅上有一个庞然大物静静地呆着，像一个放了气的大球。它的上面挂着一根根绳子、插着一根根管子。管子里冒出一团团雾气。四周有许多身着内务人民委员会制服的军人，好像正在执行某项紧急任务。

戈洛文家的凉台。早晨。太阳。

留声机在唱着。在《疲倦的太阳》的舞曲的伴奏下，米佳和娜佳跳着探戈。除了符谢瓦洛特·康斯坦丁诺维奇和柳芭，大家都围坐在桌旁。奥尔加·尼古拉耶夫娜从茶炊里倒茶。

米佳：你那时候就是这样的……（对娜佳）你几岁了?

娜佳：六岁。

米佳：大女孩了……奥尔加·尼古拉耶夫娜，您还记得吗，穆霞这么大时，去听音乐会。鲍里斯·康斯坦丁诺维奇指挥……您让我带穆霞去……她那时六岁，而我刚好16岁。我们坐在那里……正在演奏前奏曲……她说："我想尿尿！……"我说："我能怎么办，忍着吧！……"她说："可我想尿尿!"我说："我可没带夜壶，忍着吧!"她说："可我想尿尿!"大家都对我们"嘘嘘"，我说："好了，得了吧!"我自己也不知道该怎么办，把她带到哪儿去?……她说："我一个人不去厕所!"可我又不能进女厕所！我就把她带到男厕所里去了。拉赫玛尼诺夫正好从那里出来，他问："这是谁的孩子?"我回答："鲍里斯·康斯坦丁诺维奇的。"他说："多么好的小男孩啊，我要对鲍里斯说，给他买条长裤!"我们都哈哈大笑起来……

大家都笑了，谢尔盖笑得比谁都响亮。玛露霞从桌旁站起来，向屋里走去。但是，在这共同的欢乐中似乎潜伏着某种令人不安的紧张感。

戈洛文家的厨房。早晨，太阳。

玛露霞站在厨房的泄水池前动作机械地洗茶杯。

她的双眼盈满了泪水。米佳俏俏地走到她身旁。他的鼻尖几乎触及到玛露霞的头发，闻到了她的气息。

米佳：连气味也还是那样！……

玛露霞猛地转过身来，用沾满肥皂的双手使劲打他的脸……

米佳微笑着，用手摸着挨打的地方。

米佳：手也还是那样！……

玛露霞（微笑着）：得了，到此结束……

米佳：什么结束？

玛露霞：这一刻我等了八年……

米佳：那么现在呢？

玛露霞：现在，终于等到了！大家都安心了！……

河边。白天。太阳。

戈洛文—柯托夫一家带着折叠椅、遮阳伞和其他一切沙滩上的用具向河边走去。娜佳和谢尔盖走在最前面，奥尔加·尼古拉耶夫娜和带着许多东西的莫霍娃跟在他们后面，再后面，稍稍落后几步，是玛露霞和米佳……基里克和柳芭走在最后面。基里克制止了她并不坚决的反抗，拉着她跟自己在一起。河边响起了哨子声，少先队员们排成一行跳进水里。

娜佳（响亮地）：我多么想成为一名少先队员啊！

米佳：为什么？

娜佳（向往地）：多么好啊！……随着号角——起床，听着哨声——游泳。

谢尔盖微笑着听女儿说话。他走到一旁脱衣服。

米佳（学着娜佳的语调）：伴着乐队躺进棺材……

玛露霞扬起了眉毛：她不喜欢米佳的玩笑。

娜佳：为什么？……

米佳：怎么为什么？……听着号角起床，听着哨子游泳，和着鼓点行进，听着手风琴吃饭，如果这一切都做得很好，那么，你就可以伴着音乐声躺进棺材去……这就是生活！

娜佳茫然地看着母亲。

玛露霞：米佳叔叔开玩笑呢……你别尽往大人堆里钻。自己玩儿去吧。

遮阳伞已经插进沙土里了。莫霍娃把躺椅放好。娜佳委曲地走近父亲。

谢尔盖：你的眼睛怎么湿了？

娜佳：妈妈赶我走开……

谢尔盖：瞧你说的，"赶你！"她这是请求你别妨碍她谈话……对吗？

娜佳：嗯……

谢尔盖；没什么可生气的，他们很久没见了。他们必须谈谈……我们俩游到对岸去，愿意吗?!

娜佳（极其兴奋）：乌拉！……

他俩走进水里。娜佳爬上父亲的背脊，抱着他的脖子。玛露霞发现了他俩的准备工作。

玛露霞（喊叫）：谢尔盖，谢尔盖！你知道我不喜欢这样。让她到这儿来游！

谢尔盖：别激动！……我们自己明白……

娜佳：看见了，好爸爸……一会儿赶我走："别妨碍大人！"现在又"我不喜欢！"唉，为什么人们是这样的，爸爸？……

玛露霞不满地摇摇头，躺到沙滩上。

米佳：宽阔的紫铜般的双肩……我明白……白雪般灿烂的微笑……相片挂在各机关里……而这一切，在弹指一挥间便可折断！……

河。白天。太阳。

谢尔盖已经进入水中向对岸游去。娜佳紧紧抱住父亲的脖子。但是，父亲是这么可靠，这么坚实，致使娜佳还是要继续她在那儿开始的谈话。在那儿，在岸边，有妈妈，但没有这么深的水，她也不害怕。

娜佳：为什么大家都相互欺骗？

谢尔盖：谁？

娜佳：就是大家嘛……太外婆把莫霍娃的药给扔了，可又不告诉她……甚至圣诞老人也骗人，还骗了我两次：起先他是夏天的，他说，因为他是从马格里布来的魔术师，可原来他是妈妈的朋友、米佳叔叔。只有你不骗人……

谢尔盖：对你我不撒谎……

娜佳：我也不对你撒谎……

谢尔盖：你受得了吗，娜杰日达[①]？

娜佳（犹疑地）：嗯……

谢尔盖钻入水中，小女孩突然处于水下，而当她的头出现在水面上时，娜佳长时间地嗤鼻作声。

谢尔盖：再来一次？……

娜佳：好吧……

谢尔盖：说假话吧？……

娜佳（狡黠地）：难道你从不说假话？……

谢尔盖：你这是什么意思，我不明白……

娜佳：你答应过我明天去动物园的！我们去吗？……

谢尔盖：答应过……

娜佳：那就是说，我们去……既然你说了，就一定做到！……

谢尔盖笑了。

娜佳：你是知道的，夏天我们从没去过动物园，因为总是住在别墅里……冬天我去过三次，因为在莫斯科。白熊和海象我真是看腻了……

他俩很快就游向对岸，开始爬上陡峭的斜坡。谢尔盖回头向对面望了望。从这儿看沙滩简直了如指掌：少先队员们在打排球，那是他们的遮阳棚——奥尔加·尼古拉耶夫娜、穿着萨拉凡的莫霍娃在遮阳棚下，玛露霞和米佳并排躺在沙滩上。

河岸。白天。太阳。

---

① 娜杰日达是娜佳的名字，娜佳系爱称。——译者

玛露霞仰面躺着，用手挡着眼睛，米佳在她身旁。他看见她的脸离他那么近，还有耳朵上方的一绺卷发。从挂在柱子上的扩音器里传来了高昂的音乐。

米佳用手指在玛露霞脑后的沙子上划着什么，然后小心翼翼地把手指放进玛露霞那半张开的手掌里。她颤抖了一下，下意识地握紧了拳头。

米佳（笑着）：一模一样！……你两个月的时候，那时我 10 岁。奥尔加·尼古拉耶夫娜把我带到你的摇篮边说："这就是她，穆先恩卡[①]，认识一下吧。"我不知怎的用手指碰了碰你的手，你抓住我的手指说："我的！……"

玛露霞：又撒谎了……我才两个月，怎么会说话？……

米佳：你说了，说了……即使没说，也这样想了……

玛露霞微微睁开眼睛，玩笑似的看了看米佳。她发现他的肩胛骨下面有一道大伤痕。

玛露霞：这是什么？……以前没有……

米佳（冷笑了一下）：噢！……碰到盖子了……

玛露霞：什么盖子？……

米佳：棺材盖……

对岸的田野。白天。太阳。

娜佳和谢尔盖的眼前展现出一片辽阔的田野。远处郁郁葱葱的森林在阳光下升腾着雾气。更远处正在进行军事训练：枪炮在大地上扬起重重烟雾，红军战士手握步枪来回奔跑，疾驰的坦克掀起根根烟柱，标着红星的飞机在蓝天上飞翔。

谢尔盖：多美啊！……你看见了吗，娜佳，我们的军队多棒啊！……是红军！……战胜了一切，娜杰日达[②]！……我们将解放全世界，全人类！……你记得我们一起读过的作家盖达尔的书吗，

---

① 穆先恩卡系玛露霞的另一昵称。——译者

② 娜杰日达系娜佳的名字，娜佳系爱称。"娜杰日达"俄语中意为"希望"。——译者

“那战斗的炮声犹如雷鸣，那爆破的烈焰犹如闪电，那急驰的骑兵犹如劲风，那飘扬的红旗犹如彤云，这就是红军的进攻……资产阶级吓得四处逃窜，他们大声诅咒这个国家和她的令人惊叹的人民，她的战无不胜的军队以及她那令人费解的军事秘密……”

娜佳（哼唱着）：“轮船来了——孩子，你好！飞机来了——孩子，你好！火车来了——孩子，你好！少先队来了——敬礼，孩子！……孩子们，这就是给你们讲的全部童话……”

岸边。白天。太阳

米佳和玛露霞并排躺在沙滩上。她闭着眼睛躲开刺眼的阳光，而米佳端详着她的脸、脖项、背，用一根干草轻抚她的肩头。玛露霞并没有转过头来，她在吹一只看不见的小蚊子。

米佳（轻声地）：玛露霞……

玛露霞：嗯?!

米佳：你为什么不说话？……

玛露霞：我晒太阳呢……

米佳：你为什么什么也不问我?!

玛露霞：因为我不想再知道更多。

米佳：这个“更多”意味着什么？

玛露霞：比我所知道的更多的东西……

米佳：那么你知道什么？……

玛露霞沉默着。米佳用一棵小草抚弄着玛露霞的手，他看见她的腕关节上有一条白色的疤痕。

米佳：这是什么?! 你什么时候这么做的?!

玛露霞：那时候……

米佳：为什么？……

玛露霞：理由很简单，至少对于我是这样。一个你爱他胜过自己生命的人，你的第一个男人，几乎是你的丈夫，在一个美妙的日子拿起箱子说，到婶婶那儿去几天，就……永远消失了……这个理由足够了……

米佳：明白了……多么无耻！……

玛露霞：谁？……

米佳：就是那个提起箱子到婶婶那儿去的……亲爱的人！……那么，后来呢？……

玛露霞：被救了……我不知道，应该在水里这样做才行……

米佳：什么？

玛露霞：血就不会凝固了……

米佳：是这样……后来呢？

玛露霞：没什么……医院，警察局……妈妈去找了加里宁[①]。大家都去找那个亲爱的人……

米佳：怎么，找到了？……

玛露霞：找到了……原来，他写了申请——要求出国……走了。

米佳：好吧，你看，就是说，你全都知道……我就这么没有任何原因地要求出国，而对于我这么一个贵族，一知半解的音乐家，还曾经有过两年白匪军经历并且侨居国外八年的人，能够按其志愿去巴黎……为了让我有可能从事音乐活动……对吗？而你信了？……

玛露霞：我不信，但我自己启开了嫁妆。因为我亲眼看见了。难道你没写过？……

米佳：写过，玛露霞，我写过……

他俩的谈话被打断了。

奥尔加·尼古拉耶夫娜（压低声音）：穆霞！……穆霞！……米丘里！……

玛露霞回头一望。妈妈和莫霍娃原先坐的地方一个人也没有。在摇曳的灌木丛中出现了奥尔加·尼古拉耶夫娜的脸和吓坏了的莫

---

① 加里宁（1875—1946），苏联国务和党的活动家，社会主义劳动英雄，1917年二月革命和十月革命参加者，1922年起为苏联中央执委会主席，1938年起任苏联最高苏维埃主席团主席。——译者

霍娃。奥尔加·尼古拉耶夫娜睁着一双惊恐的眼睛，示意他们往一个方向看。

玛露霞：出了什么事，好妈妈？……

莫霍娃："棺材"……"

米佳：什么？

莫霍娃："棺材"！……

奥尔加·尼古拉耶夫娜：就是公民防卫队！[①]的缩写读法，"棺材"！又在搞演习……快离开，要不会被抓起来的……

玛露霞顺着奥尔加·尼古拉耶夫娜所指的方向望去。在离他们很远的岸边有一群人在忙乱着。

玛露霞：他们还远着呢，好妈妈，别担心……

河对岸的田野。白天。太阳。

谢尔盖和娜佳躺在芬香扑鼻的草地上。他揉着她的脚后跟。

谢尔盖：瞧，你的小脚后跟多柔软、多漂亮，圆圆的……你看看我的：又硬又粗，像马掌似的。

娜佳：为什么？……你走了许多路？……

谢尔盖：又走，又跑……

娜佳：你往哪儿跑？……

谢尔盖：时而追赶他们，时而又逃离，……时而追赶，时而逃离。你的脚后跟将永远是圆圆的……

娜佳：为什么？……

谢尔盖：因为，会有汽车、电车、无轨电车……道路平坦，鞋子舒适，袜子柔软。你不用逃离任何人！……甚至等你老了以后——脚后跟也会像现在这样。现在，苏维埃政权下，每个人的脚后跟都将是圆圆的。我们就是为此而建设这个政权的！现在为什么还要磨脚后跟呢：你一辈子都会自由自在的，只是要好好学习，尊敬父母并且热爱自己的苏维埃祖国……你将来长大了想成为什么样的

---

① 俄语中，"公民防卫队"缩写的读音与"棺材"的读音相同。——译者

人？……

娜佳：柳苞芙·奥尔洛娃[①]！……

谢尔盖：怎么，你想当演员？……

娜佳：不，我想开机器，像她在那部电影里那样，你记得吗？

河边为跳水设置的踏板。白天。太阳。

玛露霞：真热！……游泳去吧！……

她站起来，踩着晒得发烫的沙子向水里走去。当玛露霞快要走到跳水的踏板旁时，米佳喊叫着从她身旁跑过，踩到发烫的踏板上，弹起压弯了的踏板，翻身跃入水中，溅一串串水珠。

玛露霞（隐忍地微笑）：真蠢！……

她机械地注视着河面上米佳应该出现的地方。但没有他。玛露霞不安地四下里瞧了瞧，进入水中，沿着沙滩边走、看着米佳应该钻出水面的方向。少先队员们在她的前后左右喊叫着到河里游泳去。

玛露霞（喊着）：“米佳！……”

但还是没有他。

玛露霞：米丘里！……米丘里！……

她钻入水中，忧心忡忡地游着，不时地向四周看看，然后又折了回来，她游到踏板旁，抓住扶手，刹那间一股无形的力量在踏板下拽住她。

玛露霞从踏板下钻出来，看见了微笑着的米佳。

米佳（轻声）：记得这个地方吗?!

玛露霞：傻瓜！……

米佳：害怕了?!

玛露霞：傻瓜！……

米佳：嗯，害怕了?!

玛露霞：让你的妻子为你害怕吧……关我什么事？……放开

---

① 柳苞芙·奥尔洛娃系苏联三、四十年代著名女演员。——译者

我！

米佳紧紧地握着她的双手。在他们上面，少先队员们又踏过踏板跳入水中游泳去了。

米佳（用英语）："那哭红的眼睑上羞耻的泪水的咸味尚未消失……"记得吗？……

玛露霞沉默着。

米佳：你呀，全都忘了……鲍里斯·康斯坦丁诺维奇去世一个月后，你发现妈妈和基里克在一起。我在这里找到了你。

玛露霞挣脱米佳的双手，扭过身去，但没有走开……

米佳：当时很冷——下着雨。我求你走过来，但你不。我就脱了衣服向你游去。那一夜我们在浮标手的草棚里。我们的初夜……连这也不记得了？我们有一本莎士比亚的《哈姆雷特》……我们一起读，你哭了。"那哭红的眼睑上羞耻的泪水的咸味尚未消失。"……记得吗？！

玛露霞：你总跟我说这些干什么？……

米佳：我不知道为什么，玛露霞……我想，既然对于我，那样的生活已不复存在，那就是说，对于任何人都不存在，没有人能从那种生活中留下来……而你们，看来，大家都还在！像从前一样，你们拥有一切，只是没有了我！消失了？……用橡皮擦去了？……

玛露霞：不知道……

玛露霞泪水涟涟地看着沙滩。那儿，公民防卫队的战士们的演习正在进行。他们抓住休息的人们，喊叫着："毒气进攻！"，还把防毒面具给他们戴上，并抬上担架。玛露霞钻入水中，向岸边游去……

岸边。白天。太阳。

站在岸上的公民防卫队的指挥官摘下脸上的防毒面具，说服一个正在反抗的休假者。

指挥官：同志，只要两分钟！……我们只是把您送往急救站而已！……您受伤了，我们这是在救您！……两分钟！……

但是那个休假的人不同意。

休假者：用不着救我！……我要上火车……服从了你们，我会迟到的……

玛露霞从水里走出来，向指挥官走去。

玛露霞：指挥官同志！……我受伤了……你们抬我走吧。

几个战士向她扑来，飞快地往她头上套上防毒面具，架上担架，抬离岸边。

米佳从踏板下游出来，跟在后面跑。

米佳：嗨，同志！……我呢？

指挥官：您也受伤了？……

米佳：我？……我被打死了！……

指挥官：死人我们不救！……请走开吧……

米佳：好吧，见鬼！我受伤了！……抬我走吧……

他被架到与玛露霞并排的一个担架上，他们一起被抬到指挥所……

……当谢尔盖和娜佳从彼岸游回来后，娜佳走上岸，四下里望了望，寻找他们的遮阳棚。

娜佳：我们的人呢？……

谢尔盖似乎在想什么事，没有回答她。娜佳捡起帽子和书。

娜佳：什么都丢下了。瞧，妈妈的书。她自己还骂我乱丢书呢……

娜佳捡起玛露霞丢下的帽子和书。谢尔盖拿起她没捡起来的一条毛巾。他俩沿着小路向家里走去。谢尔盖不由自主地加快了脚步。

娜佳：你干吗跑啊？……我跟不上了……

谢尔盖（茫然地）：我没跑……

戈洛文家的凉台。白天。太阳。

谢尔盖把毛巾递给娜佳。

谢尔盖：请把它挂好……

他自己快步向屋子里走去。

戈洛文家中的走廊和楼梯。白天。太阳。

谢尔盖还是那样快步登上吱嘎作响的楼梯，沿着走廊往前走。他听见门后有一种奇怪的声响、沉重的喘息和一个压低了男人的声音。他收住了脚步。

戈洛文家的客厅。白天。太阳。

基里克在做俯卧撑，向柳芭显示自己的能耐。

柳芭：五十六……五十七……不，您不老实！……必须做到底……您的双臂是弯着的……

楼下响起了钢琴声和米佳的声音。

戈洛文家的客厅。白天。太阳。

娜佳跑进客厅。大家都在哈哈大笑，因为玛露霞和米佳戴着防毒面具坐在钢琴旁，两双手正在演奏一个很严肃的曲调。突然，米佳用同一音调开始即兴表演，客厅里响起了康康舞曲。

玛露霞（摘掉防毒面具）：就是这样的。妈妈决定让那个可怜的大学生做我的课后辅导老师……

奥尔加·尼古拉耶夫娜：穆霞……这可不对……

玛露霞：对，对！……于是，这个辅导老师当着妈妈的面……（模仿着）“小姐，请您注意，这里是本位号……请注意指法”。只要妈妈一走开，他立刻就跷着二郎腿抽烟！然后就坐到钢琴旁，用一个手指即兴弹出那种康康舞曲。你们想像一下这个画面。辅导老师在钢琴上弹奏康康舞曲，女学生，幸福得几乎死去，跳着康康舞直到精疲力尽摔倒在地……妈妈，假使你看到……娜金卡，你能想像吗？……我那时正好像你这样……

米佳没有摘去防毒面具，继续弹奏着康康舞曲。钢琴声愈来愈响亮。玛露霞以一段舞蹈练习结束了她的故事——很可笑地高高地抬起双脚。

娜佳（用小拳头敲击着琴键）：米佳叔叔的演奏，感染力很强。

谢尔盖走进来，站在门口。谁也没发现他。康康舞曲的节奏与情绪愈演愈烈，太婆婆也与玛露霞共舞。透过面具上沾满汗水的玻璃镜片米佳注视着欢舞着的人们，随后，他的目光移向挂在墙上的照片。

奥尔加·尼古拉耶夫娜（用法语）：鲍列恩卡也是这么喜欢康康舞！……

玛露霞（用法语）：好妈妈，还记得吗，你都跳得入迷了?!

娜佳（用法语）：请你们教会我！……

谢尔盖转过身默默地离开客厅。

戈洛文家的凉台。白天。太阳。

谢尔盖独自一人坐在摆好午餐的桌旁。他从汤罐里把汤舀进汤盘，又倒了一杯酒，津津有味地吃着。

戈洛文家的客厅。白天。太阳。

莫霍娃出现在门口。打断了大家的法语交谈。

莫霍娃：午饭准备好了。请大家用餐……

听到大家都讲法语，莫霍娃改用法语邀请大家。

玛露霞（停止跳舞）：谢尔盖·彼得洛维奇在哪儿？……

莫霍娃：他已经在那儿用餐了……

老太太们急匆匆到凉台去。

玛露霞（对米佳）：幕间休息！……

但是米佳像上足了发条似的，继续疯狂地敲击着琴键。玛露霞走到他背后，开玩笑似地想把他从椅子上拉起来。米佳猛地转身抱住了玛露霞，但她轻巧地滑脱了他的拥抱。

戈洛文家的凉台。白天。太阳。

玛露霞：你怎么一个人——不和我们，不和客人在一起？……你倒是叫我们一声啊……

谢尔盖：我是想叫你们，可我不会讲法语……

河边空地。白天。太阳。

在空地上那神秘的建筑旁，人们仍旧忙乱着，还听得见命令声和锤子的敲击声。那辆熟识的卡车载着家具从林子那边驶来。卡车驶近那个构件，司机站在驾驶舱的踏脚板上。

卡车司机：男子汉们！……扎戈良恩卡……或是扎戈里诺村在哪儿？……地址给洗了……

一个身着内务人民委员会制服的军人走到司机身旁。

军人（严厉地）：喂，你快走开！……看见没有——这儿是目标！……

司机：可我从一早就……

军人（摔上车门）：快走！……

卡车启动。

戈洛文家的凉台。下午。太阳。

午餐几近尾声。大家都坐在桌旁。叶莲娜·米哈伊洛夫娜唱起了《蝴蝶夫人》咏叹调。基里克坐在柳芭对面，向她投去胜利者的目光，当母亲结束歌唱时，他响亮地鼓掌。谢尔盖仍然回避着，专心地读报。

奥尔加·尼古拉耶夫娜：多么好！……多么美妙！……简直就像鲍列恩卡在世时那样……

莉季娅·斯捷潘诺夫娜：上帝啊，我还能想起你在台上是怎么唱这一段的！……（对柳芭）每个演出季节都有剧团到这儿来……演音乐剧，话剧……那是多么好的日子啊！……

基里克（打断她）：还有冰淇淋?！你们还记得吗，给别墅里的人做的是多么好吃的冰淇淋啊？……香子兰果的、巧克力的、核桃仁的……而且还直接送来，在村子里……

奥尔加·尼古拉耶夫娜：每天早晨还有牛奶和奶渣直接送到别墅……

基里克：鸡蛋是这样的！（比划着）天啊！……硕大的、白色的！

谢尔盖（从报纸后面）：谁的？……

基里克：您指什么？……

谢尔盖：只有驼鸟蛋才这么大！……

米佳坐到挂在凉台旁的吊床上。

基里克：那是鸡蛋……至少应该是鹅蛋……

奥尔加·尼古拉耶夫娜：那鹅多么大啊……

米佳（自言自语）：火车载着鹅群……

奥尔加·尼古拉耶夫娜：什么？……

米佳做了个手势（示意）：没什么。

符谢瓦洛特·康斯坦丁诺维奇：鹅嘛，现在有时候也不错……只是那种香味，生活的气息——已经过去了……一去不复返……

谢尔盖（把报纸放到一旁）：听您这么一说，你们曾经有过多么美好的生活啊！……那么，如果你们那时过得那么好，那为什么不捍卫自己？……

符谢瓦洛特·康斯坦丁诺维奇：这怎么说！……我们捍卫了……

谢尔盖（几乎喊叫起来）：你们是怎么捍卫的？……又为什么逃跑？……你们，训练有素，装备精良、又有协约国支持的军官们……你们逃避我们，逃避我们这些肮脏的、赤裸的穷人！……我从未在什么地方学习过军事，顺便说一句，我把你们赶得团团转——在乌拉尔，在草原，在原始森林里！怎么会这样呢?!

符谢瓦洛特·康斯坦丁诺维奇：列宁答应要分土地，农民就跟他走……

谢尔盖：是啊，答应了……

符谢瓦洛特·康斯坦丁诺维奇：但是没有给……

谢尔盖：这有什么关系？难道一个男人的诺言比一个自小受到军事训练并且骄傲地忠于沙皇和祖国的军官还厉害？……你们简直就是除了“从前怎么样”以外，什么建议也没有！就这些……现在，除了空谈，你们还是什么也不会！……（取笑地）“从前的日子多么好！……多么香的气味啊！……”怀旧者们！……你们根本就不会过今天的生活……那些比你们聪明、灵活的人（他扫了米佳一眼），去为革命服务了，并且是自愿的，根据本人的意愿。而且不是出于恐惧，而是出于良心而去服务！……

米佳的吊床吱嘎地响了一下，他下了吊床，向桌旁走去。

米佳（拿面包干）：你们在争论什么，亲爱的同志们……

他坐在躺椅上，拿起吉他，开始调音。

米佳：娜佳，你知道吗，在法国你叫娜金？

娜佳：不，娜季娅！……

米佳：上帝啊，你也是个爱争论的?！来，到这儿来，我给你讲个童话故事。

娜佳走过去坐在他身旁。

米佳：在那久远的年代，有一个遥远的国度，那儿有一个男孩叫雅季姆。他的歌唱得非常好，会演奏各种乐器，并且会写诗。他的父母与一个叫西洛普的魔术师很友好。

虽然米佳的故事是讲给娜佳一个人听的，但大家都倾听着。米佳拿起桌子边上的一杯酒，一口就干了。

米佳（继续）：就是说，这个西洛普非常喜欢小雅季姆，他把雅季姆带回家，教育他，并向他传授魔乐。他俩像父亲爱儿子、儿子爱父亲那样相处。后来，西洛普的女儿诞生了，她的名字叫雅苏姆。

娜佳：多么可笑的名字，雅苏姆！……

米佳：雅苏姆长得很快，她不是一天天地长大，而是每一小时都在长大。

莉季娅·斯捷潘诺夫娜想用颤抖的双手给自己倒茶，柳芭帮助她。

米佳（继续）：西洛普的家很大，很快乐，很热闹，当然，也很幸福。但是有一天，所有这一切都结束了：像这凉台上白色杯子里的咖啡，午饭后的猜谜游戏和打槌球，还有伴着蛐蛐的鸣叫的朗读，以及冬天的傍晚围着茶炊长时间地喝茶，还有争论、欢笑——一切……

娜佳：为什么结束?！

米佳：因为发生了战争！

娜佳：跟谁打仗？跟资产阶级?!

米佳：跟谁打并不重要。重要的是雅季姆上了前线。更为重要的是所有这些日子，他都是在战壕里，在野战医院里、当俘虏、后来又在其他国家流浪。雅季姆每天，确实是每天都回忆起那座大房子，那花园、还有那大家庭里的一张张脸，甚至那只老蛐蛐，当它的叫声妨碍大家朗读时挨骂的蛐蛐……

娜佳：我们家客厅的壁炉后面也有蛐蛐……

米佳：娜金，这是另一只蛐蛐——是苏维埃的。它唱的是欢乐的歌，而那只蛐蛐的歌声是忧郁的。

谢尔盖给自己斟了一杯樱桃露酒。基里克也给米佳的杯子里倒酒，然后，他睨了谢尔盖和妈妈一眼，给自己也倒了一杯。

球状闪电在谢尔盖的书房和戈洛文家中游弋。

下午。多云的天空。

……我们继续谛听米佳的声音。这时，一个像孩子们玩的球那么大的球状闪电溅散着蔚蓝色的火星，悄没声息地从空寂的书房那敞开的窗口飞进来。它慢慢地摆动着，飘向书桌，几乎触及到台灯，又继续向屋子的深处飘游而去。

米佳的声音：整整十年雅季姆生活在远离这个大家庭的地方。他在餐厅里演奏钢琴，在大街上卖唱，在咖啡馆跳舞，开出租车，甚至当修鞋匠。这十年来，他是那么思念他留在那儿的一切……思念他从前住过的地方……

球状闪电在戈洛文家的客厅游弋。下午。多云。

客厅里，球状闪电在打开的钢琴的琴键上溅落了几颗火星，差点儿燎着一束干花，继续沿着墙往前飘。那面墙上挂满了戈洛文教授与学生们的照片，还有拉赫玛尼诺夫、夏里亚宾的照片，戈洛文与卡鲁索[①]的合影，小娜佳与大熊，参加酒宴的人们的照片，以及

① 卡鲁索（1873—1921），意大利男高音歌唱家，美声艺术大师。——译者

戈洛文在玛丽亚剧院[1]指挥台上，戈洛文在巴黎、戈洛文在大剧院的照片……球状闪电在刻有穆霞及米丘里身高的地方滞留了片刻并以它蓝色的闪亮把那地方照亮……然后，它继续飘游……

米佳（画外音）：然而，十年后他回来了。这时，他的父母已经去世，确切地说，他们是在那场战争中丧生的。雅季姆从火车站直接奔向他老师的家。那是一个冬天，除了白雪，他已经不认识祖国家乡的一切了，它改变得太多了。他屏声息气地按响了门铃。几分钟后，一个姑娘给他开了门。虽然雅季姆的足迹遍布许多国家，但他无论在何时何地都未曾见过如此美丽的姑娘……

球状闪电在戈洛文家的凉台上游弋。下午。多云。

米佳继续着他的童话故事——

米佳："你是谁?"雅季姆惊讶地问。"我是雅苏姆!"美女回答。"难道你就是那个在长裤上写字，而当你的父亲教我音乐时，你就在他的膝头睡觉的那个雅苏姆?""是啊，"雅苏姆回答，"就是我……请进……我们等你很久了。只是爸爸病得很重……"可是雅季姆却注视着美丽的雅苏姆，再也说不出一句话……

娜佳：这么漂亮的姑娘一定是公主!

米佳：你啊，娜金，那才是真正的公主。他俩相爱了，一见钟情。

娜佳：我知道：然后他们结婚了，很快他们就生了一个……

米佳：不，娜金！他俩没结婚，没来得及……

娜佳（懊丧地）：那……为什么？……

米佳：因为，雅季姆很快就被一个强有力的重要人物叫走了……

娜佳：那个永生的柯谢伊[2]？……

米佳：不，娜金，他不像柯谢伊那么重要……

---

① 十月革命前俄国管理某些好学校及孤儿院的教育机构玛丽亚皇后事业部所辖剧院。——译者

② 柯谢伊系俄罗斯童话中凶狠的瘦老头。——译者

娜佳：那么是树精……

玛露霞紧张地审视着米佳。谢尔盖品着酒。

米佳：不是，娜金……

娜佳：那么，他叫什么名字？……

米佳瞥了谢尔盖一眼。

米佳：不记得了……就这样，这个强有力的重要人物把雅季姆叫到一所大房子里说："你走吧，亲爱的雅季姆同志，到我不知道的地方，去做……"

娜佳（继续）：……做我不知道的事情！……

米佳：正是这样。而雅季姆回答："我的万能先生，就是说，同志，我已经游荡够了，仗也打够了，我想在家里生活，静悄悄地，和家里人在一起。我有未婚妻，她爱我，我也爱她"……而那个强有力的重要人物说："你这是小市民的看法，亲爱的雅季姆"……

娜佳：什么叫——小市民？

米佳：就是不好。"雅季姆，你的想法不好。祖国把你叫回来并不是让你来建你自己的小市民窝。来吧，兄弟，准备一下。亲笔写一份申请……给你一周时间考虑，否则……"

娜佳（威严地）：脑袋搬家！

米佳：对，对。正是这样！雅季姆回到家里，郁郁寡欢，脸色比乌云还难看。后来，他整理好东西就走了，不知去向……对谁也没说！……

娜佳：为什么？……

米佳：因为他无话可说，娜金……

球状闪电缓缓地逼近凉台。它映现在挂在过道的镜子里，火星溅落在娜佳的被遗忘在衣架下的布娃娃身上时还发出唏嘘声。

米佳（继续）：还因为，娜金，雅季姆见过太多的鲜血和苦难，他不愿意不幸和流血发生在这个他热爱的大家庭里。还因为，那时候他才二十七岁，像你妈妈现在这个年纪，他很想活……

球状闪电慢慢地飘过墙上玛露霞的那张大照片。

娜佳：那公主怎么样了？

米佳：公主哭啊，哭啊，后来就嫁人了……

娜佳：嫁给谁？

米佳：就是嫁给那个人，我不记得他的名字了。要知道，他留了下来，谁也没赶他走……

谢尔盖（平静地）：谁也赶不走他。他的名字叫伊耶格列斯。

娜佳：你知道这个童话，爸？

谢尔盖：是的，娜金卡，你妈妈也知道……

娜佳：那你们为什么没给我讲过？……

大家没来得及回答她，因为玛露霞猛地站起来，想要离开，而在这刹那间，球状闪亮飞进了凉台。

米佳（严厉地悄声说）：坐着！谁也别动！

玛露霞坐到柳条编的椅子里。

米佳（喃喃低语）：这是球状闪电！……谁逃跑就烧死谁！

球状闪电摇摇摆摆地悬挂在桌子上方。大家都惊呆了。米佳的目光在闪电和谢尔盖之间徘徊。闪电仍然空悬在桌子上方。基里克想把手帕塞进裤袋里，然而，他刚动了动，闪电便开始向他那边摆动，基里克惊呆了。米佳轻轻地拨动琴弦。吉他的乐曲很奇怪、很紧张。闪电似乎沉思着，又转向米佳那边。米佳慢慢地站起身，火球缓缓地向他移去。米佳死死地盯着它，继续弹着吉他，小心翼翼地坐到台阶上，然后又移到另一级台阶，于是，他便身处花园里了。闪电一直跟随着他。他们消失在视线之外。只有轻轻的吉他声和球状闪电发出的可怕的嗞嗞声和噼啪声从画外传来。

当一切都归于寂静时，玛露霞猛地站起来冲进屋里。谢尔盖拿起报纸。楼梯在玛露霞那急促的脚步下嘎吱作响。大家都僵住在那里……

球状闪电飘游在文学艺术家村的街上。下午。多云。

米佳从戈洛文家的栅栏后走出来。过了一会儿，又听见了球状闪电的唏嘘声。米佳弹着吉他沿着街道漫步。闪电似乎沉思着，静止不动了。突然，从对面的村边传来了飞行员管乐队的雄赳赳的进行曲："高高地、更高地、更高地……"小号声高昂有力。球状闪电似乎作出了决定：转向乐队那方。米佳目送着闪电。那球状闪电低悬在尘土飞扬的村间小道上，然后调转了方向……

戈洛文家玛露霞和谢尔盖的卧室。下午。太阳。

谢尔盖紧紧地握住玛露霞伸开的双手，把她往墙上按去，直直地看着她的眼睛。

玛露霞（疯狂地）；放开我……

谢尔盖（生硬地）：不！……我也不会向你作任何解释。你是我的妻子……无论我是谁，即使是罪犯、小偷、人民的敌人——你是我的妻子！……你明白了吗？明白了吗，我问你呢?!……

玛露霞想要挣脱他。

玛露霞：放开我，野兽！……

她挣脱出来，跃到门旁，沿着窄窄的通向阁楼的梯子跑着。谢尔盖跟在她后面。

戈洛文家的凉台。下午。渐渐露出了阳光。

米佳从栅栏旁走来，继续弹奏着那支把闪电引走的曲调。凉台上只有娜佳一个人。

米佳：大家都在哪儿？……

娜佳：都跑开了……外婆号啕大哭！……大家都摔门……也许，都睡了。我们午饭后总是睡觉的……

米佳：我记得。那你为什么不睡？

娜佳：因为，只有当他们都睡觉时，才能正常地生活。

米佳：那好吧，也许，我也不睡觉。

娜佳：午睡后大家都到槌球场去踢足球……

米佳（吃惊地）：是吗?!……

娜佳：是啊！……

米佳：为什么不像从前那样玩槌球？……

娜佳：因为那是资产阶级的。网球也是资产阶级的。只有两三个人玩。而足球可以有 22 个人参加，而且有几千个观众，到那时他们就能不喝酒也不偷窃……爸爸是这么说的。

米佳：好样的！……

娜佳：谁？……

米佳：就是你的好爸爸啊！……

娜佳：对，我们明天还要一起去动物园。他答应我了。冬天我到那里去过三次。因为我们冬天总住在莫斯科，可夏天总在这儿。可是，您知道吗，冬天有半数动物不展览。它们怕冷。只有白熊，海象，可比方说，狮子、孔雀就看不见了……有一次去猴馆，那气味啊……外婆差点喘不过气来，好不容易才把她们弄出来……您知道吗：爸爸也没去过动物园……

阁楼上的房间。下午。太阳。

谢尔盖紧追着玛露霞来到阁楼上屋顶下的小房间。这间屋里存放着一些旧东西：床垫、破旧的柳条编的椅子和其他一些破烂。谢尔盖抓住玛露霞的手，让她转向自己，又把她推倒在一堆被褥上，猛然一下撕开她那带小翻领的女衬衫。玛露霞顶着谢尔盖的胸膛，想要摆脱他。

戈洛文家的客厅。下午，太阳。

米佳在客厅里徘徊，审视着墙上的照片和餐柜上的小玩意儿。娜佳跟在他后面。在标有小玛露霞和米佳身高的地方，他们站住了。

娜佳：这儿还有我呢。看……

她指着墙上写有黑字的地方：娜佳。1935 年 6 月 13 日。

米佳：瞧，你也长得很快，雅丹！……

娜佳：什么？……

米佳眨了眨眼睛，走开了。娜佳迷惑不解地站在墙边。后来，她喃喃低语着："雅丹、雅季姆、雅苏姆……"

基里克从二楼下来——疲惫的、满足的、凌乱不堪的……

基里克：怎么，你真的结婚了。

米佳：没有，没结婚。

基里克：就是说，撒谎了……

米佳：撒谎了……

基里克：那么，你去了哪儿？……在哪儿服务？……

米佳：内务人民委员会……

基里克（不相信）：你说什么？……又撒谎了？……我在认真问你呢……

米佳：可我是在开玩笑呢！……在巴黎近郊的一个餐厅弹琴。现在也是在莫斯科郊区，在波多利斯克……

基里克：你早说就好了……什么时候回来的？……

米佳：大约有半年了吧……

基里克：你为什么不来？……

米佳：没有理由……

基里克：娜佳，到凉台玩去，让我们说说话……

娜佳：基里克叔叔，你夏天在动物园呆过吗？……

基里克：呆过、呆过……

娜佳：那你为什么跑了？……给你喂的食不好吗？……

娜佳用怀疑的目光打量了基里克一番，走到凉台上。

基里克（对米佳）：你又在撒谎了。还想要理由……你知道吗？她出了什么事——她给自己缝好了嫁衣……等了你一年多……后来这个师长出现……鲜花、音乐学院、餐厅……你怎么，彻底回来了？

米佳：彻底……

基里克：想跟她怎么样？……绿帽子很适合这位师长……（他妒忌地哈哈笑着）

米佳：你没变，基里克……喂，这个柳芭怎么样？

基里克（拥抱着米佳、气喘吁吁地悄声说）：谢瓦[①]叔叔会打死我的。她在罗马法的基础上迷上了他。但是我的奇袭……我的奇袭是无法反击的！……

基里克开玩笑似地想抓住米佳，但米佳闪电般快速地扭住了基里克的手。

基里克：哦哟！你怎么啦，真疼！……

米佳：请原谅，基里克……我没想到……

阁楼上的小房间。下午。太阳。

谢尔盖在玛露霞的唇上，脸上，脖子上，胸脯上狂吻。玛露霞已经几乎不反抗了。在她脸上出现了某种奇怪的、茫然的微笑……

戈洛文家的客厅。下午。太阳。

米佳打开通往凉台的门，但正沿着楼梯往下走的莉季娅·斯捷潘诺夫娜叫住他。

莉季娅·斯捷潘诺夫娜：米佳，等一等……

她走到他身旁。

莉季娅·斯捷潘诺夫娜（悄声地）：米佳，你干吗来了？……要知道，这是罪过，米佳……他们有家庭，孩子……

突然，她皱起眉头，大声哭着，把脸贴近米佳的胸前。

莉季娅·斯捷潘诺夫娜：你躲到哪儿去了？……要知道，我一切都明白：他们强迫你……我的上帝啊，这一切多么可怕，米金卡……

米佳拥抱老太太，他的声音因激动而时断时续。

米佳：莉季娅·斯捷潘诺夫娜，我亲爱的……要是您知道，他们对我做了些什么！……我是怎样走过来的！……

莉季娅·斯捷潘诺夫娜：多少年了……感谢上帝，总算还活着……活着，米金卡，这是多么幸福啊！我是如此地理解你！我已经七十八岁了，但我每天早晨感谢上帝，感谢他又让我睁开了双

---

① 谢瓦系符谢瓦洛特的爱称。——译者

眼！……当我们数到三十六年时，大家是那么地高兴！……活着，米金卡！……你不会相信——我和列利娅昨天傍晚在花园散步时，听见了杜鹃叫，我们就数着，还有多少年好活……我们数到了三十六年。真太高兴了！要知道，我和她加在一起都过了一百五十岁了，两个老傻瓜！……米佳！米金卡！米丘里……

米佳：已经没有米金卡了，没有米丘里……他死了……一具尸体……

莉季娅·斯捷潘诺夫娜（害怕地）：可别这么说！……你可别……这是罪过……上帝原谅了你，我们也原谅你……只是你别毁了她……

米佳（想要开玩笑）：我怎么会呢，亲爱的婶婶，要知道，我自己也有妻子儿女……

娜佳来到客厅。

娜佳（不耐烦地）：丽达太婆婆，你又唠叨个没完了……妈妈求你多少次了，让你别这样……

莉季娅·斯捷潘诺夫娜：好了，好了，这就结束。我只说三句话：活着，米金卡，活下去……

米佳亲吻着婶婶灰白的头顶，而她则悄悄地为他划十字。

米佳（自言自语）：火车载着鹅群……

阁楼上的房间。下午。太阳。

玛露霞几乎一动不动地躺着，把嘴唇咬得发白。她脸上的表情紧张而又专注。几绺湿头发贴在前额上。随着难以察觉的动作的节拍传来短促的呻吟。

戈洛文家的花园。下午。太阳。

娜佳和米佳沿着小路向房子走去。从屋顶下的那扇敞开的窗子里传来某种闷闷的敲击声和气喘嘘嘘的呻吟。

米佳：请允许我问你，娜金，你会跳切乔特卡舞吗？……

娜佳：怎么跳？

米佳：就这么跳！……

米佳开始跳切乔特卡舞。

娜佳（惊叹地）：这真棒！教教我！……

柳芭出现在凉台上。

柳芭：娜金卡，你没看见基里尔·格里高里耶维奇吗？……

娜佳：看见了，看见了！……骑着自行车走了，大概到飞艇那儿去了。也许他们在那儿喝伏特加呢。谢瓦叔公早就在找您了……

栅栏那边传来了铃声。有一个胖胖的，但动作灵活的男人进来。过了一会儿就弄明白了，他是个爱说话的人，听口音是格鲁吉亚人。莫霍娃出现在凉台上，听了格鲁吉亚人一阵唠叨，她又消失在屋里了。

格鲁吉亚男人：请原谅……这是我的委任状，我是个可以相信的人。我是“库塔伊西—摩尔曼斯克”高跷队的政委。队里还剩下三十个队员……不会有损害的！……

米佳：什么损害？……害谁？……

格鲁吉亚男人：您……他们只是从这儿走到那儿！……

他挥动手臂，指着从栅栏经过院子的第二个出口到别墅群间的一条细窄的小路。

米佳：这得去问主人。我是这儿的客人……

格鲁吉亚男人：公家的道路被截断了：军事行动，那儿在建造什么东西，都给围起来了……只得绕道走！……所有的队员都踩高跷，除了我！……主人在哪儿？……

米佳：都睡着呢……您晚一些时候来吧……

格鲁吉亚男人：我刚动完手术。想看看吗？……

他把嘴巴张得大大的。

格鲁吉亚男人：我走着走着就睡着了。氧气进不了大脑，因为我腭骨太低，鼻毛太盛。只好都割掉。想看看吗？请吧，我还带着小手电筒呢。

他把手电筒递过来。但是，无论是米佳还是娜佳都没有表现出要看那胖子大张着的嘴的愿望。

格鲁吉亚男人：医生担心我不会说话了，但是，你们看，我说得很好，甚至用俄语……

莫霍娃急匆匆地从凉台下来，向那个格鲁吉亚男人走去。

莫霍娃：我可以看看吗？

格鲁吉亚男人（高兴地）：请吧！……给您手电筒！

莫霍娃把格鲁吉亚男子的口腔照得亮亮的，颇感兴趣地观察着。

莫霍娃：您用些什么药？……

格鲁吉亚男人：不知道，什么药都用过……

莫霍娃：您带着吗？给我……

阁楼上的房间。下午。太阳。

谢尔盖和玛露霞并排躺着。玛露霞的头枕在丈夫的胸膛上。

谢尔盖（声音不高）：好，现在我可以回答你所有的问题，如果还有问题的话。

玛露霞：有……是你把他派到那儿去的？……

谢尔盖：是我！

玛露霞：那么是你！……你还……

谢尔盖（打断她）：他自己走的！……自己！……自愿的！……不只是他一个。大家都可以选择。

玛露霞：但是如果他拒绝，就会被逮捕……他没有别的路……

谢尔盖：每个人都有两条路，玛露霞，由他自己选择其一。可以说，也可以沉默；可以走，也可以留下……

玛露霞：为什么恰恰是他？……他在那儿干什么？

谢尔盖：十年过去了。我不记得了。你知道，那时候，我们向国外派了多少人?！大使馆、代表团、贸易处，记者……他有经验，懂语言……后来，你是知道的，我在那儿没工作多久……（换话题）……听我说，玛露霞，也许，我们真该搬到公家的别墅去。那儿又干净，又整齐，还有人服务！椅罩都是洁白平整的，还有排球场。谁也不会妨碍我们，谁也进不去，有警卫。再说，克里姆林宫里也有人用异样的眼光看我：放着公家别墅不住，却去住臭虫窝。我很不自在，要知道，我毕竟是师长啊……给我配备了公家的别墅。好吗，玛露霞？要是你想把老太太们带上，也行……

玛露霞（没听他说，过了一会儿）：告诉我老实话：如果派你去呢？……你也会走?！把我和娜佳丢下？……是吗？

谢尔盖：当然，玛露霞，当然会走。我是军人嘛。

玛露霞：那你那时候怎么敢责备他？……

谢尔盖：我嘛，玛露霞，如果走，那是因为我爱祖国。而他是因为害怕，想要救自己的命。责任与胆怯……你明白这两者间的区别吗？……

玛露霞一动不动地躺了一会儿，似乎在思考谢尔盖说的话。随后，她的脸慢慢地靠近谢尔盖的脸。他的脸离她愈来愈近：他的脸庞、鼻子、眼睛……

谢尔盖（满意地微笑着）：你怎么啦，玛露霞？

玛露霞（悄声）：想更近些看清你……

谢尔盖：为什么，玛露霞？……你在那儿看见了什么好东西？

玛露霞：你的脑袋里有一盏灯，因此你的眼睛闪闪发亮？……有一次，我和其他几个人的妻子五一节时在列宁墓旁的观礼台上，有一个与丈夫一起新调到莫斯科来的女人站在我后面。当游行的人群举着你的画像走过时，她俯身贴着我的耳朵问："这是谁?"……我不知所措，说："不知道。"后来我想，我向她说的是真话。要知道，我确实不知道你的那一个……

谢尔盖：不需要，玛露霞。怎么，对于你，我的这一个还不够吗？

玛露霞（莫名其妙地微笑着）：还要怎么个够啊！……有时候，我对你的感觉这么深刻……到处都有感觉：肚子里、唇上、手指尖上……

谢尔盖温柔地，同时又是狡猾地微笑着注视着玛露霞、眨了眨眼睛。

谢尔盖：怎么样，玛露霞，爱自己的柯托夫同志吗？

玛露霞的手指抚弄着谢尔盖的眉毛。

玛露霞：这回我将生个男孩……

谢尔盖（着迷地）：什么?！……

玛露霞：今天我感觉到，他已进入了体内……

谢尔盖不相信地摇摇头。

玛露霞：真的、真的……我那时也感觉到了娜金卡是怎么进来的，只是我没说……

谢尔盖以如此的激情使劲地拥抱玛露霞，甚至可以听到她的脊柱骨的咯吱声和压抑着的叹息声……

玛露霞（兴奋地）：你要把我的什么地方折断了……

谢尔盖：请原谅，我忘了……

玛露霞：我很喜欢你有时忘乎所以。很可怕，但令人陶醉。我非常迷恋你疯狂的时候！……今天早上，当你跃马急驰时，我差点儿幸福地叫起来……因为你是这样的……

谢尔盖：是啊，早晨干了蠢事……斗争，同自己的游击作风斗争——没有效果！……

玛露霞：我的上帝！……我是多么不想下楼去。跟这个人说话，向那个人微笑……我们单独在一起的时间那么少：整个生活都在警惕的老太太们的眼皮底下，还有基里克……再加上这个米丘里的突然出现……要不，你跟他说，让他走？……

谢尔盖：我？……为什么是我……

玛露霞：我求你了……

谢尔盖：不，玛露霞，不能这样。你想想，你把我置于什么样的境地……为什么我应该赶他走？……就因为他爱过你？……

玛露霞：因为他背叛了我……

谢尔盖：因为这个，我应该向他说声“谢谢”。玛露霞，这是你们的事，是你的权利，由你来决定……

玛露霞（稍事停顿）：好……我决定……

玛露霞穿上睡袍，光着脚走到阳台上。

戈洛文家的花园。下午。太阳。

玛露霞站在阳台上看了一会儿在跳切乔特卡舞的米佳和娜佳。

玛露霞：米佳……我请你……

米佳（仰起头，注视着玛露霞）：扑通一声！……

玛露霞：什么？……

米佳：当你妈妈安排你睡觉时，就说："扑通一声"！……

玛露霞：米佳，我求你……你知道……

米佳（声音不高）：知道、知道……只是请你跟你的谢辽沙说一声，让他下来说两句话……

娜佳（对米佳）：怎么，您要走了？……

米佳：如果说实话，娜金，那么，不是。我不会对你撒谎。傍晚有车来接我，我坐车走……

娜佳：乌拉！……

米佳：但是，这是我和你的秘密，娜金！……我甚至可以说——只有我俩知道的军事秘密……

送格鲁吉亚男人出去的莫霍娃从他俩身旁走过。

米佳：莫霍娃—莫霍娃——我的谜一般的珍珠，你为谁守护着自己？……为了哪一个王子？是否该立即开始有血有肉的生活啦?!

莫霍娃（红着脸，害怕地摇着双手）：你怎么啦，您怎么啦……德米特里·安德烈耶维奇！这需要怎样的健康啊……再说，药也没了……

羞怯不已的莫霍娃急匆匆地向屋里走去。

娜佳：可怜的莫霍娃！太婆婆们造了孽——把她所有的药都烧了。

米佳：是啊，真是罪过……但是，没关系——莫霍娃会活得很久，很久，直到你长大成人。这是她的命运。

娜佳：您是怎么知道的？

米佳：你啊，娜金，你忘了……我可是马格里布的魔术师——我知道一切的一切……瞧，你爸爸来了……我这就去和他聊一会儿……

谢尔盖下了凉台，向他们走来。

米佳：娜金，你玩什么游戏？接下来谁拉调子？……

米佳掩住自己的耳朵，开始出声地呼气。

米佳：我们轮着来。你吸气，我数数。我呼气……

娜佳：我数数！……

米佳：好样的！……谁的声音拖得长，算谁赢！

谢尔盖走过来，探询地看着米佳。

米佳：等一会儿……（对娜佳）你先来！（发命令）吸足气！……掩住耳朵！……开始：一，二，三……

娜佳听话地执行命令。为了保险起见，米佳把自己的双手贴在娜佳的手上。于是，小姑娘没有听到他对谢尔盖说的话。

阁楼上的房间。下午。太阳。

玛露霞穿着敞开至腹部的睡袍，躺在床上。

她的眼睛微闭着。她像久病初愈的人那样把双脚放到地板上，艰难地站起来，向阳台门走去，尽力不让花园里向窗口望的人发现她。

她看见米佳和谢尔盖，娜佳站在他俩中间，好像在唱歌。谢尔盖在认真地听米佳说话。玛露霞从窗旁走开。

戈洛文家的花园。下午。太阳。

娜佳、米佳和谢尔盖向屋里走去。娜佳还没有喘过气来。

娜佳：现在轮到您了！

米佳：现在就来……我准备一下……

谢尔盖：车什么时候来？

米佳：七点之前……

谢尔盖（看了看表）：明白了。怎么，我们谈妥了?！不跟任何人说一个字！对于所有的人来说，你就是客人，那么你就看着办吧。你踢足球吗？

米佳（惊奇地）：踢过……

谢尔盖：那太好了！……那我们就来玩一阵！……星期天我们踢足球——惯例！……

米佳（更惊奇地）：谢尔盖·彼得洛维奇……也许，您有些不明白？……

谢尔盖：有什么不明白的?！离你的车来之前还有差不多两小时呢……

娜佳：米佳叔叔，该你了……

米佳顺从地用手掌掩住耳朵，深深地吸了口气。

娜佳：一，二，三……十！……乌拉！……我胜利了！……

米佳：唉！……不得不准备翻本了……

阁楼上的房间。下午。太阳。

玛露霞离开阳台的窗口，系上睡袍的扣子，下楼到凉台去。

戈洛文家的凉台。下午。太阳。

谢尔盖微笑着站在这里。

谢尔盖：把大家都叫来踢足球！……那个跳飞鸟舞的，像飞艇似的，那个人在哪儿？……

玛露霞惊愕地注视着丈夫：他那奇怪又忙乱的欢乐是她所不理解的。超过谢尔盖肩头她看见米佳在和娜佳说话，向她解释切乔特卡舞的某个舞步，谢尔盖也在欣赏她。看见了妈妈，娜佳向她扑去。

娜佳：好妈妈，好爸爸！……你们看，我会跳了！……

她飞跑到凉台上，跳了几个切乔特卡舞的花样动作。

谢尔盖：真是棒极了！……

娜佳：这才刚开始呢！……米佳叔叔，告诉我，下面怎么跳？……

米佳站在离凉台几步远的地方。从他的形体和他的脸上都隐露出警觉和紧张。

谢尔盖（对米佳）：来吧，来！……让我们看看，你会什么！来吧，喂，来吧，来！……

米佳耸了耸肩，不得不摆出一个切乔特卡舞姿。

谢尔盖：很好！……瞧，这样，谁会跳？！……

这位英名远扬的师长说着就迈开了潇洒的舞步——时而下蹲，时而把脚高高地踢起。

玛露霞：你怎么啦，谢尔盖？……

谢尔盖：这是飞鸟舞，它迎着飞艇飞去！……

玛露霞：他跟你说了什么？……

谢尔盖（继续摆弄着舞姿）：谁？……我们要踢足球：今天是星期天，你忘了？……

舞蹈结束时，谢尔盖卖弄地跺着脚向妻子靠近并拥住了她的双肩。

谢尔盖（快乐又温柔地）：你别这样，玛露霞！……你怎么把什么都看成问题？……你童年的朋友来做客！……反正会有车来接他的……你最好给他找一双便鞋……（问米佳）你穿几号的？……

米佳（耸了耸肩）：42号……

栅栏门开了。那个我们已经熟识的格鲁吉亚男人沿着小路向他们走来。米佳看见了他，便指了指谢尔盖和玛露霞。

干草垛旁的路。下午。太阳。

已经熄了火的卡车停在收割过的庄稼地里。远处，在干草垛上有一个男人。他的手臂撑着大草杈，正向司机解释着什么。那个人站在下面，摇着双手，也在激动地说些什么。渐渐地，他俩的谈话激烈起来，司机火气很大地从地上捡起了一条棍子塞进那男人的草垛，而那男人又把它扔回给司机。

发动机不时发出轻轻的哧哧声。随着发动机颤动的节拍，从卡车的反光镜里可以看见那干草垛前突然的争吵愈演愈烈。

戈洛文家的花园。下午。太阳。

玛露霞和娜佳是守门员。她俩守卫着窄窄的球门，那球门是用两个浮式排泥管替代的。米佳、谢尔盖、基里克和那个格鲁吉亚胖政委在草地上传球，符谢瓦洛特·康斯坦丁诺维奇充当裁判，太外婆们和莫霍娃则是积极的观众。球员中的某一个人猛踢了一脚，足球向高高的荨麻丛飞去。大家费了好长时间找球。

米佳走到荨麻丛深处，小心地拨开一棵棵荨麻，突然与谢尔盖碰了个照面。谢尔盖审视着米佳的眼睛，似乎正在等他。

谢尔盖：找到了？

米佳（稍顿）：您在这儿？……请听我说，这很奇怪……您怎么，什么都不明白？您只剩下一小时了……您为什么还要把它浪费掉？……

谢尔盖（佯笑着）：你以为我会跑去烧文件？……或者企图自杀？……我感兴趣的是其他事情……是你自己要求到这儿来的吗，安德森？……

米佳：什么?!

谢尔盖：你这个讲故事的人！你为什么不在自己的童话故事里叙述你在 1923 年就已作为被苏联人民委员会国家政治保安总局招募的暗号叫“钢琴家”或“音乐家”的秘密特工向我们出卖了八个人！……八个白匪帮的高级将领。由于你的功劳他们才被捕获并被带到这儿，然后作为反革命分子和劳动人民的敌人被处决！……

米佳：您不认为他们是这种人？……

谢尔盖：我当然认为是！……但是我为反对他们战斗了四年！……而你是为他们而战的！……并且，你和他们在一起！……后来，你又把他们全都出卖了！……库尔涅夫将军、瓦伊列尔将军，马什科夫……所有的人！……

米佳：您是知道的，我被迫……

谢尔盖：谁强迫你了？……谁？……1923 年时我根本不知道有你这个人！……很简单，你是被收买的、用法郎收买的！……

米佳：您不能这么跟我说话！我不需要你们那些臭气熏天的法郎！……我只不过想回家！到这儿，到这座房子来！……他们答应过我，而我相信了！……他们对我说："你干吧，我们让你回去"……

谢尔盖：你就同意了?!……

米佳：是啊！如果你处在我的位置?

谢尔盖：开枪自杀！……

米佳（冷冷一笑）：看来，您永远也不会这样做的……

谢尔盖：可别人追杀了我四年！……

米佳：我也是：自己人，陌生人！……后来又欺骗我。他们允诺，不再碰我，但他们骗了我，把我的一切都夺走了。这掠夺你也参加了：生活、爱情、玛露霞、专业、祖国、信念——所有的一切！……

谢尔盖：哦，这就是你来这儿的原因？……你感到满足了！……你一点一滴地欣赏自己所有的委曲……然后猛然一击：您被捕了，柯托夫同志！……

米佳：我违反了指示，冒着犯渎职罪的危险事先告诉您……

谢尔盖：恻隐之心？……

米佳：不是为您！……对您，我没什么要可怜的！……我可怜自己！……可怜这儿的生活！……我自己的青春年华，爱情！……小女孩，她本可以是我的女儿……

谢尔盖（打断他）：你还撒谎！你还要行骗！……骗我们，骗你……我以后会考虑到的这一点的……你是知道的，这一切将如何结束！……是谁把柯托夫投入监狱？……那个革命英雄和神话传说中的师长?!是谁？……

米佳（稍顿）：关于这一点，我可以提醒你。五天之后，在自己的号子里，你将自愿地承认，从1920年起你就是日本间谍，1923年起又充当了德国间谍，你还是破坏分子和谋杀斯大林同志的组织者！……如果你不签字，那么有人会提醒你，你有妻子和女儿！……

谢尔盖：什么?!……

他大幅度地伸开手臂，猛抽米佳的脸。米佳被打倒在地。

娜佳从灌木丛中钻了出来。

娜佳：爸爸！……好爸爸！……少先队员们找你来了！……是以你命名的少先队！……米佳叔叔在哪儿？……

谢尔盖还没有恢复平静。他不知所措地一会儿看看娜佳，一会儿又往米佳倒下的地方看。突然，一只足球慢慢地出现在荨麻丛上方，然后又露出了米佳的头部。他微笑着向娜佳眨了眨眼。

米佳：我找到球了！……

娜佳：我们快走吧！……那边少先队员们举着旗帜呢！……以爸爸命名的那个中队正在举行新队员入队仪式！……

当他们走出灌木丛时，谢尔盖向米佳靠近一步。

谢尔盖：为什么把你提前派来了?!

米佳：为了让您不干蠢事……

谢尔盖：会搜查吗？

米佳：明天……

谢尔盖：为什么？……

米佳（非常明确地）：为了不当着我的面……

谢尔盖（认真地）：明白了！……对谁也不说一个字：车来了，我们一起走！

米佳：好吧！……

少先队员们在凉台前排成两列横队。

少先队员们整齐地举起手向谢尔盖敬礼。一个裹着三角头巾的少先队辅导员站在最前面。谢尔盖戴上娜佳拿来的军帽，行军礼。

少先队辅导员（响亮地）：以英名远扬的革命英雄、斯大林同志的学生和战友、布尔什维克勋章获得者、传奇式的英雄师长柯托夫同志命名的少先队入队宣誓仪式列队完毕！……

新入队的少先队员们高声宣誓。

少先队员们（齐声地）："我们，以国内战争英雄、斯大林同志忠诚的学生和战友、布尔什维克勋章获得者，传奇式的英雄师长柯托夫同志命名的列宁少年先锋队员们，在自己的同志面前，在柯托夫同志亲自出席的情况下，庄严宣誓：做一个列宁—斯大林事业和伟大的十月革命的英雄们的事业的忠实的接班人，坚守国家秘密和军事秘密，忘我地为社会主义祖国服务，并为捍卫祖国流尽最后一滴血，正如伟大革命的英雄们和斯大林同志个人的忠实的学生、布尔什维克勋章获得者柯托夫同志那样！……"

娜佳站在父亲身旁，也像少先队员们那样举手行礼"致敬"。

河边空地。傍晚。晚霞。

飞艇慢慢地活动起来。它的四周雾气腾腾，人们忙碌着。

工人们用一些粗绳子加固飞艇，并用一把大扳子拧紧一个螺丝帽。

文学艺术家村里的一条街。傍晚。晚霞。

娜佳在栅栏旁。她站在她的小凳子上向路上观望。路上空荡荡的。只有一个骑自行车的人停下来了。

骑车人：节日好，娜金卡！

娜佳：节日好，瓦西里·瓦西里耶维奇！……

骑车人：你在等谁？

娜佳：应该有车来的。

骑车人：哦，明白了！……代问你爸爸节日好。

娜佳：好的……

骑车人远去了。街上又是一片空寂。

戈洛文家的凉台。傍晚。晚霞。

在这漫长的夏日，戈洛文家的人已经第三次坐在摆好的桌旁——围着茶炊进行的下午茶几近尾声。符谢瓦洛特·康斯坦丁诺维奇隐忍着胜利的微笑，十分殷勤地与柳芭跳着探戈，柳芭则热忱地紧贴着他。唱片旋转着，仍然是那首《疲惫的太阳》。

基里克想要捕捉柳芭的目光，当他得以成功时，他就开始可笑地做怪脸。莫霍娃在收拾桌子。

基里克（高声地）：有意思，为什么称它"球状"？……也许因为它的外形呈球状？……

符谢瓦洛特·康斯坦丁诺维奇：精细的想像……

莫霍娃：荨麻汁对消除它们的影响很有用，无论是体内或体外……

奥尔加·尼古拉耶夫娜：消除“它们的”，消除谁的？

莫霍娃：任何闪电的影响……

莉季娅·斯捷潘诺夫娜（对叶莲娜·米哈伊洛夫娜）：穿着你的风衣什么闪电也不怕……

莫霍娃：如果是夏天被电击呢？

米佳和谢尔盖面对面地坐在桌子两旁，他们没有参与这个谈话。

玛露霞（微笑着）：我们现在可以不再害怕了……米佳教会了我们如何对待它们……

基里克突然发出疯狂的吼叫，并把头上的一些劈啪作响、火光闪闪的东西拨开，大家都因这突发的一幕被吓得颤抖起来，没有立刻弄明白，其实这只不过是很平常的五彩焰火。老太太们害怕地划着十字，莫霍娃则尖叫了一声便丧失了知觉。米佳勉强把她扶住。

基里克（吼叫着，拙劣地摹仿米佳）：站住！原地立正！……球状闪电！……

叶莲娜·米哈伊洛夫娜：基里克！……你这玩笑开得真愚蠢……

基里克（继续）：这不是玩笑！……这是“公民防卫”演习。敌人没有睡觉！我们应该对任何进攻做好准备！！！

文学艺术家村的一条街。傍晚。晚霞。

娜佳看见一辆锃亮的黑色轿车亮着微黄的前灯向他们家驶来。轿车慢慢地刹住，掀起一阵尘土。有一阵子谁也没从车里出来。过后，前门的窗玻璃摇下了。一张长脸出现在窗口。

长脸契卡[①]（对娜佳）：小姑娘，这是17号别墅吗?！……

娜佳（非常兴奋的）：17号，是17号！……你们是来找米佳叔叔的?！我知道。我老早老早就在这儿等你们！……（向房子那边喊）米佳叔叔！……米佳叔叔……他们来了！……

她向家里跑去。

戈洛文家的凉台。傍晚。晚霞。

娜佳跑向凉台。五彩焰火仍然在基里克高高举起的手上燃烧。莫霍娃和太外婆们沉默着。符谢瓦洛特·康斯坦丁诺维奇和柳芭继续跳舞。

娜佳：米佳叔叔，接您的车来了，很漂亮的车……

米佳和谢尔盖的目光相遇。

米佳：那么——该走了。……

玛露霞走到米佳面前，抓住他那帆布上装的衣袖。

玛露霞：米佳……我说了，让你走，这真不好意思。请你原谅我……

米佳移开目光。

米佳：你怎么啦，玛露霞……是我该请你原谅……

谢尔盖（站起来）：要不，我也去莫斯科，既然有车……

玛露霞（没有松开米佳的衣袖）：你的车呢？明天早上车就来了……

谢尔盖（向门口走去）：我想起来了，明天早上八点我有事，可我的车九点才到……

娜佳：米佳叔叔，我能在你的车里坐一会儿吗？

玛露霞：等一等……娜佳，别闹。你说什么，谢辽沙?！

谢尔盖（迟疑了一下）：我说，我也走……

米佳目送着谢尔盖消失在门后。

娜佳固执地咬着嘴唇，等待着与米佳叔叔谈话的机会。

---

① 肃清反革命和怠工特设委员会，肃反委员会工作人员的简称。——译者

玛露霞：他的工作真多……在莫斯科你住哪儿？

米佳：我？……在国家公寓……滨河街上……“突击手”电影院附近……

玛露霞：不远……我们在格拉诺夫斯基大街……政府的……

玛露霞把双手放在米佳的肩上，好像邀请他边跳舞边继续谈话似的。米佳接受了她的邀请。玛露霞很不赞许地看着“气鼓鼓”的娜佳。

玛露霞：你们看看她——又撅嘴了。唉，你这个脾气啊，娜佳……

娜佳：总而言之，我不是找你，而是找米佳叔叔……

米佳：你想要什么，娜金卡？……哦！想坐汽车？那当然可以！……不只是坐——你还可以开呢！握着方向盘！……

娜佳：乌拉！……就像柳苞芙·奥尔洛娃在电影里那样！……

她跑下凉台，向着栅栏跑去。

玛露霞（跳着舞）：唉！瞧这坏脾气！……将来她的生活会很困难！……你有孩子吗？……

米佳：嗯……

玛露霞：是啊，我给忘了。你说过的……我改变了很多吧？

米佳：没有……

玛露霞：你想要我对你说真话吗？

米佳：嗯……

玛露霞：看到你，我差点儿没死过去……我是那么害怕……

米佳：为什么呀？……

玛露霞：为我自己！……现在好了！现在我完全平静了……即使你是个坏蛋，我还是非常非常地爱你，米丘里……也常常想念你……

米佳（自言自语）：火车载着鹅群……

玛露霞：你为什么总是重复这句话？这是什么意思？……

米佳：我坐在你父亲的床边……他已经昏迷了，后来，他突然睁开了眼睛，看见了我，握着我的手说："多么委曲啊……我度过了这么漫长的、有意义的日子，可临死前我看见了什么？……几辆火车载着鹅群……多么委曲"……他又陷入昏迷状态……后来很快就知道了，这是你父亲最后的话。

玛露霞：这个我不知道……听我说，米丘里……请你别再消失……妈妈，奶奶、谢瓦叔叔——他们都老了……对于他们，你就像儿子……答应我，不再消失……嗯，你答应我……你说呀，你说"我答应你……"

米佳：我答应你……

戈洛文家的花园。傍晚。晚霞。

娜佳跑到栅栏旁，爬上她的小凳子。

文学艺术家村的一条街。傍晚。晚霞。

闪光锃亮的轿车停在原地。契卡工作人员们仍然坐在车里，他们在吃夹肉面包。

娜佳（兴奋地）：你们好！……我和你们一起开到拐弯处！……我还要握方向盘……

契卡工作人员相互交换了一下目光，看着小姑娘。

戈洛文家的花园。

娜佳已经沿着小路向屋里跑去。

戈洛文家谢尔盖的书房。傍晚。晚霞。

谢尔盖用钥匙打开书桌的抽屉，从抽屉深处拿出一支套着皮套的手枪，检查了一下，看看子弹是否上膛。

戈洛文家的凉台。傍晚。晚霞。

在两对跳舞的人中，加入了第三对——奥尔加·尼古拉耶夫娜和基里克。

奥尔加·尼古拉耶夫娜：与我保持一米的距离，别靠得太近……

基里克：为什么，我的美妙的人儿？……

奥尔加·尼古拉耶夫娜：柳芭都告诉我了，你们对她干了些什么……

基里克（坚决地）：诬告和诱惑！……

奥尔加·尼古拉耶夫娜：可怜的谢符什卡[①]！……他一辈子都这样！……

基里克：您嫉妒了？……

奥尔加·尼古拉耶夫娜：没有……

基里克：但是您会同意：与一个仍然讨青年妇女们喜欢的男人有浪漫史是很愉快的？……

奥尔加·尼古拉耶夫娜（几乎是温柔地）：坏东西……

基里克刚要用玩笑作答，突然他的脸上现出恐怖的表情，从胸膛里发出歇斯底里的吼叫。他躺在女舞伴还算有力的臂弯里，圆睁着双眼看着出现在栅栏和灌木丛上方的一群人，他们在空中迈着整齐的步伐向房子这边行进。在他们的头顶上悬着“库塔伊西——穆尔曼斯克！全苏第一高跷行军！”的横幅。

戈洛文家的花园。傍晚。晚霞。

基里克的狂叫把行进在同志们前面的那个胖政委吓着了。大约三十个人的队伍踩着两米高的高跷进入了戈洛文家的花园。基里克已经恢复了平静，并和大家一起哈哈大笑着嘲讽自己刚才的大惊小怪……

娜佳只停留了一会儿，触摸了一下她差点儿撞上的高跷，又跑开了。

娜佳（向着一个踩高跷的人）：请您听我说，我这会儿要开汽车了！……您从上面看吗？……

娜佳跃过台阶，奔进凉台，向门口跑去……

玛露霞和谢尔盖的卧室。傍晚。晚霞。

谢尔盖敞着衬衣，没穿长裤，坐在床上看着一张大照片。照片上有几个军人，中间是微笑着的斯大林，谢尔盖·柯托夫在他的右

---

① 谢符什卡系符谢瓦洛特的爱称。——译者

边。谢尔盖看着照片却似乎视而不见。情绪昂扬的娜佳跑进房间。

娜佳：爸爸！……好爸爸！……快点儿——他们要走了！……好爸爸！米佳叔叔答应了让我开一会儿汽车！……一直开到拐弯处！……求你了，好爸爸！……快点儿吧！……

娜佳开始帮着谢尔盖扣上衬衫的钮扣，继续嘟哝着什么。谢尔盖注视着她那晒得焦黄的小辫子，鼻子上和脸庞上的雀斑。注视着她那在阳光下闪亮的眉毛，一股激动的柔情涌上心头。

娜佳（稍稍做作地）：我有这样的好爸爸是多么幸运……嗯，简直是太幸运了！……我的好爸爸！……快乐的、标致的好爸爸！……

谢尔盖抚摸着娜佳的头，然后紧紧地拥抱她，不让她看见他的脸。

谢尔盖：你知道，娜金卡，我和你明天不能去动物园了……我……

娜佳：那又怎么样！……下次再去嘛！……再说我今天还要开汽车呢！还有，那个童话里的雅苏姆就是穆霞，而雅季姆——米佳！全都相反，像镜子里似的，是我自己猜到的。好爸爸，求你了，快点儿吧，否则他们该走了……

她跑开了。

文学艺术家村里的一条街。傍晚。晚霞。

高级轿车在落日的余辉中闪闪发亮。司机用柔软的麂皮擦着玻璃。前座上的那个长脸的人把烟灰弹到车窗外。

符谢瓦洛特·康斯坦丁诺维奇和柳芭出现了。他缓慢而庄重地走到车旁，收住了脚步。

符谢尔瓦洛特·康斯坦丁诺维奇（俯身向车窗）：你们是来接德米特里·安德烈耶维奇的？……

契卡人员礼貌地微笑着点头认可。

符谢瓦洛特·康斯坦丁诺维奇：多棒啊。请允许我好奇地问一下，什么样的组织能提供这样的车……

长脸契卡（稍有迟疑）：区音乐学校……

他再一次礼貌地微笑着，摇上了车窗玻璃。

戈洛文家的客厅。傍晚。晚霞。

谢尔盖身着师长的军服，胸前佩戴着几枚勋章，沿着楼梯下来，走进客厅，向着食品柜走去。

他给自己斟了满满一杯白兰地，喝干了它，然后往凉台走去。

戈洛文家的凉台。傍晚。晚霞。

玛露霞继续笑着，转身看见出现在门口的谢尔盖。越过集聚在客厅里的人的头顶，谢尔盖看见那一队踩高跷的人正向栅栏走去。骑兵的军大衣搭在谢尔盖的手臂上。

玛露霞：你为什么佩戴勋章，谢尔盖，还拿着军大衣？……

谢尔盖（微笑着）：你啊，玛露霞，什么都想知道……与其压在枕头底下，还不如戴在胸前嘛……

玛露霞：你怎么，喝多了？……

谢尔盖：没有，我刮了脸……

玛露霞（疑惑不解地）：哦……

谢尔盖（对米佳）：喂，我们走吧，讲童话故事的人……

他点点头向老太太们告别。

谢尔盖：老奶奶们，明天见……“公正裁判之父”在哪儿？

奥尔加·尼古拉耶夫娜：在跟那个……柳芭散步呢……

谢尔盖：请向他致意……

娜佳：跟我们一起走吧！大家都来，都来嘛！……来看我开汽车！……

娜佳拉起玛露霞和米佳的手，拽着他们向栅栏那边走去。老太太们跟在他们后面。谢尔盖留住基里克。

谢尔盖：给你这封信，交给玛露霞，明天。

基里克（不解地）：可是……为什么……你不……？

谢尔盖（打断他）：因为你是小鸟，是信鸽……别人叫你怎么做，你就怎么做……

基里克做了个鬼脸，把信封咬住。

谢尔盖：得了，见你的鬼，你暂时可以穿我的睡袍……

基里克吃惊地扬起双眉。

文学艺术家村里的一条街。傍晚。晚霞。

米佳、玛露霞和娜佳走到高级轿车旁。娜佳既忙乱又激动。司机打开车门。契卡工作人员们下了车。老太太们走来了。

米佳：认识一下吧，这是我的同志们。这是谢尔盖和基里克。

契卡工作人员们向大家问好。很显然，谢尔盖的军装和勋章给他们留下了印象。

米佳（对司机）：这是娜佳。我答应让她开一会儿车！坐下吧，娜金……

米佳把娜佳放在司机的膝头。玛露霞不赞成地摇着头，但可以感觉得到，她对这一切都很有好感。娜佳转着头寻找父亲。

娜佳：爸爸，好爸爸，你坐到我旁边来。瞧我怎样带着你。

谢尔盖微笑着注视着米佳。

米佳：不，娜金。你爸爸还是坐在后面吧，那样，你怎么开车，他能看得清楚些。

大个子契卡坐到前座上。

谢尔盖在玛露霞的脸庞上留下一个轻吻后，便坐到后座的位子上，长鼻子契卡紧挨着他坐下。米佳摇摇手向所有的人致意，也在玛露霞的脸庞上吻了一下，坐到谢尔盖的另一侧。当所有的车门都关上后，一丝不安的阴影在玛露霞的脸上闪过。汽车发出均匀的咕噜声，启动了。

河边空地。傍晚。晚霞。

许多成年人和少先队员们小心翼翼地把三十米长的绸卷铺开。绸缎发出柔和的沙沙声，此起彼伏犹如大海上的轻浪。粗粗的绳索慢慢地被拉紧了，绳子上挂着绕上了绸缎的软梯。

轿车里。傍晚。晚霞。

娜佳睁大双眼看着前方，竭尽全力用小手握紧方向盘。为了以防万一，驾驶员从方向盘的下面扶住她。娜佳专注又兴奋地咬着下嘴唇。谢尔盖从镜子里看见了她的小脸。契卡工作人员赞许地看着转动方向盘的小姑娘。

米佳：嗨，对，就这样，娜金！……就这样，小姑娘！

娜佳幸福地微笑着，用舌尖把上唇上渗出的汗水舔去。

谢尔盖看见女儿那发卡下露出的一绺淡褐色的丝般柔软的卷发、她那微微泛红的脸庞，听见她的笑声，他自己也不由自主地陶醉地微笑了。契卡人员们也微笑着。可以感觉到，他们为如此不一般地，甚至是很愉快地做成这件事而高兴。

田野上的一辆车。傍晚。晚霞。

高级轿车在一个拐弯处刹住了车。

米佳：好了，娜金，到此为止！……谢谢你带了我们一程！……现在回家去吧。妈妈在等着你呢。

幸福的娜佳向父亲转过身去。

娜佳（骄傲地）：怎么样，嗯？……我是怎么带你们的？我自己，对吧（她看着驾驶员）?!

驾驶员微笑着点点头。娜佳跪在车座上，拥抱父亲。

娜佳：好了，我的好爸爸，再见！你明天，像往常一样，傍晚回来？……（对米佳）您呢，米佳叔叔，您也来吗？……

米佳耸了耸肩。

娜佳：哦，请您来吧，来吧！……我们家还有客房呢。柳芭可以睡在谢瓦叔叔房间里，反正他们会结婚的，这是妈妈说的……您来吗？……

米佳：好吧……

她探身向着米佳，在他的脸上吻了三下。米佳突然紧紧地拥抱她，把她贴近自己的胸膛，就这样呆了一会儿。

然后，娜佳挨个儿与契卡人员吻别。她突然问那个最大个子的契卡人员：

"您去过动物园吗？……"

大个子契卡：当然啦！……

娜佳：那您为什么跑出来了？那儿喂得不好吗?!

大个子契卡什么也不明白，而他的同志们却友善地哈哈大笑起来。

谢尔盖（笑着）：不能这样，娜佳，不能这样跟大人说话……嗯，得了，我们走吧，走吧。已经晚了。娜佳，快跑回家去。妈妈该担心了……

田野上的一辆汽车。傍晚。晚霞。

娜佳从那辆高级轿车上跳下来，“砰”的一声关上车门，车子平稳地启动了……

高级轿车里。傍晚。晚霞。

车子刚一启动，所有的人，除了谢尔盖，都变得严肃起来。在车后镜里谢尔盖看见了女儿那小小的身影。娜佳在向他们挥手。轿车掀起的尘土渐渐地把她淹没了。

田野上的一辆车。傍晚。晚霞。

而娜佳仍然站在那里，向着那团渐渐远去的尘土挥手，幸福的微笑晖映着她那晒黑了的满是雀斑的小脸……

高级轿车里。傍晚。晚霞。

谢尔盖端详着契卡人员们那神情专注的脸。

谢尔盖：小伙子们，怎么都垂头丧气的！……今天是什么日子!？是节日！也许……我们干一杯，我有……

他从军大衣里拿出一个军用水壶。他右边的契卡人员立刻就对他有所动作。但是米佳摇了摇头。谢尔盖笑了。

谢尔盖：怎么，你以为——我会像妓女那样下毒？……

谢尔盖拧开瓶盖，把水壶递给米佳。

米佳：不，不想喝，谢谢……

谢尔盖又把水壶递给右边的契卡人员，他也否定地摇头。坐在前面的契卡人员没有转身，但表示拒绝。

大个子契卡（干巴巴地）：我不喝……

谢尔盖（友好地）：司机嘛，我就不让了……好吧，工作人员们，向你们致以斯大林飞艇制造业节日的问候！……

他把水壶送到嘴边，喝了几大口，咳嗽了一声，拧紧瓶盖。右边的契卡人员伸手拿过谢尔盖的水壶装进自己的口袋。谢尔盖理解地微笑着点点头。

长脸契卡：有武器吗？……

谢尔盖：当然有！……我是师长。登记了的。是伏罗希洛夫[1]的礼物……

长脸契卡（伸手）：请您缴出来。

谢尔盖：（对米佳）：喂……德米特里……

米佳：谢尔盖·彼得洛维奇，小伙子们要为难的。要知道，我们是应你的要求才没有在那里搜查……

谢尔盖：我明白，这是公务……

他取出自己的手枪交给米佳。米佳转交给右边的契卡人员。

谢尔盖（微醉而兴奋地）：没什么，小伙子们！……我们会搞清楚的！……我们还要在阅兵式上炫耀一番呢！……唉，你们这样做只是白费劲……小伙子们！白费劲……明天！……明天你们就得把手枪还我，还有军帽，还得向我道歉！……把我送回家！……但我不生气！……公务就是公务……晚霞多么美丽啊……哦，明天又是好天气！……要不，我们唱一个？……怎么样?！……

谁也不回答他。谢尔盖唱起歌来。

谢尔盖（唱）："凉爽的早晨迎接我们，河上的大风迎接我们，卷发姑娘，你为何悲伤？古多克琴[2]欢快的乐曲，却没有人伴唱……"

谢尔盖：喂，小伙子们，你们怎么啦！……过节啊！……米丘里，唱吧！……要不，唱这个……（唱）"我们是红色的骑兵，壮士歌把我们四处传颂……"

---

① 伏罗希洛夫（1881—1969），苏联党、政、军活动家，苏联元帅。——译者

② 古多克琴系古俄罗斯的一种弦乐器——译者

车里没有一个人应和。

谢尔盖：米丘里，你知道这个号码意味着什么：24—37？……

米佳：不知道……

谢尔盖：米丘里，这意味着，斯大林同志的直线电话。……今天……不，明天我会用这个号码打电话。那么，小伙子们，你们那儿就会开始……

米佳（自言自语）：火车载着鹅群……

谢尔盖：什么?！……对啊，对啊，正是坏蛋①什么样的坏家伙啊……“凉爽的早晨迎接我们，河上的大风迎接我们”……

谢尔盖醉了。轿车开始缓缓地刹车，因为路中间停着一辆我们已经熟识的载着别墅家具的卡车。

米佳（问司机）：那是什么？……

司机：一头蠢山羊横在路上！……

契卡工作人员们紧张起来。

米佳（对谢尔盖）：谢尔盖·彼得洛维奇，别做蠢事——我们谈妥的……

谢尔盖（笑着）：还会有什么蠢事啊，米丘里，他们已经把所有的蠢事都做了。

轿车缓缓地停住了。

田野上悬浮着画像。傍晚。晚霞。

卡车司机向契卡人员走来。他的眼下方有一块青紫。

驾驶员：你在这儿干吗？……

卡车司机（激动地）：汽油用完了……

米佳也下了车。

卡车司机（走过来）：妻子把衬衫洗了，可那儿有地址……我记不得了，是扎戈列恩卡还是扎戈良恩卡……可把我找苦了……

他们三人站在契卡的高级轿车旁。

---

① 俄语中“鹅群”和“坏蛋”，“坏家伙”同义。——译者

驾驶员（四下看看该如何绕过卡车）：我不知道这个地方，扎戈良恩卡好像该走克鲁斯卡亚那条路……

卡车司机：谁也不清楚，给我指不同的方向，我已经穿过同一个村庄八次了……

谢尔盖（从车里问）：老兄，你找什么呢？……

卡车司机：我不记得了，是扎戈良恩卡，还是……妻子把衬衫洗了……哦！……柯托夫同志！……请您原谅……

谢尔盖：哦，纳戈里耶，也许是的……你啊，老兄，方向错了……

谢尔盖想要下车，坐在他身旁的契卡人员警惕起来。

契卡人员（低声）：坐下！

谢尔盖：什——么?！……

谢尔盖醉醺醺地微笑着，又做了个向车门去的动作，立即有一只钢铁般的大手抓住他的衣领并猛地把他按下，因此谢尔盖军服上衣的钮扣不翼而飞。

谢尔盖：你干什么！……对我……看我把你！……

狂怒的谢尔盖扭过身去，威胁地举起手，但这时坐在前排的大个子契卡人员扇了谢尔盖一记耳光，这一击把他打倒在座位背上。

惊呆了的卡车司机向他自己的车跑去，神经质地踩着起动器，但是卡车却一动不动。于是他又从车里跳出来，想跑开去，但是米佳的声音让他收住了脚步。

米佳：站住！……向后转！……

卡车司机站住了。契卡人员的车里传来了压低了的打架的声响，可以听见闷闷的拳击声。

卡车司机回到卡车旁。米佳站在他身旁。

卡车司机：我没什么……同志们，我只是，总之……把地址给洗了……我想干一点活儿……我有休假证……

米佳（轻声）：面向车子！……双手放在脑后！……

卡车司机服从命令。米佳从卡车旁向田里走去，开始小解。

契卡人员的车里继续传来打架的声音。

卡车司机在车旁嘟哝着关于衬衫和扎戈良恩卡的事……

就在这一瞬间，在遮掩了落日余辉的树林上空，慢慢地升起了一个飞艇。飞艇下的钢绳上挂着一幅用柔软的丝绸印制的斯大林肖像。看见了这个情景，卡车司机下意识地画了个十字。米佳系好了裤子钮扣，掏出一支香烟，向轿车走去。当他走近卡车时，卡车司机叫住了他。

卡车司机：同志！……那里，确实是柯托夫师长在车里吗？……

米佳：不……只不过有些相像……

他向那辆高级轿车走去。一个契卡人员迎面跑来，从米佳身边跑过。几秒钟以后，画外传来了一声枪响。

高级轿车里。傍晚。晚霞。

谢尔盖戴着手铐背靠着车座坐在那里。他的军装被撕破了，还染上了鲜血。

长脸契卡：嗨，这头驼鹿真够厉害的，好不容易才制住……

他的额头被弄伤了，衬衫也撕破了。坐在前面的大个子契卡正用手帕擦着嘴唇。米佳坐到自己的位置上。过了一会儿那个开枪的契卡回来了。

米佳：我们走吧……

悬浮在田野上空的画像。傍晚。晚霞。

轿车在庄稼地里绕过那辆卡车驶上公路。卡车里已经不见了那司机的身影。

高级轿车里。傍晚。晚霞。

米佳注视着前方。

谢尔盖呼哧呼哧喘着气。他紧握着拳头，被打伤了的手关节上铐着手铐。谢尔盖微闭着双眼。

远处，树林的上空，斯大林的画像在阳光下被风吹得猎猎作响。突然，谢尔盖的胸膛里爆发出一声可怕的呻吟，这呻吟几乎像喊叫。渐渐地，呻吟变成了绝望的号啕大哭。

米佳注视着窗外，自顾自想着什么。然后，他机械地吹起了那首谢尔盖邀他一起歌唱的歌曲的旋律：“清凉的早晨迎接我们……”

田野上空的肖像。傍晚。晚霞。

微风中领袖的肖像哗啦啦响着。从肖像的上方可以看到，一辆高级轿车驶过成熟的庄稼地，掀起一股尘埃。车里传出口哨吹出的歌曲旋律和被压抑的哭声……

戈洛文家娜佳的房间。夜晚。

在自己的小床上，幸福地微笑着的娜佳就要入睡了。突然她睁开眼睛，轻声唱出一段歌词：“疲惫的太阳温柔地告别了大海……”

而隔壁房间可以听见玛露霞压抑着的哭声。

莫斯科的街道。清晨。

天开始亮了。一辆轿车驶近莫斯科河畔的一幢房子。米佳下了车，向驾驶员挥了挥手，便消失在台阶上。

……轿车开走了。

镜头摄入在初升的太阳映照下开开微微泛红的一扇扇窗户。七楼上的一扇窗打开了。窗里一个白衬衫的衣袖一闪而过……

球状闪电在德米特里家里游弋。

老菲利普用法语嘟哝着什么，在屋子里徘徊，随手捡起散落在地上的东西：鞋子、长裤、衬衫、上衣。从上衣里掉出一支手枪……

菲利普：上帝啊，您倒是结婚吧，德米特里·安德烈耶维奇……也不至于坐在家中如此寂寞……

从盥洗室里传出轻轻的口哨声“清凉的早晨迎接我们……”，还有水龙头放水的哗哗声。

菲利普（用法语）：瞧，现在可以半夜半夜地吹口哨了……因为过世的母亲不能……

菲利普把东西拿走，随手把每一间房的灯都关了。响起了电话铃声。

菲利普：去接吗？……

口哨声没有止息。可以听见水流的哗哗声。菲利普做了一个无可奈何的手势，向他自己的房间走去。

口哨声和水流声继续着，电话铃声同样响个不停。

这时，球状闪电缓缓地飞入了卧室。它停住了，稍稍燎着了白色的窗帘，然后开始平缓地向房间的深处飘去，在一张纸上散落了几颗火星，留下了几处烧焦的空洞……它飘过墙上的照片：米佳和小玛露霞、米佳和戈洛文教授、米佳在巴黎、米佳和契卡工作人员在一起。

球状闪电渐渐接近盥洗室。那里继续传来口哨声和水流声。电话铃声沉默了一会儿又响了起来。球状闪电向电话那边摇晃了一下，但又改变了主意，继续向前飘去。它慢慢地飘过走廊，小心翼翼地滑入盥洗室。

口哨声和水流声不绝于耳……

球状闪电在盥洗室里。清晨。

米佳躺在装满水的浴缸里。水已经接近他的下巴。米佳的脸是安静的，甚至可以说是平心静气的。他闭着双眼，继续吹着口哨。

客厅里传来固执的电话铃声。

镜头拍摄米佳肩部特写。水下，他的胸部均匀地起伏着。而那水却不知怎么慢慢地变红了……

只是过后我们才看见米佳那切开静脉的伤口。粘稠的血浆像一缕缕绛紫色的日珥在水下爬行。

电话铃声。米佳的口哨吹出的旋律。闪电在水上散落的几点火星发出了嗞嗞声。然后它缓缓地向盥洗室的窗口飘去。窗外，可以看见克里姆林宫教堂的金顶在晨曦中闪亮……

画外传来了一个老太太的声音：

“米佳叔叔自杀后几个月，爸爸被枪杀了。太外婆、外婆和符谢瓦洛特·康斯坦丁诺维奇及柳芭在火车里被炸弹炸死。卡佳·莫霍娃嫁给了格鲁吉亚人，到梯比利斯去了。妈妈和我被流放到哈萨克斯坦。1955 年，在爸爸被平反之后，我们又回到了莫斯科。这时妈妈已经病得很重，她喝酒，对什么都不感兴趣。她死于 1964 年，就在赫鲁晓夫下台的那一天……可是我还活着……（唱歌）‘疲惫的太阳温柔地告别大海’……”

旧阿尔巴特街。深秋。雪。

在一张折叠椅上坐着一个面容枯槁的老太太。她穿着一件旧外套，围巾是用少先队员的红领巾做的。她的膝头放着一架战前的手风琴。她面前的桥墩上放着一顶旧军帽，里面有几张揉皱了的卢布。

老太太忘情地唱着那首探戈。

四周一片拥挤和忙乱。

渐渐地，小提琴和吉他也加入了这位老太太的手风琴的演奏……

公园里的一条敞廊。白天。秋。雾。

镜头里渐渐显现出秋天多雾的公园。露天舞台上我们又看见了影片开始时的三人乐队。“疲惫的太阳”探戈舞曲回荡着。

公园里的长椅空落着。只有小姑娘娜佳坐在夏日剧场正中间，轻轻地伴唱。

娜佳（唱）：“……在那一天，你曾坦白，没有爱情……”**（完）**

（胡榕　译）

导　学

这部由尼基塔·米哈尔科夫自导自演并参加编剧的影片获得了 1995 年的奥斯卡最佳外语片奖之后，大批患有冷战后遗症的美国评论界对它的阐释大都停留在一个“初级阶段”：认为这是一部控诉斯大林的“反共”影片。但对世界另一端的共产主义国家的观众们而言，他们在通过影片理性地反观自身社会处境之外，却得到了另一份人文关怀，正如米哈尔科夫所说，这部影片是“献给每一个曾被革命太阳灼伤的人”。

对今天很多的青年人来说，前苏联斯大林的镇压运动可能是一段陌生的历史。所以有必要在观片前对国际共产主义运动史及苏维埃政权建立的历史做初步了解。包括列宁领导的十月革命成功后，苏联在社会主义建设道路上走的种种弯路。而从观众审美体验的角度看，重点又不局限于此——广大处于当下情境的观众并不因对苏联历史知识的欠缺而造成理解上的障碍。这部影片很值得我们仔细玩味。

应该说这是一部典型的具有“复调”主题的影片，它被读解的角度也是多方面的。从片头德米特里用卸掉子弹的左轮手枪向自己开枪，会给敏感的观众许多预示性信息；从身着白衫跳着康康舞的欢乐人群和在湖畔自由嬉戏的妇女儿童，又凸现了一个近乎理想国的甜美乡村；从冉冉升起的斯大林画像，或者总是迷路的卡车司机，又仿佛具有另外一层发人深思的意味。

本片叙事有戏剧叙事三一律（Three Unities）的影子，即时间统一（Unity of Time）、地点统一（Unity of Place）、动作统一（Unity of Action）。一个场景——我们将场景的主体扩大为整个村庄，在这完成了故事的主体；一段时间——一般指从动作开端到结尾不超过 24 小时，这里则是一个白天，从清晨到黄昏；一个统一的动作——这里的统一性动作可以圈定为科托夫与以德米特里为代表的左倾体制的抗争。

《被太阳灼伤的人们》以一次军事演习为开场事件。通过柯托夫出面阻止军队践踏农田，交代了主人公的身份和热情豪放、刚直果敢的基本性格。随着德米特里装扮成一个老者的到来，故事全面启动了。

此时，伴随着玛露霞与德米特里这一对昔日情人的重逢和交往，形成了一个“三角关系”的戏剧性人物关系情境。作为战斗英雄的主人公柯托夫在这场看不见的博弈中，其性格软弱的一面开始通过种种生活细节悄然显现。与上述三人之平行叙事的另一条线索是天真无邪的小娜佳，她对生活周围环境的某种“无知”恰恰对应着观众的“全知”视角，与剧情中的处于“全知”的德米特里、“有限全知”的柯托夫、玛露霞形成令人心痛的对映，加强了全片的揭示力度。她是一个周旋于众位成年人中的小天使。在父亲身边，人们看到了战斗英雄的父爱情怀，在德米特里身边，借助她的倾听，观众知晓了德米特里诗一般的青春经历。

影片的高潮并未像一般剧情片那样具有明确的节点。斯大林画像的升空成为全片走向高潮的标志，同时也是用画面延宕高潮、定义高潮的体现。这具有非常明显的叙事策略上的意义。结局前连续多场的令人扼腕的残酷事件，从整个环境的正义不彰到具体生命的生灵涂炭，带来了一系列与头尾并行呼应的高潮场面。这若干叠加在一起的事件，并非简单的罗列，而是从不同的角度论证了同样的主题。

在这故事集中统一的框架之外，全片又围绕几个主人公的生活体现了良好的浪漫抒情风格，深入细腻地描绘出了一幅俄罗斯民族乡村生活的全景图。在点点滴滴的生活细节中充满了神来之笔和超越文本之外的情绪味道。

有人认为本片具有一定的政治史诗色彩，我们可以看到，该片优秀之处不仅在于它是一部反思历史的影片，更在于它作为一部老牌社会主义国家出产的影片，已经摒弃了政治上的线性思维。它不刻意弘扬英雄人物，也不武断排斥对立形象；对史实则既不黑白分明地加以涂抹，也不简单化地图解政治斗争的残酷性。整部影片中把所有人都视作时代的受害者加以温存地关注。令所有角色的精神世界都可以温情脉脉地展现。可以看到，德米特里从没落贵族到杀人的间谍，柯托夫从普通战士到革命英雄，他们都是在社会运动的大潮中无法左右自己命运的小人物。因此，他们也在成为制度的受害者后相继、甚至轮换地成为了害人者。

本片还用心良苦地设置了一系列的象征性图景，并在主体叙事线上自然融入了一些超现实手法。通过片中的小娜佳的双眼，我们还有了另外一个视角来观察整个世界。这些创作手法在近来的影片中亦常常被反复借鉴使用，成为当今电影的时代特色之一。

结合前面各章节的学习内容，思考下面问题。

（一）主题与风格：

1.“太阳”一般给我们以正面的情感：伟大、崇高、光明，在本片片名中的“太阳”一词是沿袭了这个意象吗？

2.本片序幕出现了一个年轻人（后来我们知道他是出身白俄但为秘密警察工作的德米特里），他把卸掉子弹的左轮手枪对准自己太阳穴扣动扳机，这对全片主题有何指涉？

3.影片前半部犹如一幅俄罗斯乡村生活的风情画，试参考契诃夫的小说与戏剧文学作品，试析他们对这种生活的表现是否相似？内涵是否一致？

4.影片不止一次出现斯大林的巨幅画像升在天空中，人们必须向它敬礼，这镜头要表现什么？放在片中是否显得突兀？为什么？

（二）人物、空间、细节、对白：

1.本片塑造了一个英雄人物——柯托夫，是通过哪些细节表现他的英勇无畏的？

2.你认为柯托夫的弱点是什么？并用细节论证。

3.片中有位找不到方向的迷路卡车司机，他在迷路的途中看见柯托夫被抓，自己又莫名其妙地死于枪口下，编导设置这个人物有哪些方面的意义？

4.每次“火球”出现的时候德米特里在做什么？你认为这与片名有何关系？

5.河边的碎绿玻璃、火球等象征手法是否可以被解释成某种启示？

6.旧情人回来后，玛露霞有哪些表现她不安的举动？

7. 柯托夫一家的乡间别墅构成了怎样的叙事空间？

8. 蒸气浴室、河塘、麦田等夏日的浪漫田园风光在剧作上意义何在？

9. 分析河上泛舟时小娜佳和父亲的对话，是如何刻画双方人物性格的？这段对白又是如何渲染父亲对女儿的深厚感情？

10. 从德米特里与小娜佳、玛露霞的对白中，分析他的心理动作线索，并试析造成他人生悲剧的性格成因。

（三）剧作结构：

1. 影片推进过程中的主要情感线索有哪几条？

2. 德米特里回来后造成了怎样的新的人物关系？

3. 本片前50分钟情节推进的动力是什么？

4. 围绕柯托夫、玛露霞、德米特里这个“三角恋”关系，编剧设置了几条叙事线索？

5. 全片高潮是什么？

6. 高潮是怎样体现出全剧统一性的？

7. 影片的结局与开场时德米特里用手枪模拟自杀有何关系？

8. 迷路卡车司机的设置在结构上有何价值？

（四）讨论：

1. 导演米哈科夫曾把他的这部影片说成是“一个被太阳灼伤了双眼的人的悲剧”，请你从自己的立场出发去阐释。

2.《被太阳灼伤的人们》与《卧虎藏龙》先后获得奥斯卡最佳外语片奖，两部影片在国际化的叙事策略上有何共通之处？

3. 以本片的开场人物关系为结局，尝试写这部影片的前传，要求：应当对柯托夫、玛露霞、德米特里三个人物的心路历程都有所展现。

（可以参考小说《静静的顿河》及《卡拉马佐夫兄弟》等等）

图书在版编目（CIP）数据

电影剧作教程／何可可 李铭韬 等著．—北京：中国电影出版社，2003.12（2019.8重印）

（中央戏剧学院教材丛书）

ISBN 978－7－106－02093－4

Ⅰ．电… Ⅱ．何… Ⅲ．电影文学剧本－创作方法－高等学校－教材 Ⅳ．I053.5

中国版本图书馆CIP数据核字（2003）第115325号

电影剧作教程

何可可 李铭韬 等 著

出版发行 中国电影出版社（北京北三环东路22号）邮编100013

电话：64296664（总编室） 64216278（发行部）

64296742（读者服务部） Email：cfpygb@126.com

经　　销 新华书店

印　　刷 北京中献拓方科技发展有限公司

版　　次 2003年12月第1版 2019年8月北京第6次印刷

规　　格 开本/880×1230毫米 1/32

印张/9.125 插页/2 字数/240千字

印　　数 16001—18000册

书　　号 ISBN 978－7－106－02093－4/J·0852

定　　价 38.00元